二見文庫

禁断の夜を重ねて

メアリー・ワイン／大野晶子＝訳

A SWORD FOR HIS LADY
by
Mary Wine

禁断の夜を重ねて

登場人物紹介

イザベル	シスル・ヒルの女主人
ラモン・ドゥ・セグレイヴ	イングランドの騎士。男爵(バロン)
ジャック・レイバーン	イザベルの亡夫の弟。バロン
アンブローズ・サンマルタン	ラモンの家臣
リチャード一世	イングランドの王
ミルドレッド	イザベルの乳母
ドナルド	ジャックの従者
ロクサナ	ジャックの女奴隷
ジョン	リチャード一世の弟
グリフィン	イザベルの鷹

1

一一八九年七月　ロンドン

ラモン・ド・セグレイヴは空腹のうなりを無視した。そろそろ夜が明ける。地平線がほのかな朱に染まり、光の矢が大地から暗闇を追いやっていく。教会正面のステンドグラスが輝き、信徒席に朝日が届くころには、夜の冷気は引きはじめていた。

ラモンの肩に力強い手がかかった。その手にぎゅっと摑《つか》まれ、ラモンはわれに返って顔を上げた。

「これで務めは果たしたな。そろそろ世俗に戻ろうじゃないか。朝飯を食うとか」

ひざを突いていたラモンは軽くあごを引いて頭を垂れ、王に敬意を表した。それを見た獅《し》子《し》心王リチャードはふっと笑い、ラモンの背中を勢いよく叩《たた》いた。

「行くぞ、セグレイヴ、ひと晩じゅう祈ったのだから、もう充分だ」とうながした。「ここには、もうおれたちふたりだけしかいない」

リチャードの声にはかすかに落胆の響きが感じられたが、ラモンにとって肝心なのは、よくやったといわんばかりの王の目つきだった。リチャードに認められるのはたやすいことではなく、ラモンはそれを得られなかった者を憐《あわ》れむつもりもなかった。リチャードはそう簡単に人に感心するような男ではない――王のそんなところを、ラモンは賞賛していた。

ラモンは立ち上がった。ひと晩じゅうひざまずいていたため、両ひざに鋭い痛みが走った。もっとも、全身を駆けめぐる達成感を考えれば、この程度の苦痛などなんでもない。

そしてふたたび窓に目をやった。「まさに夜明けですな、陛下」

「そしておまえは、まさに公明正大な男だ。それにくらべてほかのやつらは、公正さのかけらもないくせに、おまえと同じ名誉を求めてくる」王がうなずいた。目の下の黒いクマが、彼もまた夜を徹して教会で祈っていた証拠だ。王にとって、ローブに印された十字架は神聖なものだった。それを身につける権利を、王はみずから勝ち取ったのだ。配下の騎士たちと同じようにひと晩じゅうひざまずき、十字軍に従軍することで。

務めを果たしたのち、ふたりして戸口を抜けるとき、王がにやりとした。

「さてと、セグレイヴ、これでおまえも諸侯《バロン》の仲間入りだ。じつに恭《うやうや》しい態度で高貴な位を手に入れたわけだが、今後はどうするつもりだ？」

その言葉に、ラモンはまゆを片方吊《つ》り上げた。「ひと晩、祈りを捧《ささ》げた程度のことで恭しいなどとはいえません。まさか自分がそのような名誉を賜《たまわ》ろうとは、思ってもいませんでした」

「だからこそ、授けたのだ」リチャードがさっと手で空を斬った。「おまえは努力でその地位を勝ち取った。家臣どもの半分でも、高貴さという言葉の意味をおまえと同じくらい理解していればな。どいつもこいつも地位や名誉を求めてくるが、いざ戦いに向かうとなると、あれこれいいわけを並べ立てる」

「はい、陛下……名誉は努力して勝ち得るものです」

「そうとも、わが友よ」

リチャードの大声が廊下の石壁にこだました。それに気づいた召使いたちが一様に頭を垂れ、その大半が敬意を表して視線を落とした。この男こそが、かの有名な国王なのだ。なにかと話題に上りながらも、治める王国内ではめったにその姿を拝むことのできない王。ラモンは王の歩調に合わせた。だれに聞かれていようがかまうことなく話をつづけるリチャードの大胆さには、もう慣れていた。リチャードはそういう男だ。みずから先陣を切って突撃し、くつろぐ兵士たちのあいだを歩きまわって彼らの意見に耳を傾けることで知られている。がむしゃらに生きることをよしとする男だった。

思いどおりに生きることをよしとする男。

リチャードが両手を打ち鳴らすと、その音が石壁にこだました。「そろそろ、おまえの役割について話そうじゃないか」

ラモンは顔をしかめそうになるのをぐっとこらえた。ふたりが大広間に入っていくと、数人の召使いがぎょっとして、手にしていた皿を落とした。王は足音を響かせて席がもうけられた上座に向かい、そのあとを世話係があわてて追いかけた。そこには、例によって王に目をかけてもらおうとする男たちの一団が待ち構えていた。王直属の書記官が羊皮紙の巻物を手に、補佐官とともに足音も立てずにあとにつづいた。

ラモンは王が席に落ち着くまで待った。簡単なことではなかった。なにしろ王にたずねたいことが山ほどあるというのに、それをひたすら抑えこまねばならないのだから。王は書記官をちらりと見やったものの、ラモンを手招きした。ラモンは王の隣の席についた。

「わたしの今後の予定はわかりきっています、陛下。十字軍遠征におともいたします」

そのときリチャードがイングランドに滞在していた理由はただひとつ、新たな軍隊を結集するためだった。その軍とともに、エルサレムへ進軍する予定なのだ。

「今回の十字軍遠征は、おのれの過去の罪を消し去るための戦いだが、この国の人材をごっそり剝《は》ぎ取って軍隊を結集せねばならん」

召使いたちが、その日の最初の食事をふたりの前に並べはじめた。湯気の立つ粥《かゆ》が運ばれてきた。王の席ゆえに、つづいて新鮮な夏の果物、クリームが入った小さなピッチャー、さらには高価な砂糖の塊までが運ばれてきた。王が顔をしかめた。

「贅沢品《ぜいたく》はいらん」そういって、平手でテーブルを叩きつけた。「夜通し祈りを捧げたあとなのだぞ。われらの聖なる街がムーア人どもの支配下にあるいま、謙虚なキリスト教徒にふさわしい朝食を用意しろ」

召使いたちが命令にしたがってあたふた片づける一方、リチャードはラモンにウインクしてみせた。「祝うには理由が必要だな、友よ。今夜、おまえの結婚を祝う宴をもうけよう」

ラモンは歯をきしらせた。リチャードが笑い声を上げ、頭をのけぞらせて天井に向かって吠《ほ》えた。

「なんという顔をするのだ、セグレイヴ！　まるで、母親ほどの年増女《としま》を押しつけられた若造のような顔つきじゃないか……しかも、好色な年増女を」

「つい、過去の結婚を思いだしたものですから」ラモンは、リチャードににらみつけられてもたじろがなかった。そのしぶとさには、さすがの君主も感心するような低い声をもらした。

「失礼ながら、花嫁を選ぶのであれば、みずから選びたいと存じます。陛下におかれましては、ご自分が床に連れこむ相手のことだけお考えになるのがよろしいかと」

召使いのひとりがはっと顔を上げ、驚きに目を剝《む》いた。王がテーブルを愉快そうにぱしんと叩いた。

「なあ、セグレイヴ、おまえのその率直なものいいが恋しくなりそうだ。どいつもこいつも胸に一物ある騎士ばかりで、みな、おれの繊細な心に障《さわ》っては大変とでもいうのか、こちらの顔色をうかがうことはしない」

ラモンはにやりとした。「陛下に繊細な心があるとは意外ですな」

リチャードが焼きたての丸パンを手に取り、ふたつに割った。頭を垂れ、パンを掲げて感謝の祈りを捧げる。パンの香りが朝の風に運ばれて鼻孔をくすぐり、ラモンは思わずつばを飲みこんだが、注意をそらしたりはしなかった。いま王は、あれこれ命令を下したい気分なのだ。空《す》きっ腹《ぱら》など、あとまわしだ。リチャードがひとたび心を決めれば、その決意は石のように硬い。たとえそれが、パンを割っているときであれ。

「これまでの十年間と同様、陛下におともして十字軍遠征に加わります。陛下にお仕えすることこそ、わが最大の名誉であり、わたしはそれしか生きるすべを知りません」

リチャードはパンにかじりついて咀嚼《そしやく》したあと、ようやく口を開いた。「ああ……わかっている。そんなおまえだからこそ、ここイングランドに残ってもらわなければ困るのだ」さらにパンの塊が王の口のなかに消え、ラモンは黙って話の先を待つよりほかなかった。首のあたりが緊張に凝り固まりつつあることなど、気にしてはいられない。

「ウェールズ人どもがしつこく手出ししてくるうえ、わが弟がこのみじめな国の王位をのどから手が出るほどほしがっている」王はそこで言葉を切ると、ラモンに指を突きつけた。「ここイングランドの政情を安定させるためにも、おまえが必要なのだ。おまえにバロンの地位を授けたのも、そのためだ。わが愛《いと》しの弟ジョンが、自分の地位安泰のために、ここでバロン評議会を開くはず。おまえもそれに参加してくれ、セグレイヴ。正当な支配体制と法を守るのに、おまえは頼りになる男だ。おまえはこの王国一、位の高い評議会の一員になるのだぞ」

王はうなずくと、テーブルに用意された布で口もとを拭った。

ラモンは顔をしかめた。「わたしは騎士です。陛下のおそばで仕えるべき男なのです」

「いまのおまえはバロンだ」リチャードがいい放った。「これまで以上に困難な任務を担っている。今後は剣ではなく、法によって裁定を下すのだ」

ラモンは口を閉じるよりほかなかった。反論したい気持ちをぐっとこらえるラモンのようすを、リチャードは見逃さなかった。

「誤解するなよ、イングランドで暮らすのも、おまえのような騎士にふさわしい戦いとなるはずだ。暖炉の前で背中を丸めて過ごすようなことにはならん」王が不気味なふくみ笑いをもらした。「しかしこの国の安泰を守るには、それなりの領地が必要だな」リチャードは片手を掲げ、ぱちんと指を鳴らした。王の命令を待つのに慣れた書記官が、羊皮紙の巻物をさっと差しだした。リチャードは目の前の皿をわきに押しやり、羊皮紙を広げた。

「ここだ。ウェールズとの境にシスル塔がある。所有者は若い未亡人だ」王が首をまわし、ラモンににやりと笑いかけた。「しかしその女には、土地を守るすべがない。なにしろここの守備隊には、おれに仕えてもらわなければならんからな。三日前、そいつらを召集に向かわせた」

ラモンとしては異を唱えたいところだったが、王の目に浮かぶ表情にはいやというほど見おぼえがある。リチャードは、ラモンをイングランドに残していくことをもう決めたのだ。いまこの国は不安定な状態にあり、ラモンの忠誠心には疑いの余地もない。これは彼にたいする賛辞だ。たとえ本人は望んでいなくとも。

「わたしがここに残って国の安泰を守るというのが陛下の思し召《おぼ》《め》しならば、仰せのとおりにいたします。しかし妻は必要ありません」

「孤独な女ひとりを相手にするのが、そんなに恐ろしいか、セグレイヴ？」

リチャードは、それを聞いてラモンが険しい表情を浮かべるのを見ると、小さく笑った。王は人さし指で羊皮紙を軽く叩いた。

「よく見てみろ」

ラモンは地図をのぞきこんだ。いら立ちがこみ上げてくる。「この女は、湿地をたっぷり所有している。再婚できないのも、無理はないな。不毛な土地なのだから」つまり、貧しい未亡人ということだ。

「しかし領民は大勢いるし、税はきちんと支払われている」

ラモンが顔をしかめると、リチャードがうなずいた。「どうやら、なかなか賢い女のようだぞ。湿地をガチョウの繁殖地に変えたのだからな。わが軍の射手のためにもガチョウの羽毛は必要であり、この土地をウェールズに奪われるわけにはいかない」

「どちらも、結婚せずとも達成できることです」

王が羊皮紙に平手を押しつけた。「おまえほど勇敢な男は見たことがなかったが、いまこの瞬間は、腰抜け呼ばわりしたくなるな」

ラモンはからだをこわばらせたが、王が目の前でさっと手をふった。「まあいいだろう。この女との結婚を命じるつもりはない。しかし、土地だけは守ってもらわねば困る。おれが十字軍に連れていくから、この女のもとには騎士がひとりもいなくなる。一方、すぐ隣にいるウェールズの連中は、この土地をのどから手が出るほどほしがっている。だからおまえには、家来どもを連れてこのシスル塔に赴《おもむ》き、守りを固めてもらいたい。この女をどうするかは、おまえが決めればいい。しかしおれなら、土地をこれほどみごとに管理できる女となれば、深く知り合いたいという気にもなるだろうがな。気弱な女でないことだけは、まちがいなかろう」リチャードがふたたび地図に目を落とし、未亡人の領地と接する土地に指を突きつけた。「ここは王領だが、これをおまえにやろう」

その声色から、ラモンはこれがすでに決定事項であることを知った。

「ありがとうございます、陛下」

「そういいながら、ちっともよろこんでいないのはわかっている。まあ、せいぜい時間をかけることだな。この女に会ってみて……関心をそそられるかどうかたしかめてみればいい」

リチャードがくっと笑った。ラモンも首を傾《かし》げて王に笑いかけた。「そちらは、なかなかおもしろそうな任務になるかと」

王がうなずいた。

「おまえに授けた土地のほうは、土壌はいいのだが、住むべき建物もなければ、それをつくるだけの木材も石材もない。それでも農作物は育つはずなので、シスル塔と合わせれば完璧だ。どうだ、その未亡人と結婚するのはうまい考えだとは思わないか」

「よいご提案かと」

ラモンの声はいかにも不満げだったうえ、安堵《あんど》の響きが強すぎた。リチャードはその両方の感情を鋭く察し、ため息をもらした。

「好きなだけおれを恨むがいいさ、ラモン・ド・セグレイヴ。しかしな、おれにも息子がいれば、もう少し地位が安泰するというものだ。だからここはおたがい、もう少し女を信用して、そろそろ跡取りをもうけることを考えたほうがよいのではないか。国境地域に向かうあいだに、よく考えるんだな。それに、あの女はガチョウを育てていて、おれはもっと羽毛が必要だ。周辺二十マイルでガチョウの群れが繁殖しているのは、あの女のところだけだ。あれだけの羽毛を送ってきながら、いまだガチョウを絶やさず育てていられるとは、いったいどんな手を使っているのか。その秘訣《ひけつ》を探ってこい」

ラモンは立ち上がり、頭を垂れた。「仰せのとおりに」心からの言葉だった。君主に仕えるのが、彼にとってつねに第一の目標だ。彼はくるりと背中を向けると、王の命令にたいする嫌悪感が顔に出てしまわないようこらえた。

女など信用できない。

それが、苦々しい裏切りから学んだ教訓だった。もう一度結婚して、またしても寝取られ男の役を演じさせられてなるものか。不面目は一度味わえば充分だ。

とはいえ、そんな考えにいつまでもこだわっていては、生まれてはじめて進むべき方向性を見失ってしまうことになる。これまでずっと騎士として仕え、十字軍遠征をつねに心待ちにしていた。だからほんとうのところ、妻と過ごす時間などほとんどなかったも同然だ。人生とは、そういうものだった。

しかし、いまはもうちがう。となれば、いったいどんな未来が待っているのか。

ラモンが高台に戻ると、待機していた副官のアンブローズがまゆを片方吊り上げた。アンブローズは王の護衛官に制され、そこでずっと待たされていたのだ。ふたりは揃《そろ》って高台の階段を下り、王宮をあとにした。

「なにかよいことはありましたか？」

ラモンは肩をすくめた。「正直なところ、自分でもよくわからない」

アンブローズ・サンマルタンが問いかけるような目をした。

「われわれはこれから国境地域に向かう。シスル塔に住む未亡人とやらを訪ねてな。リチャードは、国の安泰とウェールズとの国境を守るべく、おれをここに残していく心づもりなのさ」

「結婚も、ですか」

ラモンは肩をすくめた。「そちらは命じられたわけではない」

アンブローズがくっくと小さく笑った。「国王のご提案となれば、心にとどめておくのがよろしいかと」

ラモンはむっとした。「わかっている」

たしかにそのとおりであり、その点をしっかり心得ておくほうが賢明というものだ。さらには、王から授かった土地には住むべき建物がない、という点も。それはつまり、家来たちが野ざらしになることを意味する。

それにしても、妻を娶《めと》れとは？

その未亡人を妻とし、彼女の土地を手に入れるのも悪くはないだろう。彼のように長年王に仕えた騎士には、よくあることだ。戦いに乗じて略奪をくり返す騎士も大勢いるが、ラモンはそういう男ではなかった。それは騎士道に背く行為であり、ラモンにとって大切なのは名誉だけだった。

名誉を損なうことなく資産を増やすには、結婚もひとつの手だ。そろそろ跡取りをもうけたほうがいいというリチャードの言葉はもっともであり、件《くだん》の未亡人――カモイズの貴婦人ことイザベル――は、相手として申し分ない。一緒になれば、たがいに好都合なはず。もっとも、こちらが結婚という冒険を冒すだけの覚悟があればの話だが。土地を守るには男手が必要なわけだが、彼女が守備隊のだれかを愛人とし、こちらに恥をかかせないともかぎらない。そんなことになれば、自分の女房の手綱《たづな》すら握っていられないのかと家来に思われ、この十年間に築き上げてきたものがもろくも崩れ去ってしまう。

ラモンは歯をきしらせ、みずからを叱責した。その貴婦人のことを最初から疑ってかかるなど、まちがっている。侮辱的ですらある。

そう思うと、気持ちが軽くなってきた。ものごとや人を判断するには、行動するのがいちばんだと昔から学んでいた。じつのところ、興味をそそられないでもない。最初の妻は、男にちやほやされることを楽しむ女だった。しかしイザベルという女は、領地の管理に忙殺されているという。彼女の土地の現状を考えれば、怠慢な女のはずはない。

そう、じっさいそこに興味をそそられる。

「なにをにやついているんですか？」アンブローズがたずねた。

「リチャードが、その未亡人と会って……関心をそそられるかどうかたしかめてみろといっていた」ラモンはいった。「そちらの命令については、なんだか楽しめそうな気がしてきたよ」

大地が揺れている。

イザベルが顔を上げると、貯蔵室で同じテーブルについて作業していた三人の女たちと目が合った。三人とも目を見開き、訴えかけてくる――馬の足音が近づいてきているけれど、なにも恐れることはありませんよね、と。

イザベルとしても女たちをなだめたいところだったが、できなかった。こんな不安定な時期に馬に乗った者が近づいてくるというのは、歓迎しかねることだ。彼女を頼りにしている領民を守ってくれる騎士は、この土地にはひとりもいないのだから。

夫が亡くなり、土地を相続したあと、だれかに支配される重荷は取り払われたものの、領民を守る責任を背負うことになった。

正直なところ、まさか自由にこんな重荷がともなうとは、考えてもいなかった。

「たぶん、国王軍に合流しようとする騎士たちでしょう」彼女はこちらを見つめる女たちにそういった。「通り過ぎてくれるわよ」

イザベルはローブを汚さないためにつけたエプロンで手の汚れを拭うと、塔の正面入口に向かった。外は陽射《ひざ》しがたっぷりあったが、廊下は薄暗かった。縦に長い廊下のために、陽射しがほんの数フィートほどしか入りこまないのだ。

しかも、肌寒かった。建物に使われている石が、いまだ冬の冷気を保っているからだ。廊下の中央によどむ冷気を感じるたび、心誘われるような初夏の外気が恋しくなる。

しかし塔の前階段から見る光景には、少しも心誘われなかった。分厚い石壁という遮断物がなくなると、馬の足音がいっそう大きく響きわたった。高台に建つシスル塔からは、なににも遮《さえぎ》られることなく道を見わたすことができた。

イザベルののどが締めつけられた。

二列に隊を組んだ騎士の一団が、こちらに向かっていた。陽射しが甲冑《かっちゅう》の表面に反射している。彼らが操る馬までが、顔に金属の面をつけていた。彼らが男盛りの騎士たちであることはまちがいなさそうだった。熟練した戦士、過酷な訓練で鍛え上げられた男たち。イザベルは冷静さを保とうと必死になった。ここ二年ほどは収穫高が低かったというのに、国王リチャードは十字軍遠征に向けて供給品をしきりに求めてくる。騎士たちの背後に、騎兵と歩兵がつづいていた。射手の姿もあるところからすると、略奪者のよせ集めではなく、きちんとした軍隊のようだ。隊列ははるか彼方《かなた》までつづいており、とても幸先《さいさき》のよい光景には見えなかった。男たちには確固たる目的があるようだ。イザベルにとって気がかりなのは、荷馬車がいくつか見えることだった。あそこに食料をたっぷり詰めこもうというのではないだろうか。

イザベルは、領民を養うためにあらゆるものを必要としていた。人に分ける余裕などなかった。

男たちの一団が近づくにつれ、砂塵《さじん》が舞い上がった。先陣を切る騎士たちが掲げる旗の紋章が見えてきた。白地に、バロンの冠を戴《いただ》いた猛禽類《もうきんるい》が青で描かれている。

バロン。なおさら厄介なことになりそうだ。バロンは貴族であり、王の命令にしかしたがわない。

「あの人たち、なにをしにきたんでしょうか？」背後からミルドレッドが問いかけた。

「通りすがりよ、きっと」イザベルはすばやくそう返答した。その言葉が祈りのように聞こえることなど、かまってはいられなかった。必死の祈りだ。イザベルは背筋をのばし、恐れてはだめ、と気を引き締めた。

いまは、子どもじみた感情を抱いているときではない。自分は女とはいえこの土地の主《あるじ》であり、それなりの義務を背負っているのだ。

ミルドレッドに笑われることを覚悟で、イザベルはあごをぐっと上げ、頑としてその姿勢を保つことにした。騎士たちが目の前で馬を止めたとき、砂塵が鼻孔をくすぐった。馬が足を踏みならし、しきりに頭をふった。男たちの甲冑が立てるかちゃかちゃという金属音があたりに満ちる。

「カモイズのレディ・イザベルにお目にかかりたい」

背筋に悪寒を感じながらも、イザベルはその場を動かなかった。いま口を開いた騎士が、籠手《こて》で覆った腕を掲げ、面頬《めんぼお》を押し上げた。黒い髪に、漆黒の目。彼女をひたと見据えるその視線は、鎧《よろい》のごとく堅固だった。

「イザベルはわたしです」彼女はローブの生地をぎゅっと摑みたい気持ちを必死にこらえた。

ここシスル・ヒルには、騎士になるべく訓練中の男たちすらいなかった。全員、十字軍に召集されてしまったのだ。教会で懺悔《ざんげ》服に身を包む者をべつにすれば、十二歳を越える男子はひとりも残っていなかった。あるのは、頼ってくる領民を守ろうとする、イザベルの気丈さだけだった。

もしかすると、馬に乗った男たちを迎えに出るのではなく、シスル塔の入口を封じるよう命ずるべきだったのかもしれない。イザベルの腹が恐怖でよじれた。彼女の決断には、本人のみならず領民一人ひとりの運命がかかっている。入口を封じてしまえば、食料すべてを危険にさらすことになる。イザベルは前に進みでた。

「バロン・ラモン・ド・セグレイヴだ」

男はそう名乗ると、片手を宙に掲げ、まっすぐ揃えた指を天に向けた。背後の家来たちが即座に反応し、男たちが馬から降りる音がいっせいに響きわたった。

イザベルははっと息をのんだ。冷静さが失われていく。「どんなご用でしょうか、ド・セグレイヴ卿《きょう》？」

ラモンが脚を馬の背にさっとまわして地面に降り立ったとき、単純な要求を突きつけられるだけかもしれないというイザベルの望みは潰《つい》えた。大地を踏みしめた彼の威圧的な立ち姿に、胃がねじれてくる。彼は馬を軽く叩いてなだめながらも、視線は彼女に据えたままだった。まだ両者の距離は空いていたが、その鋭く射るような視線がイザベルに突き刺さった。屈強な男だ。戦うために訓練された男。

「国王陛下の命により、そちらがガチョウを出し惜しみしている理由をたしかめにきた」

イザベルは身をこわばらせた。「陛下はガチョウを必要としているわけではありません。必要なのは羽毛だけです。そちらにつきましては、ご要求どおり、毎年納めています」

ラモンが近づいてきた。イザベルは、ついあとずさりしたくなる気持ちと戦った。なにしろこちらは階段のいちばん上に立っているというのに、同じ目線の高さからまっすぐ見据えられているのだから。

腹の奥を、奇妙なざわめきが走った。

まったくもって場ちがいな感覚だ。

意外だった。胸がどきりとした気がする。

もちろんそんなのは、ありえない反応なのだが。

「聖地に向かうに当たり、陛下は射手のためにもっと羽毛をご所望だ」

イザベルはかっとなった。「わが領地の先二十マイルにわたって、ガチョウは一羽もおりません。陛下が一羽残らず殺してしまったからです。うちのガチョウをそんな目に遭わせるわけにはいきません。ガチョウを繁殖させなければ、つぎの年には羽毛が一枚も採れなくなってしまいますもの」

繁殖させるためにはガチョウを殺せない。その点を目の前の男に納得させないことには背後にいる大勢の男たちが黙っておらず、そうなれば彼女にはなすすべがほとんどなかった。

イザベルは怒りをのみこんだ。彼女の武器は論理だけ。ここは機転をきかせなければ。

「これから陛下の軍に合流するとお見受けしました。いま倉庫に、今年の税金分としていくらか羽毛の蓄えがあります。いま取ってまいります」

彼女はラモンの返事も待たず、塔と平行して建つ長い倉庫へと急いだ。ミルドレッドもついてきて、なにやらぶつぶつとつぶやきながらイザベルと一緒に倉庫の扉を開けた。射しこんだ陽射しに驚いたのか、そこで飼っている鷹《たか》が一羽、翼をはためかせた。

イザベルはなにも考えずに手を差しだし、慣れた手つきで鷹のなめらかな背中をなでてやった。

「大丈夫よ、グリフィン」

と、その手がいきなり掴まれた。ラモンが手首をがっしり掴んでいる。彼はよどみない動きで彼女の手を鷹から遠ざけた。

「布をかぶせていても、猛禽類は危険だ」咎《とが》めるような口調だった。その目には不快の色が浮かんでいる。「猛禽類に触れるなど、お父上になにを教わったのか」

イザベルはこみ上げる怒りを抑えきれなくなった。「鷹狩りの技術を教えてくれたのは父です。グリフィンのことなら、どんな殿方にも負けないくらいあつかいを心得ております」

彼女は手をのばしてふたたび鷹の背中をなで、そのあいだずっと、ラモンをにらみつけていた。彼が目をすがめた。

「それなら、お父上が亡くなっていて幸いだな。さもなければ、女に鷹狩りを教えるなど、ひと言文句をいってやるところだ。これは男の仕事だ」

いかにもバロンにありがちな、いや、男にありがちな傲慢さね、とイザベルは思った。罪なことかもしれないが、妻として夫に応じる義務を恋しく思うことなど、これっぽっちもなかった。

「陛下が殿方をすべて召集なさいましたので、わたしがすべてを管理せざるをえなくなりましたし、これまでそつなく務めてきたつもりです。さあ、あちらに羽毛の蓄えがあります。これでご満足いただけますように」

ラモン・ド・セグレイヴはふり返ろうともせず、黒いまゆを片方吊り上げた。彼としてはこんな口のきき方をされて不快だろうが、イザベルにはこの男のご機嫌取りをする以上に大切なことがある。しかしその黒い目でつくづくながめられるうち、あたりの空気が変化していくのがわかった。立ち上る熱気は季節のせいではなく、ラモンとの距離が近いせいだ。さすがのイザベルも冷静さを失い、あとずさりした。

「自分の立場に不満なのか？　だから言葉巧みに鷹のあつかいを聞きだしたのか？」

イザベルは勢いよく息を吸いこんだ。「言葉巧みとは、聞き捨てなりません、セグレイヴ卿。必要とするものを手に入れるために、女は憐れっぽく訴えるだけだという思いこみが強すぎるのではないかしら」

「必要とするもの、だと？　鷹を腕にとまらせて、どんなものだと自慢したいだけなのだろう？」いかにも決めつけているような口ぶりだった。こんな男の意見など気にすべきでないのはわかっていたが、イザベルの自尊心が許さなかった。

「ここには、厳しい現状のなか、わたしを頼りにしている者が大勢おります。わたしは、領民を養うのに必要な仕事を学んできただけです」

ラモンが顔をしかめた。イザベルは、こちらの口のきき方が悪かったのか、それとも言葉そのものが気に入らなかったのか、と考えた。おそらくは、その両方だろう。なんといっても彼は騎士であり、バロンだ。そういう男の前では謙虚でいなければならないと教会で教わってはいたものの、その横柄な態度を前に、そんなことは頭からすっかり抜け落ちていた。

イザベルはふたたび、羽毛が丁寧に保管されたかごを指さした。

「ネズミがガチョウの卵を盗《と》ってしまうのです。鷹はネズミを食べてくれます。ガチョウの数を保てるのは、湿地にグリフィンを放してネズミを狩らせているからです。おかげで、貯蔵した食料も被害に遭わずにすんでいます」

ラモンが目を細めて彼女をひたと見据えた。イザベルはふたたび胃のざわめきをおぼえた。ばかげている。彼の機嫌を取る義理などありはしないはず。

それでも……両者のあいだに流れる熱気がふたたび揺らぎ、イザベルはふと、彼の髪の黒さを意識した。冬の真夜中のように深い色。

いいかげんにしなさい！

「賢い女《ひと》だ。筋道立っている。おもしろいな」

ラモンの唇がねじれ上がった。動じてなるものかと意を決していたイザベルだが、彼の目がきらりと光るのを見て、思わず一歩あとずさりした。この男は、支配する側に立つことが、生まれながら魂に刻みこまれているのだろう。石炭が発する熱気のごとく、それがひしひしと感じられる。

ラモンが彼女から視線を外し、かごを見つめた。イザベルはほっとした。心の乱れがうっかり顔に出てしまっているのはまちがいないから。

この男にも、彼の部隊にも、去ってほしかった。一刻も早く。

いいえ、そうしてもらわなければ、困る。

変なことを考えてはだめよ……

イザベルはみるみる落ち着きを失っていった。こんなふうになるのは、生まれてはじめてだ。どぎまぎするあまり、息をするのもままならなかった。

「陛下はすぐにも十字軍遠征に向かわれるとか。しかも、みずからのローブに十字の印をおつけだと聞きました」

「たしかに」ラモン・ド・セグレイヴが見つめ返してきた。その視線が彼女の顔にしばしとどまったあと、からだに沿ってゆっくりと下がっていく。イザベルの頬がかっと熱くなった。

貴婦人をこんなふうにじろじろ見つめるなど、騎士にはあるまじき行為だが、この男ならいかにもそういう大胆なことをしそうだ。

冬の宴で葡萄酒《ぶどうしゅ》を飲みすぎたときのような興奮が、イザベルの体内に渦巻いた。

「もうそれくらいにしてください」口のなかがからからになっていた。「十字軍に従軍する騎士にしては、ずいぶん無礼な視線ではありませんか、セグレイヴ卿」

彼の唇がゆがんだ。「頭になにもかぶらずに迎えに出た女なら、そういう目で見られてもしかたないだろう」

その非難の言葉に、イザベルはかっとなった。「きょうはお天気もいいですし、暖かいですから。それに屋内で作業するときは、かぶりものは必要ありませんもの。ここは、植えつけ作業もせずに、つまらない流行を躍起になって追う宮廷とはちがいます。作業するにふさわしい格好をしているだけです」

イザベルは、恥じらうそぶりなど見せてなるものかと、ぐいっとあごを持ち上げた。ラモンは唇を真一文字に結びながらも、彼女の言葉についてじっくり考えているようだった。こちらを値踏みしているのだろう。

男というのは、そういうものだから。

「それでは、道中お気をつけて」イザベルがさっとかがんであいさつすると、彼がいきなり真顔になった。甲冑をつけているとは思えない身軽さで大きなからだを動かし、行く手を遮った。

「おれはこれまでのはたらきにたいしてバロンの位を授かったのだが、国王陛下が留守のあいだ、王国の安泰を守るよう仰せつかった。とりわけ、この国境の地を。それにいま、おれは隣人でもある。ここの南に接する土地を賜ったから」イザベルは彼の考えていることがわからず、その表情を読もうと近づいた。彼の目は、なにか企んでいるように見える。それが、イザベルの体内に期待の渦を巻き起こした。

彼女があとずさりすると、ラモンが目をすがめた。

「あそこは二世代にわたって放棄されてきた土地です。いまでは住むべき屋敷すらありません。ウェールズ人に焼かれてしまいましたから」

「そこで陛下から、きみと結婚するようにいわれたというわけだ。おれたちが一緒になれば、ウェールズ人も手出しできない、りっぱな領地になる」

イザベルはのどがぎゅっと締めつけられ、息ができなくなった。怒りがめらめらと燃え上がる。これまで数えきれないほどの月日、この土地を守り、長時間の重労働をこなし、住民たちを養ってきた。なにもかも、彼女の尽力あってこそだった。ところがこのラモン・ド・セグレイヴという男は、それをいとも簡単に略奪しようとしている。

「わたし、地獄の業火《ごうか》が天から降り注ぐまでは、あなたとともに教会の入口に立って結婚の誓いを口にするようなことはいたしません」

イザベルは倉庫のなかを進み、べつの戸口から外に出た。からだじゅうがわなわなと震えている。

もちろん、怒りゆえの震えだ。

そんなの、うそばっかり……

彼女は歯をきしらせた。

たしかに多少のうそは人っていているにしても、腹が立っているのもまちがいない。

そう、ほんの少しのうそ。なにしろ、ラモン・ド・セグレイヴに心揺さぶられたことを認めてしまえば、それこそ地獄行きだろうから。

彼にかぎらず、どんな男が相手だとしても。


「気骨のある人のようですね、あの女主人は。それに、気位も高い」隣にいたアンブローズ・サンマルタンがいった。ラモンは兜《かぶと》を脱ぐと、副官に答えた。

「そうなるだけの理由があったんだ。意味もなく気骨を持ち合わせているわけではないだろう」

「理由があるにしろないにしろ、あの人の手綱を引くのはそう簡単ではなさそうですよ」

ラモンが友人の言葉に肩をすくめた拍子に、肩甲《かたよろい》が胸当てにぶつかってがちゃりといった。その音が倉庫内にこだましたので、彼は表に出た。

「前の妻は従順な女をうまく演じていた。それとくらべれば、イザベルの率直さも悪くないと思えてくる。女らしさには欠けるとしても。彼女なら、愛想をふりまいて相手をごまかすようなことはしないだろう」

そう思うと、好奇心が頭をもたげてくる。あたりに漂うイザベルの残り香を吸いこんだとき、長らく心から締めだしていた感情が頭にちらついた。少なくとも、合意のもとに相手をするある種の女にかぎられていた感情が。

アンブローズが主人から兜を受け取ったが、その口もとは不服そうにゆがんでいた。「こんな湿地よりもましな領地を持つ結婚相手が、ほかにもいるでしょうに」

「この縁組みのどこが気に入らない？」とラモンはたずねた。じつのところ、自分が結婚を毛ぎらいしている理由をだれかに思いださせてもらう必要があった。イザベルに会ったとたんに、思考力が鈍ってしまったようだから。

アンブローズはラモンの目をまっすぐ見つめて話をする男だった。ラモンは彼のそういう自信たっぷりの態度を高く買っていた。それゆえ、騎士道という絆で結ばれた騎士としてだけでなく、友人としてつき合ってきたのだ。

「女主人の乳母に聞いたんですが、彼女は父親と兄と夫の命を奪った熱病にも負けなかったとか。この領地の運営に命を懸けているようです。ラモンさまは、前の亭主ほど持ちこたえられないかもしれませんよ」

「結婚となると、彼女に心を惑わされるのではないかということのほうが心配だな」

アンブローズが身をこわばらせた。「陛下の気まぐれに応えようとしているだけなのではありませんか。いつものように」

「そうかもしれない」

アンブローズが肩を怒らせて息を吸いこんだ。ラモンは歯をさしらせた。「とはいえ、興味をそそられたのはたしかだ。彼女はおれに堂々と立ち向かった。きっぱりと、気骨を持って。それを見て結婚したくなったとすれば、それはおれの落ち度以外のなにものでもない」

アンブローズがまゆを片方吊り上げ、さもわかったように口角を持ち上げた。「ついにラモンさまも、女の甘い歌声にやられましたか？」

「からかうな、アンブローズ」ラモンは倉庫に保管されている食糧のことを考えた。収穫期はまだ終わっていないというのに、倉庫をほぼ満たしている。「ここの領民が豊かな生活を送っていることを考えれば、この土地を守る必要があるとリチャードが思うのも当然だ。ここには盗むべきものがたっぷりあるからな。あの女主人をふくめて。彼女の守備隊がいなくなったと知れば、ウェールズ人が襲ってくるだろう。なにしろ彼女は遺産をたっぷり手に入れたわけだし、先方としても国王の不在中に領土の拡大を狙っているだろうからな」

アンブローズもその指摘にうなずいた。「とはいえ、女主人本人は、そう簡単になびきそうには見えませんがね」彼の視線が先ほどの鷹に注がれた。「ラモンさまが妻の座に据えようとしても、異を唱えるでしょう」

「彼女の結婚生活はごく短かった。床入りまでいかなかったという噂《うわさ》もあるくらいだ」

アンブローズが身を固くした。「そうであれば、彼女は虚偽の罪で有罪です」

「そうともいえない。それについて本人はまだなにも口にしていないのだから。結婚を決めたのは、彼女の父親だ。娘というのは、男親にしたがわざるをえないものだろう」

アンブローズがうなずいた。「それでもおれには、ラモンさまが無理をしてでも陛下の意に沿おうとしているのではないかと思えてなりません。ご注意を。あの女性を床に連れこむ苦難を強いられるのは、陛下ではないのですから」

ラモンはくっくと笑った。「おれの床に彼女を連れこむことを想像したからこそ、気が変わったんだ。それを考えると結婚も悪くないと思えてくるよ、じつのところ」

アンブローズが驚いたように顔をぱっと輝かせたあと、いきなり笑いはじめた。ラモンがにらみつけても、アンブローズは腹を抱えて笑い転げるばかりだった。

「そこまで理解してもらえたとは、うれしいよ」とラモンはいった。

アンブローズはせき払いしたものの、唇から薄ら笑いを消し去ることはできなかった。

「さすがのラモンさまも年に追いつかれましたか。もう少しすれば、若い従者たち相手に栄光の日々を語り、あれこれ知恵を授けようとするのでしょうね。そんなことでは、女主人に手綱を握られてしまいますよ」

またおかしくてたまらなくなったのか、アンブローズは最後の言葉をのどを詰まらせながら口にした。ラモンがきっとにらみつけても、彼は必死に笑いをこらえようとしてはさらに何度ものどを詰まらせた。

「おぼえておけよ、アンブローズ」ラモンはそう警告したあと、倉庫のなかに戻って内部を厳しい目で確認した。

リチャードに仕える騎士の多くは、リチャードを正当な王と認めない反逆者であるウェールズ人のすぐ近くに住むカモイズのイザベルには目もくれず、ほかの女たちにばかり焦点を合わせてきた。

「この塔を守るためにも、より頑丈な建物をつくる必要があることだけは、まちがいないな」彼は倉庫の前からのびるがらんとした道路に目をやった。

アンブローズはあまりうれしそうではなかった。「この土地に手を加える前に、あの女主人との結婚を決めたほうがよいのでは？　男どもには報酬を支払う必要がありますが、ラモンさまの領地は空っぽのままです。まずはご自分の領地で作物をつくり、みなに支払えるようにしなければ」

ラモンはにやりとすると、アンブローズの肩をぱしんと叩いた。甲冑ががちゃりと音を立てる。

「リチャードはこの土地を守れと命じた。このままにしておけば、その命令にしたがうこと

という知らせがウェールズまで届くのに、そう時間はかからないだろう」

「では、女主人のほうは？」とアンブローズは食い下がった。「うちの男どものはたらきにたいして、なにかしてもらえるのでしょうか？」

不満げな声だな、とラモンが思ったとき、従者が駆けよってきて、アンブローズから兜を受け取った。その隙に、ラモンはいま話題に上がった女性について考えてみた。あのほっそりとした体型からして、おそらく自分のことはさておき人に与える主義なのだろう。青い目に似合いの蜂蜜色の髪を三つ編みにして背中に垂らしているが、ほつれ毛が何本か顔のまわりにかかっているところから察するに、使用人たちが汗水流してはたらいているあいだ、ひとりだけのんびりすわっているわけではなさそうだ。

どちらも、彼女との結婚を考慮する健全な理由となる。彼はシスル塔と倉庫をざっと見わたし、どちらも、攻撃してくれとばかりに大きく開け放たれていることにまゆをひそめた。門を閉めて侵略者たちをかわそうにも、木の壁すらない。主塔と、ほかにいくつか建物があるだけの場所だ。前の領主が人のいいまぬけだったことはまちがいないだろう。ウェールズには、リチャードの不在中に嬉々《きき》として盗みをはたらこうとする王がいる。リチャードが十字軍遠征に夢中なのは、彼らにしてみれば幸いだった。さもなければ、ウェールズなどあっという間に征服されていたことだろう。

同じことがカモイズのイザベルにも当てはまる。馬で乗りつけ、塔の前階段を上がりさえすれば、いとも容易に彼女を奪うことができるのだ。ふと見ると、そのイザベルが目をすがめてこちらを見つめ返していた。ラモンの体内でなにかが反応した。前階段に立つイザベルの姿をつくづくながめるうち、腹の奥がぎゅっと締まってくる。高いところからこちらを見下ろす彼女の表情には、強い対抗意識が感じられた。

ラモンは、そこが気に入った。あれは、勇敢さの証《あかし》だ。

股間が熱くなってきた。

意外だった。イザベルは絶世の美女というわけではないし、詩を書き送るにふさわしい衣装も着ていない。しかしその視線には炎が宿っていた。そこから放たれる熱気を、じっさい肌で感じたと誓ってもいい。カモイズのイザベルという女は、従順に視線を落とすようなことはしない。彼女には、自分の立場を守ってみせるという意志がありありと感じられる。

とはいえ、そんなイザベルも、ラモンの合意を得ることなく男たちをここから追い立てる手段はなにも持っていない。彼女の負けはまちがいないのだが、それでも行く手を阻もうと頑《かたく》なに戸口に立ちはだかっている。

こちらの勝ちなのだから、本来ならラモンも上機嫌になってしかるべきだった。ところが彼は、なぜか不満といら立ちをおぼえた。そんなふうに不機嫌になる理由は容易に察しがつく。堂々と挑んできたカモイズのイザベルは、いわば好敵手なのだ。

そこが、おまえの致命的な弱点だな……

ジャック・レイバーンはいら立っていた。

王との個人的な謁見が認められなかったからではない。獅子心王リチャードを取り囲むほかの男たちのにやけ顔が、いら立たしかったのだ。みな、リチャードのしていることを知っていたから。

ジャックは従者から酒杯を受け取り、中身をゆっくりとのどに流しこんでから返した。

ここは辛抱が肝心だ。

望みのものを手に入れるため、辛抱が必要となったのはこれがはじめてのことではない。ジャックはその場にとどまり、王がこちらの視線に気づいてくれるのをひたすら待った。リチャードという男を表現するなら、尊大さのひと言につきる。自分は神に選ばれし男であり、それゆえ、家臣たちの敬愛に値する存在だと思っている。しかしじつのところ、彼もほかの男たちと同じように、権力を満喫しているだけの話だった。そんな王の慢心を刺激してやれば、こちらも最終的には望みのものを勝ち取れるはず。ようやくリチャードが手を掲げ、王の注意を引こうと躍起になる騎士や貴族たちのなかからジャックを招きよせた。

「カモイズのイザベルと話をさせていただきたいのです、陛下」

「ラモン・ド・セグレイヴの昇格をおまえがよろこんでいないのはわかっていたが、だからといっておまえに同じ褒美を与えて懐柔するつもりはない」背後で分厚いオークの扉が閉まった瞬間、リチャードがそう口にした。

「わたしの望みを誤解なさっておいでです、陛下」

リチャードが、おやという顔をした。「ならば、なぜそんなふうに顔をしかめているのかいってみろ」

ジャックはベルトに両手をかけた。「カセイズのイザベルは、わが親族の妻でした」

王が顔をしかめた。「それは知らなかったな」

「彼女の死んだ夫は、わたしの父の婚外児だったのです。それでも、血がつながっていることに変わりはありません」ジャックは、王がその言葉の意味するところをのみこむようすを見守った。「父から、彼女と結婚して、亡夫から相続した土地を取り戻せと命じられているのです。そこで、陛下のご許可をいただきたいのですが」

リチャードがうなった。「おまえの悩みはよくわかったがな、レイバーン、だからといってラモンに与えた許可を撤回するつもりはない」

「彼女に、ラモンと結婚するようお命じになったのですか？」

王は杯から酒を長々とのどに流しこんだのち、ようやく答えた。「いや、命じてはいない。未亡人なのだから、あの女には自分で選ぶ権利がある」

ジャックは気持ちがいくぶん軽くなるのを感じた。「では、彼女をめぐってラモンに挑戦してもよろしいでしょうか?」

王が薄ら笑いを浮かべて椅子の背もたれにからだを預けた。「公平に、しかも血を流すことなくやってのけられるというのならな。おれが聖地にいるあいだ、ラモンにはこの国の安泰を守ってもらわねば困るのだ」

「対等に戦うには、対等な立場になる必要があります」

王が口を真一文字に結んだ。「それについては、条件によっては考えないでもない」

王が目をきらりと光らせた理由は、ジャックにもよくわかっていた。リチャードは十字軍の遠征に熱心だが、イングランドは貧しい国だ。だから国民から、金目のものをひとつ残らず搾り取ろうとしている。ジャックとしては、父をよろこばせるためには、金を払ってでも王からバロンの位を授かる必要があった。そしてリチャードは、ジャックがその位をいますぐ手に入れたがっていることを百も承知なのだ。

ジャックとしては、憤懣《ふんまん》やるかたない思いだった。

自分はリチャードに軽視されていると思うと、怒りが全身を駆け抜けた。王のそばに仕えてきたのはラモンひとりではないというのに、リチャードはジャックに同じだけの褒美を与えてはくれなかった。

しかしそんなことは、どうでもいいのでは? ジャックは身をかがめて王への服従を示した。いまはとにかく肝心なことだけ考えるのだ。

騎士は、血族にたいして忠誠を誓う義務がある。だから、父の意に沿わなければ。神の命令により、息子はそうするものと定められている。カモイズのイザベルは、運命の気まぐれのせいで、わが一族のものとなるべき土地を手に入れた。

それを必ず取り返してみせる、とジャックは誓った。


「イザベルさま、あの人たち、宿営地を建てています」

目をまん丸にしたアリスが塔に駆けこんできて、背後の戸口を指さした。「荷馬車が到着したんです。つぎからつぎへとやってきて、天幕を張りはじめています」

女たちがはっと息をのみ、数人が祈りの言葉を口にした。しかしイザベルには、祈ったところでラモン・ド・セグレイヴが出ていってくれないことはわかっていた。男というのは、女の気持ちを尊重して計画を変えるようなことはめったにしないものだ。しかし、肩から少し力が抜けたのもまた事実だった。塔の前に軍隊がいれば、貯蔵品に目をつける輩《やから》を思いとどまらせることができる。

それにしても、軍隊に守ってもらうためにあのバロンと結婚するなんて、払う代償が大きすぎる。彼には好きなだけいてもらってもかまわない。ウォールズ人には、その理由はともかく、彼の軍隊がいることさえ伝われば、それでいい。

ほら。こう考えれば、ようやくきょうという一日に感謝する気になってくるというもの。

それでもイザベルは、なぜか満足できなかった。

「セグレイヴ卿は、ここにとどまるつもりよ」いら立ちがありありと感じられる声だった。

アリスが両手で口を覆った。

イザベルは、つい乱暴な手つきで薬草を挽《ひ》いてしまった。テーブルの上に葉が散らばり、何枚か床まではらりと落ちていく。思わず、あまり品がいいとはいえない悪態が口をついて出た。女たちの視線を感じたイザベルは、作法を欠いた罪悪感に頬を染めた。短気を起こしてなにかをだいなしにするなど、とんでもないことだ。

彼女はこわばった息を吸った。「セグレイヴ卿がいうには、国王陛下にわたしとの結婚を勧められたそうよ」

そう口にするだけで、ますます腹が立ってきた。ぷうっと頬をふくらませると、テーブルから離れた。女たちがますます驚いた顔をしたが、イザベルはじっとしていられなかった。体内をすさまじい勢いで血がめぐり、走ったあとのように心臓がどきどきいっていた。

たったこれしきのことで。男ひとりに、ここまで動揺してしまうとは。

「国王陛下のご意志に背くわけにはいきませんよ」

ミルドレッドの言葉に、イザベルはローブの裾をふわりと翻《ひるがえ》しながらふり返った。「あの人がわたしとの結婚を望むのは、ここの南に接する土地を王から授かったからなの。あちらとしては、領地を広げて、この塔を利用して防御を固めたいだけよ」彼女は手をふりながらそうつぶやいた。「どうせわたしの返事を待ちくたびれて、すぐにあきらめるわ。バロンの地位に就くような人なら、従順な妻がお好みでしょう」

「お嬢さまのほうこそ、ひとり身でいるのにくたびれたほうがよろしいのではないかしら。まだお子さんを産めるお年なんですから」

　イザベルは思わず目を見開いた。

　子ども。

　不運なことに、夫がいくら床で励もうが、イザベルは子どもに恵まれなかった。赤ん坊でもできれば、夫の冷淡さにももう少し耐えられただろうに。

「そうですよ、充分お若いんですから……いまはまだ」ミルドレッドがそそのかすようにいった。

「ほんとうに陛下がそうおっしゃったのかしら？　ラモン・ド・セグレイヴの言葉を素直に信じてもよいもの？　ひょっとしたらあの人、したたかな悪党かもしれない。陛下が十字軍遠征に出ている隙にここを略奪しようともくろむバロンはほかにもいるけれど、あの人はそれ以上のろくでなしかも。南に接する土地を賜ったという話だって、本人から聞かされただけで、なんの証拠もないじゃないの」あの男を疑ってしかるべきだ。遺産を相続した女が、結婚したはいいが相手が一文無しであることがわかり、けっきょく相手の目的は遺産のみだったというのはよくある話なのだから。

「あの人の家来たちはここしばらく報酬を受け取っていないようだから、わたしの財産も手に入れたいのよ」

「でも軍隊をひとつ率いているのですから、あの方のいうことを聞かないわけにはいきませんよ」ミルドレッドがイザベルの腕をそっとさすった。「あの方の要望に屈するよりほか、道はありません。屈してことがおさまるなら、つぶされてしまうよりはましでしょう」

イザベルは、育ての親である女性相手に横柄にいい放った。「結婚なんて、ぜったいにお断りよ」

ミルドレッドが警告するような低い声を出した。「でも、あの方の情婦になるのはもっといやでしょう。あちらは家来も揃っていることですし、あの方が好き勝手に望みを叶《かな》えようが、お嬢さまを正式な妻にするよう強要できる人はいないんですよ」ミルドレッドの声には厳しい現実がにじみ出ていた。

それでもイザベルは、苦々しさを味わわずにはいられなかった。男に組み敷かれるなど、反吐が出るという表現でも足りないくらいだ。「わたしを正式な妻としなければ、あの人だって財産に手出しはできないはずよ」

ミルドレッドが笑い声を上げたが、愉快そうな声ではなかった。「あの方はいま、ここシスル・ヒルを占領しているんですよ。陛下が十字軍遠征に出発してしまえば、あの方に指図できる人間はだれもいなくなります。できる人がいるとすれば、ウェールズからの侵略者くらいでしょうね。あたくしにいわせれば、あの方のいうとおりにするのがいちばんです」ミルドレッドがまじめくさった顔をした。「お嬢さまは、まだお子さまを産むことのできる年齢です。もしセグレイヴさまの私生児を身ごもりでもすれば、あちらはその子を認知し、その子を通じて財産を相続できるんですよ。それくらい、お嬢さまも充分承知しているはずでしょう。慈悲を求めようにも陛下は不在ですから、あとはバロン評議会を頼るしかありません」

「でもあの人も、その評議会の一員なのよね」イザベルの口のなかはからからに乾いていた。

いつしか、彼女は戸口に視線を注いでいた。二重扉が開け放たれ、初夏の爽やかな空気が漂ってくる。イザベルは戸口に向かい、中庭で行われている作業をざっと見わたした。ラモンの家来たちは時間を無駄にはしていなかった。荷馬車が到着するたび、即座に荷が下ろされていく。大きな帆布製の天幕がいくつも張られ、鍛冶職人が間に合わせの作業場を設置している。

どの作業も手慣れたようすで進められていた。イザベルは、鍛冶職人が太い切り株の上に据えた鉄床をまじまじと見つめた。ラモン・ド・セグレイヴがここに腰を据えるつもりでやってきたことはまちがいない。軍隊が生活できるだけのものを、すべて持ちこんでいるのだから。騎士にとって、鍛冶職人は水と同じくらい欠かせない存在だ。

ふとラモンの姿が目にとまり、イザベルの背中を震えが駆け下りていった。小姓《こしょう》に胸甲を外させ、拘束から解放されると、ラモンは立ち上がって両腕を大きくまわした。大半の家来よりも頭ひとつぶん背が高く、肩は筋肉で盛り上がっている。

イザベルは彼をつくづくながめつつ、下半身に渦巻く感覚を意識した。わたしは彼に好意を抱いているのだろうか？

「前の旦那さまが冷酷な人だったからといって、一生、殿方の手を恐れているわけにはいかないんですよ」とミルドレッドがいった。

「冷酷どころか、夫は残忍な人だったわ、ミルドレッド。あの人のことを少しでもよくいうものなら、もうあなたの言葉は信用しないわよ。そんなこと、よくわかっているはずでしょう」ミルドレッドがすっと息を吸いこんだ。イザベルはついきつういい方をしてしまったことにかすかな罪の意識をおぼえた。きつい言葉を使わずとも、人生はもう充分つらいというのに。それでも、気持ちを偽ることはできなかった。「わたしはもう子どもじゃないから、不愉快な現実から守ってもらう必要はないわ。ラモン・ド・セグレイヴは戦士よ。そんな人と結婚して、幸せになれるとは思えない。それに修道女は、殿方との接触を断ってもちゃんとやっているじゃないの。結婚しても、夫が十字軍の遠征に出てしまえば、妻はひとりきりで取り残されるものだし」

ミルドレッドが不服そうな低い声を発したので、イザベルは彼女を見つめた。

「ごめんなさいね、ミルドレッド。きょうはつっけんどんな話し方ばかりしてしまって」少なくとも、相手を敬う口調ではなかった。そんな恥ずべきことをした自分に腹が立ってくる。男のことでいらいらするあまり、家族も同然の人に思いやりも持てなくなってしまうとは。

「旦那さまはひどい人でしたけれど、だからといってご自分までいやな人間になってしまわないよう、何度も注意したはずですよ」ミルドレッドが頭をふった。「なかには意地の悪い男もいるものですが、ありがたいことに亡くなってくれたんですから、もうこだわらないほうがよろしいのではないですか」

「おっしゃるとおりですわね」礼儀正しい、洗練された返答をしながらも、イザベルはむなしさをおぼえるばかりだった。

ミルドレッドがうなるような声を出した。「そんな素直な答えであたくしが感心すると思ったら、大まちがいですよ」

イザベルは思わず口もとを緩めた。「どうして？　そういう従順な態度が大事だと教えてくれたのは、あなたなのに？」

「おっしゃるとおりです」

イザベルの笑みがさらに広がるのを見て、ミルドレッドは頭をふった。

「ベチャードさまは婿としてふさわしくないと、お父さまには口添えしたんですけれどね。それに当時、お嬢さまは結婚するには若すぎました。お嬢さまが妻の務めを恐れるようになってしまわれるとは、お父さまに警告したとおりになってしまいましたわね」

イザベルは口もとをふたたび引き締めた。亡夫のことは、思いだすだけで不愉快だ。「あなたのいうように、あの人のことをいつまでも考えるのはやめましょう。お父さまはあの縁組みを望んでらっしゃったのだし、決して悪い縁組みではなかったわ」彼女はミルドレッドを見つめた。「セグレイヴ卿との結婚を拒む理由は、それではないの」

「では、どういう理由かな、レディ・イザベル?」ラモンの声がした。

イザベルはのどを詰まらせ、さっと彼をふり返った。まだ十歩は離れたところにいたが、その表情からして、先ほどの言葉を聞いていたことは明らかだった。「なにがそこまで不服なのか、ぜひお聞かせ願いたい」

ラモンが一歩踏みだすたび、砂利が音を立てた。彼がミルドレッドに指を突きつけた。

「遠慮してくれ」

その有無をいわせぬ声色に、ミルドレッドはさっと頭を下げて立ち去った。イザベルは、つい自分も彼に同じような敬意を払ってしまいそうになるのを、ぐっとこらえた。子どものころから、そういう礼儀作法を叩きこまれてきたのだ。

じっさい夫は、彼女を自分のいいなりにして、平伏させるたびによろこんでいた。彼女に屈辱を与えてはよろこんでいた男を表現するのに、〝ひどい人〟などという言葉ではとても足りない。

ラモン・ド・セグレイヴが目の前で足を止めた。鋭い視線で、彼女の答えを待っている。

イザベルはあごをぐっと持ち上げた。男は率直さをよしとするもの。ならば、ここは単刀直入にいこう。

「床入りがいやなんです」

ラモンはぎょっとしたようだ。目にそれが表れている。その黒い目を見つめるうち、イザベルは肩から重荷が消えていくような気がしたが、やがて彼の目の奥に新たな光が宿るのが見て取れた。

罪深い光であることはまちがいなさそうだが、イザベルは奇妙なほどに心惹《ひ》かれた。

「それは元亭主の手落ちだな。おれならもっと満たせると約束しよう。きみの……欲望を」

イザベルは口をあんぐりと開けた。あわててその口を閉じたものの、今度は頬が燃えるように熱くなる。「うぬぼれないで」

ここまで厚かましいことをいわれたのははじめてだ。にらみつけても、薄ら笑いが返ってくるだけだった。いえ、あれはほんとうに薄ら笑い？　イザベルは彼の口もとを凝視し、その表情を読み取ろうとした。

どうしていままで、彼の唇があんなにやわらかそうなことに気づかなかったのだろう？

イザベル自身の唇が、期待にしびれてくるようだった。

そこまでよ！

「陛下に羽毛を届けて、べつの花嫁を紹介してもらうのがいちばんだと思います。わたし、もう生娘《きむすめ》ではありませんし」

「こちらだって生息子《きむすこ》ではないさ」かすかに横柄な口調だった。

ついにイザベルの自尊心が燃え上がった。「それはそうでしょうとも。ご自分の床上手ぶりをあれほど自慢するくらいですものね」自分がそんな言葉を平然といってのけたことにふと気づき、イザベルは思わず目を見開いたが、ラモン・ド・セグレイヴはそんな彼女の大胆さにふくみ笑いをもらしただけだった。「お楽しみなら、どこかほかで見つけてください。わたし、あなたとは一緒になりたくありません」彼に魅力を感じているなど、一生認めてなるものですか。

ラモンが彼女の言葉を遮るようにさっと手を掲げた。「しかしおれたちは知り合ってまだ間もない。そんなふうに決めつけるのは性急ではないかな」

「そんなことはありません」イザベルは、自分が無礼な態度をとっていることは百も承知だった。そう思うと顔がほてったが、こういう態度で相手に結婚をあきらめさせることができるのなら、罪を犯すだけの価値はある。いやな女だと思わせればいいのだ。

ラモンが階段のいちばん下の段に足をかけた。

「なにをしているの？」

彼はさらに一段上がり、黒いまゆの片方と、からだ全体をぐっと持ち上げた。その目には、新たなものがきらめいている。揺るぎない男の意志が。

イザベルの胃がねじれた。

「塔に入ろうとしているのだが」その声色からして、自分が彼女の住処《すみか》に侵入しようとしていることをちゃんと自覚しているようだ。

「だめよ」イザベルはあわてて制した。「困ります」

彼女はあとずさりしつつも、戸口で踏みとどまった。

「なぜ?」

彼がまた一段上がってきた。イザベルのひざが震える。こんな反応をするなどばかげているし、その強烈さには自分でも驚いていた。

「あなたはここの住人ではありません。ここはわたしの家です」

彼は顔をしかめたものの、さらに一段上がり、彼女と同じ段に立った。イザベルは視線をそらすまいとあごを持ち上げた。

「この塔には自由に立ち入る必要がある。いまからそうするつもりだ。そこをどいてくれないなら、力ずくでどかせるまでだ。どちらでも好きなほうを選ぶといい。もっとも、きみを抱き上げればおたがい手っ取り早く自己紹介ができるので、いちばんかもしれないな」

「お断りします」イザベルはどうしたらいいのかわからず、その場で足を踏みならした。反論せずにはいられず、怒気が燃え上がる。いくらからだが大きいからといって、それに圧倒されているとは思われたくない。

ほんとうなら、ここはお辞儀をして優雅に道を空けるべきところだろう。騎士道に則《のっと》るならそうするよりほかないのだが、どうしてもできなかった。どうにも自分の感情を抑えきれない。秋の落ち葉のように、気持ちがはらはらと撒《ま》き散らされてしまう。胸の鼓動が速くなった。彼はどんどん迫ってくる。ひたと視線を据え、こちらの反応を推し量っている。ここまで人目にさらされた気分を味わうのははじめてだった。どんな男からにせよ、ここまで注目されたことはない。彼が期待をたっぷりこめた表情で手をのばしてきた。

「湯浴《ゆあ》みをしていただかないかぎり、だれもここには入れません」そう早口でまくし立てたあと、イザベルは燃えるように熱くなった肺に深々と息を吸いこんだ。もっともらしい理由を思いついたことに、安堵の波が押しよせる。

ラモンは顔の表情こそ変えなかったものの、いら立ったような声をもらした。顔にまとう頑なな仮面を見ても、彼がなにを考えているのかよくわからなかった。幅広の革ベルトを摑む両手の指関節が白くなっていた。イザベルは戸口まで追いこまれ、あとは塔内に後退するよりほか、道はなかった。

「どうぞ浴場にいらしてください、セグレイヴ卿」彼女は平然とそういい放った。

そのつっけんどんな言葉に、彼の目が細くなる。と、いきなりうなり声を発し、ふたたび愉快そうに目を躍らせた。「いいだろう。せっかくのおもてなしを断る理由もないからな」

イザベルは、その黒い目に宿る炎の意味を計りかね、彼をまじまじと見つめた。相手は負けを知らない男だ。その唇がふたたびにやりとゆがむのを見て、イザベルの首の筋肉が引きつった。

まさに勝ち誇った表情ではないか。

「よろこんで背中を流してもらおうじゃないか、イザベル。おたがいを知るいいきっかけになるだろう」彼の目がきらりと光り、イザベルの全身に震えが走った。「結婚した暁には、もっと知ることになるがな。きみを……悦《よろこ》ばせるおれの才能について」

「背中を流すなんて、いってません」イザベルは怖《お》じ気《け》づいたような小声でいった。

ラモンがぐっと迫ってイザベルの手首を摑んだが、意外にもやさしい手つきだった。肌がじかに触れたことで、イザベルはまともにものを考えられなくなった。これまでずっと、論理的な思考に窮地を救われてきたというのに。ラモン・ド・セグレイヴと会うまでは。ところがいま、論理がもろくも崩れ去り、彼に好き放題ふりまわされている。

そして、心とは裏腹な彼女自身の肉体の思うままに。

「さっき、自分はもう処女ではないといっただろう。となれば、ここの女主人として、おれの世話をするのが当然ではないか」彼が声を低めた。「それとも、淑女らしいふるまいは好みではないのか。それなら……こちらとしてはよろこんで式を挙げる手間を省くが」

彼にぐいと引きよせられ、イザベルは両手を彼の胸に押し当てた。触れたのは硬い鎖かたびらだったが、まるで彼の肌に直接触れたかのように、ぞくりと身を震わせた。

ラモンがさらに思わせぶりな表情を浮かべた。ふたたび目と目が合ったとき、火花が散った。イザベルは下半身の奥が興奮にうずくのを感じた。

「正直にいおう、愛しいイザベル、きみが結婚に異を唱えている以上、教会の命令にしたがう手間を省くというほうが、おれには好都合だ。よろこんで、おれの価値を証明してみせようじゃないか」

イザベルの目は見開かれ、のどはからからだった。一瞬、迷いが生じた。心のどこかで、禁断の行為を試せるのではないかという期待がうずく。暗がりで逢い引きする恋人たちが交わすささやき声や、義務ばかりを気にしてずっと冒険できずにきたことを。

過去の結婚生活では、ことごとく否定されてきたことを……

ラモンが手首の内側をさすった。その指先が、彼女の腕に悦びのさざ波を送りこむ。体内を熱気がめらめらと駆けめぐり、無謀にもこの男をもっと刺激しろとそそのかした……彼の手に触れてもらえ……手を差しだせ、と……

「では、浴場へどうぞ。背中をお流しいたします」

温かな手が彼女のあごを包みこんだ。イザベルは、はっと息をのんだ。革の籠手越しに彼の肌の熱気を感じ、ぶるっと身を震わせる。

最後に男の人に触れられてから、どれぐらいたつの？

長らく触れられていなかったために、まともにものが考えられなくなるほどからだが反応してしまうのだろうか？

「きみの言葉は信じられないな、イザベル」彼が指でそっとあごの線をなぞりつつ、その視線で彼女を釘《くぎ》づけにした。「自分は経験豊富だといいながら、まるで乙女のように頬を赤らめている。きみは人妻だったのか、それともただの花嫁か？」

イザベルは身をこわばらせ、あごを持ち上げて彼の手から逃れた。「人の妻です。もっとも、人の所有物だったというほうが当たっているとは思いますけれど。わたしは夫の慰みもののひとつでしたから。夫の好きに利用され、もてあそばれる立場でした。わたしに選ぶ権利があるいま、そういう立場に戻るとは期待しないでください」

どんなに魅了されようとも、ラモンもほかの男と同じだ。彼がイザベルに望むのは、自分を満足させること、もしくは不満の受け皿になることだけ。

「ほかの男の罪のせいで、こちらまで有罪にされたくない」

イザベルは深く息を吸いこみ、彼に摑まれた手首を掲げてみせた。「いまこの瞬間も、ご自分の意志をわたしに強要しているのでは？」

ラモンが手を放した。一瞬、イザベルは落胆をおぼえた。しかし彼は手をのばし、まっ赤になった彼女の頬をなではじめた。

「では、なぜ顔を赤らめている？　これは、経験不足の表れでは？」

顔がほてっているのは、自分では認めたくない理由のためだった。

「わたし、自分が経験豊富だなんていったおぼえはありません、セグレイヴ卿。結婚生活を送ったのは、ほんの一時でした。わたしは、〝もう生娘ではない〟といったんです」

ラモンが手を引いてあとずさりし、両手をベルトに戻した。険しい表情をしてはいたが、同意するかのようにこくりとうなずきかけてきた。

「それでは、レディ・イザベル、浴場できみのもてなしを待つとしよう」彼が目をすがめた。「いっておくが、おれの世話をすれば、もっと経験を積めるぞ」

「わたしからもいわせていただきますが、セグレイヴ卿、ご自分の勝利をよろこんでいられるのもいまのうちですよ」


「なんて野蛮な」扉の外に隠れていたミルドレッドが姿を現し、小声でいった。「お嬢さまを誘惑して楽しむなんて」

イザベルは思わず下品に鼻を鳴らした。「男なんてあんなものでしょう。自分の望みを叶えるためにには。荷馬車いっぱいに積まれているのが大麦だろうが妻だろうが、あの人たちにとってたいしたちがいはないんだわ」

ミルドレッドが顔をしかめた。「湯浴みのお世話は、あたくしもご一緒いたします」

「いいえ」とイザベルはいった。「あんな人、怖くもないし、裸を見る勇気がないなんて思われたらいやだもの。殿方の裸なら、もう見たことがある。こちらにはあの人と床をともにする気などないということを、さっさとはっきりさせてしまいましょう」

イザベルは、怖じ気づいてなるものかと意を決していた。あの野蛮人が、背中を流してほしいですって？　たしかにわたしは夫婦の夜の営みについては疎いかもしれないけれど、必要とあらば泥の塊を落とす方法くらい心得ている。お世話を終えるころには、せいぜい落胆していることでしょう。イザベルはミルドレッドが頭にかぶっているものに注目した。

「その頭巾を貸してちょうだい」

ミルドレッドは舌打ちしつつも、その目に陽気なきらめきを浮かべた。「気をつけてくださいまし。あの方、駆け引きしようものなら、お嬢さまを出し抜くまで満足しそうにありませんわ。バロンになる騎士は、負けを認めようとしないものですからね」

「それはわたしも同じよ」イザベルは自信たっぷりにいった。「困難を前に尻ごみしていたら、わたしたちみんな、いまごろ空きっ腹を抱えているわ。困難を克服できるのは男だけではないと、世のなかに知らしめてやりましょう」

「たしかにお嬢さまのいうとおりですね」

イザベルはミルドレッドの頭を覆っていた布を外し、自分の頭にあてがった。ミルドレッドが三つ編みを頭巾のうしろに押しこんでくれたので、イザベルは髪が完璧に頭巾のなかに収まるよう、紐《ひも》をぎゅっと結んだ。頭巾のてっぺんに、半分に折りたたまれた四角い麻布が縫いつけられている。それを顔の前からさっとうしろに払い、首をすっぽり覆い隠した。

「慎み深さを忘れて、バロンさまを不愉快にさせてはいけないものね」

ミルドレッドは笑いそうになるのをぐっとこらえて口もとを引き締めた。「そうですとも」

イザベルは、怖じ気づいてしまう前にローブの前を持ち上げて階段を下りはじめた。ラモンの要求に応じるために作業を中断されたと思うと、むかっ腹が立ってくる。

湯浴みの手伝いをするだけよ。ここの女主人として、大切な客人へのおもてなし。

それだけのこと。

あの男がわたしの前で裸になりたいというのなら、けっこうじゃないの。こちらはなんとも思わないから。これっぽっちも。女は男の一物を見てよろこぶものと考えている男は多いけれど、ラモン・ド・セグレイヴが、自分の股間を見せつければわたしが結婚する気になるとでも思っているのなら、さぞかし落胆することになるでしょう。

あなた、まちがいなく彼に興味を抱いているようね。

なんてばかなわたし――イザベルは浴場に近づきながらつぶやいた。

かつて夫は、屹立《きつりつ》した一物を見せびらかしては、彼女を組み敷くのを楽しんでいた。ラモンにかんしても、こちらの判断が正しいに決まっている。あの男も、きっと亡夫と同じだろう。

とはいえ、犯してもいない罪で有罪にするな、という彼の意見は正しかった。

イザベルはふと罪悪感をおぼえ、足を止めた。その場に立ちつくし、ラモンの家来たちが宿営地を建設する音に耳を傾ける。

その音がありがたかった。

これで安心できることは否めない。今夜はだれかに急襲されるおそれはないとわかっていれば、領民もぐっすり眠ることができるだろう。

それでも、やはりあの男と結婚する気にはなれない。ただし、彼らがここにいてくれれば助かるという点は、進んで認めるつもりだった。これは論理的な思考だ——これまでも、論理的思考に助けられてきた。

あとは、ラモンの求婚を拒むだけの論理的理由を見つけるのみ。

浴場は長い倉庫のいちばん奥に位置していた。暖かな外気を取りこむため、窓の鎧戸が開け放たれている。炉に薪《まき》を追加し、灰のなかに押しこんで石炭に触れさせなければならなかった。ふだんなら、この季節の日中に火を焚《た》く必要が生じることはないからだ。近くを流れる川の音がその細長い部屋に満ち、洗濯をしながら歌う女たちの声が聞こえてくる。浴場から少し歩いたところに、父がつくった堤防代わりの石垣があった。雪解けの季節、川岸が浸食されて水の流れが変わるのを防ぐためだ。

川の水が石垣の縁に向かってほとばしり、そこには水を入れたバケツを掲げるための長い竿《さお》が設置されていた。女たちが石垣の表面で服をこすって洗っているため、あたりには石鹸《せっけん》の強烈な匂いが満ちていた。石鹸のおかげで石垣にはかびも生えず、つるつるに保たれている。石垣は川を近くまで引きよせながらも、浴場が設置された岸を激しい流れが浸食するのを防いでいた。

外壁に、細長い樋《とい》が立てかけられている。イザベルはそのひとつを持ち上げ、壁際に固定された桶《おけ》のなかに設置した。川から汲《く》み上げた水をそこに入れれば、窓を通って浴場に流れこむ仕組みになっているのだ。いまの季節、風呂の準備にさほど手間はかからない。これが冬となると、雪を入れたバケツを引きずってこなければならないから大変だ。

イザベルは浴場内に入り、大きなやかんを火にかけた。つねに巨大なフックから吊《つる》された状態にあるので、そのまま火にかけることができる。炎がやかん表面の水滴をじりじりと蒸発させていった。

「失礼します」

ふり返ると、若者がふたり、シスル・ヒルでは見たことがないほど大きな浴槽を運んできた。

「ご主人さまの浴槽は、どこに設置しましょうか?」片方の若者がたずねた。

彼女は開け放たれた窓のほうを指し示した。「あの桶の下に置いて」

窓枠に桶を安定させるための刻み目がついており、若者たちは大きな浴槽を下ろすと、それをまじまじと見た。

「よくできたつくりだな」と片方がいった。

「あれなら手が疲れずにすむ」ふたりはしゃべりながら去っていった。イザベルは顔をしかめて彼らの背中を見送った。白分たちの主人の入浴準備を、わたしひとりにさせるつもりなのね。ラモン・ド・セグレイヴが背中を流してもらうと勝手に決めたことを思うと、いら立ちが倍増した。

これでは、ほかにどんな親密な作業をさせられるか、わかったものではない。なにか相手を出し抜くようないい手を思いつかなければ。

イザベルは浴槽に近づき、つくづくながめた。かなり大きな浴槽だったが、考えてみればこちらで用意する浴槽では、ラモン・ド・セグレイヴほどの大男の場合、ひざを抱えなければ湯に浸かることもできないだろう。彼女は顔をしかめた——こんな浴槽を持参するからには、やはりここに腰を据えるつもりなのだ。

彼が国王のお気に入りなら、この結婚は避けられないだろう。

そう考えると背筋に冷たいものが走り、さすがのイザベルも弱気になってきた。もう屈服する気でいるとは、情けない。イザベルは自身を叱責すると、浴槽に湯を満たす作業をてきぱきこなすことで憂鬱な気分を払いのけようとした。夫に触れられるのがいやでたまらなかったときも、忙しく立ちはたらいて気を紛らわせていた。夜の務めを思えば思うほど、日没が恐ろしくてたまらなかった。

火にかけたやかんからシュウシュウという音が聞こえてきた。湯が沸騰し、やかんの縁からあふれだした。イザベルは先端に鍵手のついた鉄棒を取り、それを使ってやかんを吊した棒を引きよせ、取っ手を摑んだ。浴槽に湯を注ぎ、さらに水を火にかける。

「ふたりきりになったところで頭巾をかぶるとは、じつに興味深い」イザベルの背中を震えが走り、それが全身にさざ波のごとく広がっていった。まるで夏の真夜中のような、彼の声。つい、涼しいそよ風を呼びこみたくなる。そこに身を浸し、すっぽり包まれたくなるような声だ。イザベルは唇を嚙《か》みしめ、こみ上げるあえぎ声をこらえた。頭を覆う頭巾に触れたい気持ちをなんとか押しとどめる。

「女しかいない建物のなかではたらくのに、頭を覆う理由はありませんでしたから」そういって彼をきっとにらみつけた。「それに、無礼なふるまいでバロンさまを落胆させるわけにはいきませんもの」

ラモンが革の籠手を外しにかかった。指を一本ずつ引き抜き、脱ぎ捨てる。露《あら》わになった彼の手に、イザベルの視線が少々長くとどまりすぎた。

「さっそくかんちがいがはじまったな、レディ・イザベル」

彼の黒い目が、イザベルの頭に巻かれた麻布の端に移動した。彼と一緒だと、浴場がいきなり狭くなった気がする。彼がぐっと迫ったかと思うと手がのびてきて、頭巾からこぼれ落ちた巻き毛をもてあそびはじめた。

「なにしろ、おれは落胆するどころかじつに楽しいひとときを過ごしているんだから」

今度こそ、イザベルの口から大きなあえぎ声がもれた。彼女はさっと飛ぶようにしてあとずさりし、彼の手から離れた。

「きみの髪はとても美しい、イザベル。それをもう一度目にできるかどうか、試してみろということか。挑まれるのはきらいではない」

イザベルはすっと息を吸いこんだ。現実がひざから力を奪っていく。「そうでしょうとも。殿方は、いつだって困難に挑みたがるものですもの」

彼の黒いまゆが片方吊り上がった。「おれを浅はかな男と思いこんでいるようだな。しかし、おれが口先ばかり達者でなにも実行に移さない男だったら、もっと低い評価をつけるのではないか？」

イザベルは顔を背けた。罪悪感が胸を刺す。片手を湯に差し入れ、温度をたしかめた。彼といい争ってもしかたがない。「お湯の準備ができました」

「おれの準備がまだだ」

イザベルはふり返り、彼の挑むような視線に気づいて顔をしかめた。彼はもう片方の籠手をわきへ放り、指を曲げたりのばしたりした。指関節のぽきっという音がやけに大きく響きわたる。イザベルは、細かいことばかりが気になりはじめた。彼が指を一本曲げ、イザベルを招きよせようとした。

「こちらにきて、おもてなしをしてもらおうじゃないか」

イザベルは、ふと拒みたくなった。母の教えに背きたいという衝動は、無視できないほど強い。

この人の影響力、あなたには強烈すぎるのでは？

だからこそ、ここは意を決して彼と向き合わなければ。

目の前にいるのはたんなる男であり、男が服の下になにを隠しているのかは、先刻承知だ。

「きみが望んだことだろう」

ひたと据えられた彼の視線が熱すぎる。

「きみに触れてもらえるのがうれしい、とでもいってほしいのか？」その声は深く、男の慢心に満ちていた。

イザベルは彼の上衣《チュニック》の結び目からさっと視線を外した。「もうからかうのはやめて。なにがそんなにおもしろいのか、わけがわからないわ。わたしたち、赤の他人なのに」

彼の指がイザベルの頬をなでた。かすかに触れられただけだというのに、イザベルは頭上に雷が落ちたほどの衝撃をおぼえた。

「きみともっと親密になりたい。すぐにでも」

「わたしはあなたとの結婚には同意していません、セグレイヴ卿」イザベルは両手を腰に当てた。「これまで、ちょっとおべっかを使えば簡単になびく女の人とばかり過ごしてきたようですね。褒め言葉ひとつで、からだに触れてもらえるとお思いのようですけれど、わたしはそういうたぐいの女ではありません」

彼が胸の前で腕を組んだ。二の腕がさらにたくましく盛り上がって見える。「おれたちが夫婦の絆を結ぶ利点にきみが同意していないのはわかっている。どうやら最善の決断を下すだけの理屈がわからないようだから、こちらとしてはほかの手に打ってでたまでだ」

彼の目に宿る決意の光に、イザベルは恐ろしさをおぼえた。

「それなら、あなたをもてなす義務はありませんね。だってあなたには、騎士としての美徳がないようですから」

ラモンが声を立てて笑い、その表情の変化が、一瞬、イザベルにはひどく魅力的に映った。うれしそうに目をきらめかせるところが、父と、シスル・ヒルがもっと陽気な場所だったころを思いださせた。

「騎士道について、ずいぶん非現実的な考えを抱いているようだな。まるで新米の従者だ」

彼の笑みが消えた。「王に仕える騎士の厳しい現実を、堪え忍んだ経験のない従者と同じだ」

「じっさいそういう場面に遭遇するより、口であれこれいっているほうがましという場合はいくらでもあります。従者が戦争の過酷な現実を学ぶように、妻となった女は落胆を味わうものです」

「実感がこもっているな」彼がこわばった口調でいった。「経験者は語る、というわけか」

そんな言葉を聞いても、慰めにもならなかった。むしろ、打ちのめされた気分だ。ひとつの部隊を率いるラモン・ド・セグレイヴのことだから、人が自分の命令にいちいちしたがって当然と思っているのだろう。彼の存在そのものが、身につける甲冑のごとく堅固で、いまこのときも、その顔に本心はちらりとも浮かべていない。イザベルはいつしか彼を凝視し、ほんの少し前にかいま見た陽気さの名残をさがそうとした。

しかし、どこにも見当たらなかった。

イザベルは、これ以上凝視してしまわないよう、彼のチュニックをしっかりとめている結び目に視線を戻した。腹の奥でなにかがとろけていくような気がして、気分が悪くなってきた。彼にしてみれば、わたしから望みのものをすべて奪おうと思えば、じつに簡単なことなのだ。

そう、この人を恐れる気持ちに素直になろうと思えば、できないわけではない。

でも、そんなのはいや。

それでも、ラモン・ド・セグレイヴが相手となると、なぜか弱気になってしまう。そんなところを見せるわけにはいかないが。

結び目は簡単に解け、チュニックの前がぱっと開いた。イザベルは目の前の作業に集中した。この男のことは、父の友人だと思えばいい。

ものすごく年老いた友人。歯もぼろぼろで、足が臭うような。

「服を脱がせて差し上げるには、腰かけにすわってもらわないと」

彼がうなるような声を上げ、なめらかな動きで頭からチュニックを脱ぎ捨てた。

「おれは自分のことは自分でできる男だと、いまにわかるさ」彼はチュニックを腰かけの上にかけた。

「もしくは、女の指図には我慢ならない男だとわかるのかも」

彼は鼻を鳴らしながらも、にやりと口もとをゆがめた。「まさしく主人を持たない女のいいぐさだな」

イザベルはかっとなり、両手を腰に戻した。夫の前でこんなことをすれば引っぱたかれただろうが、ラモン・ド・セグレイヴはくくっと笑っただけだった。

「つづけてくれ。第三者もいないことだし、好きに口答えしてもらおうじゃないか。その情熱がどこに行き着くのかはわからないが」

「怒りは情熱とはちがいます」

「それはどうかな」そのみだらな声の響きに、イザベルは全身に感情のさざ波が立つのを感じた。「このままつづけて、どちらが勝つか試してみるか?」

またしてもこちらをあおろうとしている。イザベルは、ここは威厳を保って無視するにかぎると決め、彼の下着の襟をとめる結び日に手をのばそうとからだを近づけた。ふと、彼の香りが鼻孔をくすぐり、まだ湯は浴びていなかったが、彼が体臭を放っておかない男であることに気づく。

「シスル・ヒルを訪ねる客全員に、なぜ塔へ入る前に湯浴みをさせるのだ？」

「そうやって寝床にノミが入りこまないようにしているんです。同じ理由で、床に井草を敷くのも禁じています。ネズミにしてみれば、いまは塔にいるより湿地にいるほうが居心地がいいはずです」

イザベルは彼の袖口に手をのばし、結び目を解いた。てのひらにできたたこが、剣術の達人であることを物語っていた。

「それなら、素っ裸で寝床に横たわれば、さぞかし気持ちいいだろうな」

イザベルははっとして、その拍子にもう片方の袖口の結び目を強く引っ張りすぎてしまった。結び目が絡まり、イザベルは彼の忍び笑いを聞きながら指先でそれを解かなければならなかった。

素っ裸？　そんなこと一度も……でも……

「想像しているんだな？」と彼がからかうようにいった。

イザベルは跳び上がり、悪態をぐっとのみこんだ。ようやく結び目が解けた。

「そんなふうにからかわれたことを咎めれば、あなたを逆によろこばせてしまうだけでしょう」と彼女は大胆にいってのけた。

自分でも驚いていた。全身がぞくぞくとして、心地よさをおぼえた。夫のベチャードにからかわれたことなど一度もなかった。自分の所有物である妻をわざわざからかうような男はいない。

「ほら、認めたらどうだ。おれと一緒だと楽しいと」

「かもしれませんね」

胸に響くような彼の笑い声が、浴場の壁にはね返った。彼の指がイザベルのあごに触れ、ふたたび視線の高さを合わせようと持ち上げた。やさしい手つきだった。赤ん坊すら起こさずにすみそうな、やわらかな接触。それでもイザベルの心臓が激しく鼓動しはじめた。

「きみが素っ裸でいると思うと、たまらないね」

「罪深いことです」と彼女は正した。

「そんなことはない」ラモンが彼女の頭巾の結び目の下に指を滑りこませた。さっと引っ張っただけで、結び目が解けた。

イザベルは跳ぶようにしてあとずさりしたが、頭巾が緩んで三つ編みが背中にはらりと落ちかかった。彼が勝ち誇ったような笑みを浮かべた。

「きみに求婚した男なのだから、きみを知る方法についてあれこれ考えるのは罪ではないはずだ、イザベル」

彼の黒い目が、先をつづけるようけしかけていた。イザベルは緩んだ頭巾を取り払った。

彼へのおもてなしは拒むのがいちばんだが、心のどこかに、ここで引き下がってなるものかという気持ちがあった。

じっさい、そんなことは耐えられない。

わたしは臆病者ではないのだから。

そこでイザベルは、彼の下着の肩に両手を差し入れた。さっと短く引っ張って下着を脱がせると、彼の首から腰までが露わになった。

前の夫とは、まるでちがうみたいね。

2

イザベルは深々と息を吸いこみ、のどの奥からこみ上げてきたしこりをごくりとのみこんだ。ラモン・ド・セグレイヴの筋骨隆々とした肉体。腰よりも広い肩幅。美食と道楽とは無縁の腹まわり。そう、亡夫とはまるでちがうからだつきだった。

「きみのその表情が、このうえない褒め言葉だな、イザベル」

ラモンの声ににじむ熱気が、イザベルの下半身に欲望の渦を巻き起こした。

彼が腰を下ろし、ブーツを脱がせてくれとばかりに脚を片方差しだした。イザベルがブーツに手をのばしたとき、ふたりの視線が合った。からだの奥がぎゅっと締まり、のどがからからになる。ブーツを引っ張りながら、イザベルは思わず唇を舐《な》めた。

「この光景がお気に召したらしいな」彼の言葉は露骨で横柄だった。

「そんなことは――」そこで言葉を切った。否定すればうそになる。この人の前でひざを突いたまま、うそをついたことを反省する必要などあるはずもない。

ブーツをうしろに置いたとき、彼の忍び笑いが聞こえた。イザベルは思わずむっとしたが、いまここで浴場をあとにすれば、臆病者だと思われてしまう。

たしかに臆病者なのだけれど。

でも、そんなのは自分でも許せない。

ほんとうは、この人と関係を持ちたいくせに……

怒りのあと押しがなかったため、もう一方のブーツを脱がせるのにはもっと手間取った。不謹慎な考えを抱いた自分を叱責するのに忙しかったのだ。

みだらな気分になるなんて、とんでもない。

イザベルは脱がせたブーツを最初のブーツのわきに置き、ふり返った。ラモンがふたたび立ち上がっていた。いまや身につけているのはタイツだけで、その前面が見まがうことなきふくらみで盛り上がっていた。彼女はためらった。腹の奥を新たな熱気がぞくぞくと駆け抜けていく。

「もう降参かな、レディ？」先ほどの目の色と同じくらい挑戦的で、深く響く声だった。イザベルは顔を上げ、決意のほどを見せつけてやることにした。意地の悪い言葉を口にできるのは、彼だけではないはず。

「殿方のその部分なら、もう見飽きていますから」少なくとも、体内にこみ上げる熱気をにじませることなくいい放つことができた。

イザベルはブーツを手に取り、石鹸がかかってしまわないよう、扉のほうへ移動させた。

石鹼の灰汁《あく》は、革に染みを残してしまうことがある。

「さっきもそんなことをいっていたな」ぱしゃりという音にふり返ると、タイツが腰かけの上にかかり、ラモンが湯船に浸かっていた。幸いこちらに背中を向けていたので、イザベルは彼の視線から逃れてひと息つくことができた。とはいえ、落胆の気持ちもないといえばうそになる。彼女は額に浮かぶ玉のような汗を拭った。まだそれはどきつい作業をしているわけでもないのに、指が汗でびっしょりになった。

ラモンが両腕をのばし、つま先を小刻みに動かした。

「もう三日もブーツを履きっぱなしだった」とこぼす。「そちらの規則にしたがうのも、悪くはないいな」彼がふり返り、肩越しにイザベルを見つめた。「おたがいの要望を満たせないか、話し合いの余地がありそうだ」

イザベルは石鹼の入った小さな陶器の皿に手をのばした。彼の表情を読もうと試みたあと、口を開く。「ご自分より女の意志を尊重しようとする殿方には、会ったこともありません。あなたにいわせると、わたしには主人のいない時期が長すぎたということなのね」

「仕えるべき主人がいないと、人はみな獣になる」

「あなたは、ご自分の主人にいわれてここにきたのよね」イザベルは考えもなしにそう口にしたあと、この男とそこまで打ち解けた言葉を交わした自分を叱りつけた。イヴがヘビに話しかけたことで、どうなったか思いだしてごらんなさい――まっすぐ地獄行きよ。

ラモンがうなずいた。「そのとおり。リチャードは、おれならこの結婚の利点を理解すると信じている」

それはそうでしょう。王というのは、昔から家臣は自分の思いどおりになると信じきっているのだから。

それでもイザベルは唇を嚙み、口を閉ざした——ここでいい争ったところで、なんになる？　いい返せば、こちらの忠誠心や成熟度の低さを露呈してしまうだけ。自分の立場に異を唱えるなんて、甘やかされた子どものすることだ。イザベルはやわらかな布でふんわりと泡をすくい取り、皿をわきへやった。

「石鹼を使ってもらえるとは、うれしい驚きだな」

イザベルは、彼に触れるのをふとためらった。「かつて父が国王陛下に仕えていたとき、十字軍遠征から便利なものをたくさん持ち帰ってくれたのです。欠点だらけではあるけれど、ムーア人というのは、快適な生活を送るすべを心得ているようですね」

「そうだな」彼も同意した。「神といえど悪臭は不愉快だろう。もっともおれは、異教徒の手によるものだからと、東のものをことごとく拒否する男たちと肩を並べてきたわけだが」

「気をつけて。そんなキリスト教徒らしからぬ発言を聞かれたら、さらし台行きですよ」

ラモンは肩をすくめ、彼女に背中を洗ってもらおうと前かがみになった。「キリスト教徒らしからぬ……態度をとったおかげで、もう人からさんざん責められてきた。リチャードがきみとの結婚を勧めたのも、それがあったからなのだろう。陛下は、おれが教会の祝福なしに女の温《ぬく》もりを楽しんでばかりいたら、魂が呪われるのではないかと恐れているのだ」

「つまりわたしは、あなたを地獄の業火から救うための手段だと？」

イザベルは意を決して手をのばし、麻布を彼の肩に走らせた。腕に小さなさざ波が立ち、肌が粟立《あわだ》った。この男を意識してはだめ、と自分を戒めたものの、気まぐれな感情を制御できそうにはなかった。麻布をぎゅっと握りしめ、新婚初夜を迎える生娘のように震える指を押さえつけた。

いま地獄の業火にあおられているのは、どちらかしら？

「東の国で、おれ自身いくつか学んだことがある。シスル・ヒルは防御を固める必要があるな。ここを城塞にまで発展させなければ」とラモンがいった。

イザベルは手を引っこめた。いら立って布を強く握りしめたため、指のあいだから水がしたたり落ち、ローブの前を濡《ぬ》らしてしまった。

ここを城塞にすべきなのは百も承知だが、イザベルにはそうするだけの技術がなかった。

「建築の知識を持つ殿方は全員、陛下に召集されてしまいました」

「おれにはその知識がある」ラモンが小さくため息をついた。「きみも、そのうちおれの存在に慣れてくるはずだ、イザベル」

それはたんなる示唆ではなかった。まちがいなく、確信しているような声だった。権威を持って断言するような声。

イザベルは、妻という立場についてまわるものを思いださずにはいられなかった。

「では、いまこうして背中を流させているのも、慣れさせるためなのね?」怒りのあまり、声が震えていた。「命じることで、わたしに身のほどを知らしめようとしているの?」

彼はあいかわらず背中を向けたまま、窓の外をながめていた。「おたがい、もう詩を送り合うような年齢でもないだろう」

「そうでしょうとも。あなたはそんな愛想や気品は持ち合わせていないでしょうから」

イザベルはローブを翻してくるりと背を向けた。三歩進んだところで、ラモンの低い声に引き止められた。

「きみのほうこそ、愛想も慎《つつ》ましさも持ち合わせていないじゃないか」

イザベルはショックを受けて彼をふり返った。淑女に向かってそんな口をきく騎士が、どこにいるのか。

「もちろんわたしは愛想も慎ましさも持ち合わせております。少なくとも、人には親切に接しています。あなたの家に馬で乗りつけて、自分の意見を押しつけるようなことはしていません」そう反論したものの、イザベルは彼の視線に気づくとはっと身をこわばらせた。その目には、決意以上のものがぎらついていた——どこか野蛮さを感じさせるようなものが。先ほどまで浴槽の縁で休んでいたつま先も、いまは見当たらない。彼は浴槽の底に両足をぺたりとつけ、いままさに立ち上がらんとするかのように縁に片手をかけていた。

「おれは約束を守る男だ。いまここにいるのは、わが国王に送りこまれ、きみを妻にしてはどうかと持ちかけられたからだ」彼の声がいちだんと深く、凄《すご》みを増した。

「陛下も、まさかわたしが自己紹介代わりにあなたの背中を流すところなど、想像してはいなかったのでしょう」

彼の唇が残忍な笑みをつくった。「それはどうかな。天罰を逃れたいなら、リチャードもおれと同じくらい妻を必要としているはずだから」

ラモンがばしゃりと音を立てて立ち上がった。全身から水をしたたらせつつ、彼女に面と向かった。いま自分が素っ裸であることなど気にするようすもなく、ぎょっとするイザベルを見て楽しんでいる。全身、どこもかしこも強烈だった。どうだとばかりにイザベルを見据える視線にいたるまで。

「は、恥ずかしくないの？」彼女は口ごもりながらいった。視線を彼の顔から動かすまいと、必死だった。

「勝負に勝てるかどうかというときに、恥など気にしていられるか」ラモンの黒い目が妖しく光った。彼は片手を掲げ、イザベルに戻ってくるよう手招きした。「選ぶのはそちらだ。自分の役割を素直に受け入れるか、さもなくば押し倒されるかのどちらか。おれからすれば、淑女としてあつかうか、あばずれとしてあつかうかのどちらかだ」

イザベルは突如として、頭が痛くなるほどの激しい怒りに駆られた。こぶしを固め、この場を立ち去ってやろうかと考える。

まったく！　でもこの人のことだから、素っ裸のまま庭まで追いかけてきそうだ。

この獣がそれくらい大胆なことはまちがいない。

イザベルは床に用意された浴用布のところへ戻った。それを拾い上げ、ラモンに視線を戻す。彼は愉快そうに目をきらめかせてこちらをながめていた。

「神父さまにどう思われようと、あなたと並んでさらしものにされるつもりはありません」

「ああ、きみの露わになった髪を見ると……我慢できないほど熱情がむらむらと……」彼がからかうようにいった。

むらむらと……

イザベルの視線が思わずするすると下がり、やがて彼の一物に注がれた。

「見ればわかるだろう、じっさい……むらむらしているのが」

イザベルは、炉床で燃える石炭以上に熱い怒りをおぼえた。

「わたしに背中を流してほしいなら、ちゃんとすわっていてください。あなたは背が高いから、そんなふうに立っていられたら背中に手が届きません」

彼の黒いまゆが片方吊り上がった。「せっかく立っているのだから、手が届くべつの場所を洗うべきではないかな」その気取った声が神経に障り、イザベルはぎゅっと握りしめた布を持ち上げた。

「お望み……どおり……」

彼の腹めがけてこぶしを突きだした。が、途中で阻まれた。彼の指がイザベルのこぶしをすっぽり包みこんでいる。強い力ではあったが、痛みは感じなかった。イザベルはこぶしを包む彼の手から、腕に向かってうねる筋肉を目で追った。

この男は、こちらを痛めつけるだけの力を持っている。それを疑う余地はない。

「度胸があるな」

その短い言葉が、かつてないほど強烈な火花を彼女の体内で炸裂《さくれつ》させた。さっと顔を上げると、ラモンがたいしたものだといわんばかりの熱い視線を向けていた。乾燥したわらをのみこむ炎のごとく、その熱気が体内にめらめらと広がっていく。そんなふうに賞賛され、ついよろこんでしまう自分を無視できなかった。なにしろ彼は、お世辞をいうような男ではないのだから。

それでも、ラモンのうれしそうな表情をまじまじと見つめるうち、イザベルは不審げな表情を浮かべた。「もしわたしが怯《おび》えたネズミのようにめそめそして震え上がっていたら——」

「結婚したくないというきみの望みを、よろこんで受け入れただろうな」

ラモンが腰を下ろし、ふたたび彼女に背中を向けた。イザベルは口をあんぐり開けたあと、閉じた。

わたしときたら、なんと愚かで……節操のない女なのか。

彼の広い背中をこすりはじめたとき、後悔の念が体内を舐めるように通り過ぎていった。少なくともあれこれ頭を悩ませていたおかげで、自分がいましていることについてさほど考えずにすんだ。この男には、好きに思わせておけばいい。まだなにも約束したわけではないのだから。ここの女主人としての義務を果たしているかぎり、ラモン・ド・セグレイヴといえどもこちらの気持ちを尊重せずにはいられないはず。すでに父もこの世にないのだから、王を除けば、わたしに結婚を命じられる人間はだれもいない。ふと、リチャードが間もなく十字軍遠征に向かうことがありがたく感じられた。

さっさと出発してもらいたい。心からそう思った。


「背中の皮はまだ残っていますか?」副官のアンブローズがそういいながら、着替え用の服をひと揃え手にした若い従者をしたがえて浴場に入ってきた。

ラモンは新しい下着を身につけると、アンブローズに薄ら笑いを向けた。イザベルは彼の背中を洗い流すや、そそくさと立ち去っていた。彼に服を着せるのは従者の役目だ。もしくは、妻の役目。しかし一時間もかけてたっぷりからかったのだから、もう充分だろう。

「女主人のおかげで、ノミが一匹たりともついていないことはたしかだ」

アンブローズが鼻を鳴らした。「ラモンさまの皮膚をこすり落とさんばかりの勢いに見えましたがね。おれなら、ああいうタイプはムスコに近づけたくありません」

「彼女の手に触れてもらうのは、なかなかいいものだったぞ」

ラモンは、あきれたように頭をふるアンブローズを見つめた。アンブローズが、カモイズの女相続人との結婚を認めようが認めまいが、ラモンは気にしていなかった。アンブローズがイザベルを好いていないのが、むしろうれしいくらいだった。

とはいえ、そんな感情に気づいたことは、あまりよろこべない。

結婚は、関係者全員が恩恵を受けるのに都合のいい道具だ。そこに感情など必要ない。必要なのは、いざ子どもをつくるとき、こちらの股間を萎えさせない程度に魅力的な花嫁であることのみ。

彼の一物はあいかわらず石のように硬く、従者の好奇の視線を引きつけた。

「あの塔をどう思う？」とラモンはたずねた。

「まだだれもなかに足を踏み入れていません。まずはからだを洗えという女主人の命令に、ラモンさまがしたがったためです。そこでみんなして川岸に下りていったので、住民たちが驚いて散り散りに逃げていきました」アンブローズがくっと笑った。

従者が必死に笑いを押し殺そうとしたが、むずかしいようだった。ラモンはふり返り、川のようすを見ようと窓際に向かった。まだ大勢の男たちが、生まれたままの姿で川岸にいた。このひとときを楽しむ彼らの会話が、こちらまで聞こえてくる。宿営地の建設よりも、水浴びのほうが楽しいのだろう。

「レディ・イザベルも、自分の指示がここまで入念に守られているとなれば、さぞかしおよろこびでしょう」アンブローズがのどを詰まらせながらいった。

ラモンはにやりとした。「火を噴いていそうだな」彼は従者に服を着せてもらうために腰を下ろした。「彼女の反応を見るのが待ちきれないよ」

「あの男、魔王の生まれ変わりですわね」ミルドレッドがエプロンで顔を覆った。

「しーっ。教会騎士団にそんなことを聞かれでもしたら、ほしくもない騎士がますます押しよせてしまうわ」イザベルはいさめた。「そんなの、耐えられない」ミルドレッドがエプロンの裾から顔をのぞかせると、イザベルは声をやわらげ、ため息をもらした。「あれこれうるさくいって、ごめんなさい」

ミルドレッドがうなるように声を発した。「動揺して当然ですよ、お嬢さま」彼女はエプロンを下ろし、ずらりと並ぶ裸の背中に向けて顔をしかめた。やがてさっと手をふり、川に背を向けた。

「あのバロンさまは、野獣のような大男です。あんな男と結婚したくないというお気持ちは、よくわかります」ミルドレッドはうなずいた。「あの方の一物ときたら、えらく太いうえ――」

「その先はいわないで」イザベルは彼女の言葉を遮った。『あの人のことはもうたっぷり見たわ。あなたみたいに、ドアの隙間からこっそりのぞき見しただけではないんだから」

ミルドレッドは悪びれもせずに肩をすくめた。「ああいう一物が意味することはひとつだけです」この話題に辟易《へきえき》しているイザベルにかまうことなく、ミルドレッドは先をつづけた。ぐっと身をよせ、声を低くする。「かなりの好色漢ですとも。あれほど太くて長いものとなれば、要求が激しいに決まっていると、産婆ならだれしも認めるでしょう。少なくとも毎晩一回はあれを使わずにはいられないでしょうね。あの玉袋からして、二回かもしれません」

イザベルはうめき声を上げ、チュニックを脱いだラモンの姿を思いだして頬を赤らめた。

ミルドレッドが目ざとくそれに気づいた。

「あらあら。うっかり露骨なことをいってしまいました。ご結婚なさっていたのだから、大丈夫かと思って」

「べつに大丈夫よ。少しぎょっとしただけだから。それだけ」イザベルは身を固くした。

「セグレイヴ卿にこれ以上邪魔をされる前に、なにかすることを見つけなければ」

太くて長い……

イザベルは頭からその光景をふり払おうとした――が、ラモン・ド・セグレイヴと亡夫のちがいについて、考えずにはいられなかった。たんにからだつきがちがうというだけではない。近くに立っただけで、彼からみなぎる自信がひしひしと感じられるのだ。あの自信が戦場で発揮され、バロンの地位をもたらしたのだろう。

周囲では、家来たちによる宿営地の建設が進んでいた。糞《ふん》の匂いが充満しないよう、馬が途切れることのない列をつくって高台の向こうへ連れられていった。それと一緒に、男たちが囲い柵をつくるための長い竿を運んでいる。馬を操りつつ武器をふるう技術こそが、優秀な戦士の証だ。だから、騎士に雄馬は欠かせない。

ぎょっとしたわ……

それどころの騒ぎではなかった。イザベルは敗北感に抗《あらが》おうとしたものの、目を向けるところすべてに追い払う手立てのない男たちがいるとなれば、無理な相談だった。シスル・ヒルはこれまでふたつの季節を平穏に過ごしてきたが、それがつづかないことは彼女も充分承知していた。それでも、目の前の光景にはつい涙を誘われてしまう。聖なる土地へ出陣するに当たり、国王陛下もはた迷惑なことをしてくれたものだ。そんな大それた気持ちすら抱いてしまう。

イザベルは頭をふり、塔に入った。そこは四階建ての巨大な建物だった。一階部分は、かつてこの土地に押しよせた地獄の軍隊ヴァイキングから身を守るための避難所として建設された。増築された二階部分は、北欧の略奪者が狙いそうな貴重品を隠すための場所だ。

亡夫のベチャードは、彼女の持参金を元手に増築をつづけた。彼はブリテンとウェールズの国境を強化することで王を感心させようとしながら、そのじつ、王宮に匹敵する住処を確保しようとしていた。

また、それは十字軍遠征を避けるための手段でもあった。

イザベルは広々とした四つの家族室がある三階へ上がっていった。ベチャードはそのひとつを展示場とし、王の軍隊で過ごした日々に持ち帰った品々をあれこれ飾っていた。

略奪品の数々……

イザベルはその部屋の入口に近づきながら、歩調を緩めた。そこを美しいという人もいるだろうが、イザベルは亡夫が自慢にしていた金銀の杯がいやでたまらなかった。床にはペルシャ絨毯《じゅうたん》が敷かれ、小さな色つきガラスを使った窓が三枚はめられている。そこに陽が射すと、みごとなモザイク模様が浮かび上がる。亡夫は、領民たちが靴を必要としているときに、そうした豪華品を愛《め》でてはよろこんでいた。

イザベルは、女部屋の簡素な木の鎧戸のほうが好きだった。亡夫の部屋をあとにし、自室に向かった。鎧戸が開け放たれ、広々とした部屋に初夏の空気が満ちている。耕されたばかりの土の匂い、雪解け水が勢いよく流れる川の音。ふたりの娘たちがベッドを整えており、イザベルに向かってうなずきかけはしたものの、形式張った敬意を表すために手を止めたりはしなかった。

夫が死んでからというもの、そうした意味のないふるまいは排除していた。シスル・ヒルでは全員が力を合わせる必要があり、見栄《みえ》っ張りのつんと取りすました女主人など無用の長物だ。

鷹狩り用の長手袋を手にしたイザベルは、階段を下りて一階に戻った。角を曲がり、長テーブルと長椅子がずらりと並ぶ広間を通り抜ける。広間の奥に、厨房《ちゅうぼう》へとつづく広い出入り口があった。下の階に煙が充満するのを避けるため、厨房は塔の裏手につくられていた。入っていくと料理長が顔を上げたが、イザベルは長居はしなかった。数人の娘たちが暖炉前の長テーブルで生地をこねる一方、さらに多くの者が地下室から持ちこまれた野菜を刻んでいた。野菜はまだ凍りついていたが、シチュー鍋をたっぷり満たしてくれるだろう。

イザベルは、鷹のいる倉庫に戻っていった。夜の寒さがやわらげば、鷹たちは外の木造小屋に移される。鷹はシスル・ヒルにはなくてはならない存在だった。彼らの寝床はきれいに整えられ、日に二回は掃除されていた。

「さあ、いらっしゃい、王子さま。お仕事よ。それに、そろそろお腹《なか》が空いているころでしょう」とイザベルは声をかけた。

グリフィンが彼女の声に応えて翼を持ち上げ、くちばしから鋭い叫びを発した。グリフィンは狩猟能力の高い鷹で、空を自由に駆けめぐるのが待ちきれないとでもいうように、しきりに首を左右にふりはじめた。

イザベルは長手袋に手を差し入れ、指を動かして手がすっぽり革で守られていることを確認した。腕を差しだすと、なだめすかす間もなくグリフィンが飛びのってきた。

彼女は鷹の右足首に取りつけた革紐をしっかりと摑み、外の陽射しのなかに連れだした。塔が見下ろす土地を横切ると、ガチョウの鳴き声が騒々しくなってきた。高台を越えたところからなだらかな傾斜がはじまり、その先には広大な湿地が広がっている。イザベルがそこでガチョウを飼育するまでは、多くの者が不毛の土地と見なしていた場所だ。

ガチョウは葦《あし》に囲まれてすくすくと育ってくれた。川岸に巣づくりし、びっしり繁《しげ》った植物に身を守られているおかげだ。

「イザベルさま……ほら……きょうはたくさんウモウがあつまりました」

葦のなかで丁寧に羽毛をさがしていた三人の幼い娘が駆けよってきた。収穫物を高々と掲げ、女主人をよろこばせたくてうずうずしているようすだ。背中には円柱状に編まれた縦長のかごを背負っている。そこに入れて運べば、羽毛を傷つけずにすむ。

「すごいじゃないの」

三人とも幼く、いちばん年下の娘はまだ六歳だったが、それでも目ざとく、毎日のように葦のなかを熱心にさがし歩いていた。薄汚い沼地に羽毛を一枚でも落とし、失うわけにはいかなかった。ベチャードは、ガチョウを生かしたままにしようとするイザベルを激しく非難したが、ほんの一年で、彼女は自分の方法が正しいことを証明していた。群れの半分を殺していたベチャードよりも、射手のための羽毛をもっと多く収穫してみせたのだ。

「巣がありました。五つの巣に、卵がふたつずつ産み落とされていました」といちばん年長の娘が報告した。

イザベルはにこりとした。「きちんと印はつけた?」

三人の娘が即座にうなずいた。

「よかった。じゃあ、厨房に行きなさい。三人とも、充分なはたらきをしてくれたみたいだから」

娘たちは、焼きたてのパンを期待して大急ぎで去っていった。チュニックがひざのあたりで翻り、午後の陽射しがその足もとをきらめかせた。湿地の反対側では、農民とその息子たちが鋤《すき》で田を耕していた。ベチャードは湿地ばかりのこの土地をしきりに嘆いていたが、イザベルはここからきちんと収益を上げてみせた。長弓の矢に使われるのは、ガチョウの羽毛だけだ。シスル・ヒルは、いまでは王に納める税のすべてを羽毛でまかなっているうえ、売って儲《もう》けるほどの量が残ることもしばしばあった。おかげで収穫した農作物はすべて、冬の備蓄にまわすことができる。イザベルが土地を管理するようになってからは、飢える者はひとりとしていなかった。

自尊心を抱くのは罪なことかもしれないが、イザベルは自分が領民に与えた生活に誇りを抱いていた。目の届くかぎりの畑で、植えつけの準備が進められている。集落から煙が立ち上り、女たちが家の外で風薫る季節を楽しみながらはたらいていた。

湿地を見わたしていると、ガチョウの声が聞こえてきた。オスのガチョウが頭を高く掲げ、水面を滑るように進んでいる。葦の茂みに隠れたメスに向かって首をぐっとのばし、しきりにアピールしているのだ。彼女はさらに奥へ進み、巣のありかを示す緋色《ひいろ》のリボンをさがした。先ほどの娘たちが、だれかがうっかり巣を荒らしてしまわないよう、がんじょうな葦の茎のてっぺんに結びつけてくれたはずだ。群れにガチョウの子どもが加わるのは、大歓迎だった。

グリフィンにかぶせていたフードを取ってやると、鷹は興奮してからだを小刻みに揺らしはじめた。解き放たれたとたん、翼を強く羽ばたいて宙に舞い上がった。イザベルは鷹が空高く上昇し、鋭い眼光で獲物をさがしはじめるようすを見守った。

夜明けにもう一度グリフィンを連れだしてやろう。鷹が、ガチョウの卵を狙うネズミを捕まえてくれる。鷹が急降下し、かぎ爪に獲物を掴んで腕に戻ってきたが、彼女は獲物を取り上げ、鷹をふたたび宙に放った。鷹はうれしそうに空を舞い、腹を満たすのと同じくらい狩りを楽しんだ。

午後の陽射しがあせはじめ、遠くから教会の鐘の音が聞こえてきた。イザベルは最後の獲物は取り上げずにグリフィンに与え、礼拝に出席するために戻ることにした。手に入れた小さなネズミにむしゃぶりつく鷹は、その場に残していった。

それにしても、あまりに長く、あまりに心乱される一日だった。彼女は教会に向かい、礼拝を目ざす人の列に加わった。ミルドレッドがすでに前のほうにいて、イザベルのために場所を空けてくれた。

いつもなら静かな礼拝の場に、石床に反響する拍車の耳障りな音が飛びこんできた。ラモン・ド・セグレイヴと彼の副官が、男たちをしたがえて教会に入ってきたのだ。鎖かたびらが騒々しい音を教会内に響かせ、入口の外に残された剣の金属音までが賑《にぎ》やかに聞こえてきた。修道士たちが凍りつき、満杯にふくれ上がった教会内を見て驚きの表情を浮かべた。ぎゅうぎゅう詰めだ。男たちは左側、女たちは右側に並んでいる。修道女たちは通路に立つよりほかなかった。神父は会衆に背を向け、ひざまずいていた。彼は最後の祈りの言葉をつぶやいて立ち上がると、ゆっくりと会衆をふり返った。

神父は目を見開いたが、同時に笑みを浮かべた。イザベルはため息をもらした。少なくとも、領地にバロンを迎えたことをよろこぶ者がいるのはまちがいなさそうだ。

彼女自身は、もちろんよろこんでなどいないが。


「女主人が下々の者と同じ席についています」とアンブローズがつぶやいた。

「おれの目はちゃんとはたらいている」とラモンは応じた。

アンブローズが茶化すような顔をした。「ユーモアのセンスは、はたらいていないようですが」

ラモンは不満げにうなりながらも、アンブローズににやりと笑いかけた。「今夜のおれは、おまえの相手が務まらないほどつまらぬ男ということか？」彼はイザベルに目を据えたまま、丸パンを半分に割った。女主人はこちらに背を向けてすわっている。それ自体は決して無礼なふるまいではない。ただラモンとしては、自分のいる上座の隣にすわってくれるものと期待していたのだ。ところがイザベルは使用人と同じテーブルにつき、乳母とパンを分け合っていた。

「たしかに今夜のラモンさまは生まじめが過ぎるようですが、ついもの思いにふけってしまわれるのも、もっともなことでして」アンブローズが短剣を使って大皿からソーセージを奪い取った。「あちらの刺々《とげとげ》しいご婦人との結婚を考えていらっしゃるとなれば、ユーモアのセンスなどしぼんでしまうのも当然かと」

「おまえ、気骨と気むずかしさを取りちがえているぞ。カモイズの女主人は娘っ子ではなく、いっぱしの女だ。おとなしくこちらにしたがうなどとは、そもそも思っていない。ここを切り盛りするだけの気骨が彼女になければ、いまごろ領民はひどくひもじい思いをしていたことだろう」ラモンは副官に向かって静かに杯を掲げてみせた。「飢えて作付けもできないほど貧弱な村人より、彼女の気骨のほうがよほどましというものだ」

副官が身をよせた。「まさにそういいたかったのですよ。あの女主人は年のせいで我が強くなっているのです」

ラモンは副官の陰気な口調がむしろ愉快に感じられた。「まだそれほどの年ではないさ。

むしろ、父親に結婚を強いられたときが若すぎたのだ」

「そうかもしれません。それでも、下座についているという事実は変わりませんよ。ラモンさまが先方のために用意した名誉ある立場を退けて、満足しているんですから。目上の者の意志を尊重しないご婦人です」

ラモンはアンブローズに片目をつぶってみせた。「おまえの冒険心はどこへ行った、アンブローズ？　拒まれても拒まれても、美女を追いかけまわしてばかりいたくせに」

副官がぱっと表情を明るくし、胸の中心にてのひらを当てておどけたようにお辞儀をした。

「お褒めの言葉に預かり光栄です。ですが、ラモンさまがおれの手腕を妬《ねた》むなど、罪だと申し上げなければなりません」

「今度は妬みと批判を取りちがえたか」

アンブローズがくっくと笑った。「どうやらラモンさまは誘惑のすべに長《た》けているおつもりのようですから、いま麗しき背中を惜しげもなくさらしている美しきカモイズの貴婦人をどのように落とすご予定なのか、聞くのが待ち遠しいです」

「成功には、巧みな戦略と執念が欠かせない」ラモンは酒杯の中身を長々とのどに流しこむと、しばし考えこんだ。「おれはそのふたつを、たっぷり持ち合わせている」

アンブローズが声を立てて笑ったので、下座にいた者が数人、なにごとかとふり返った。ふたりの騎士を見つめながら、顔を近づけてなにやらささやき合っている。

アンブローズも酒杯を掲げた。「ラモンさまの探求心に乾杯。ことのいきさつを語るまで、どうか生きのびていられますように」彼は陽気に目をきらめかせた。「驚かせてもらうのが待ちきれません」

ラモンはそれ以上なにもいわなかった。イザベルのことで頭がいっぱいだったのだ。彼女がふり返り、ほんの一瞬、ふたりの目が合ったが、それだけで充分だった。あんなふうにまつげをはためかせているようすからして、背中を向けることで表明しようとしているほど、こちらの存在を意識していないわけではなさそうだ。彼女との結婚に、ますます心をそそられた。これまでは、妻《めと》を娶るつもりなど毛頭なかったとはいえ。イザベルはまたしても未亡人にふさわしい頭巾で髪をすっかり覆い隠していた。しかしあんなものは、彼女には似合わない。イザベルは、都合のいいときだけ社会のしきたりの陰に隠れようとする。いや、それ以上に、人生から隠れようとしているのだ。

しかし彼女は、やもめ暮らしを送るには若すぎる。

ラモンはあることを思い、ゆっくりと笑みを広げた。同時にいっきに期待が高まり、からだが熱くなってきた。イザベルにかき立てられるのは、どうやら熱情だけではなさそうだ。

ここしばらく、女にそんな思いをさせられることはなかった。

一瞬ラモンは、ここから立ち去るのが賢明かもしれないと思った。かつてある女に深い感情を抱いたとき、ひどく心を傷つけられる結果になったではないか。と、イザベルがふり返り、視線を絡み合わせてきた。心が通じたような気がして、ラモンの熱情がますます高まった。

たとえ危険だろうが、やはりここから立ち去るのはごめんだ。ラモンは酒杯を彼女に向けて掲げ、挑戦を受けて立つぞと無言で伝えた。

そして勝者は、戦利品を手にするのだ。


「あちらの方たち、ずいぶん楽しそうですこと」ミルドレッドが、イザベルの視線の先にいるラモンと彼の家来たちを見やりながらつぶやいた。

「それはそうでしょう。ここまでわざわざきたかいあって、目的のものを手に入れたのだから」

とはいえ、あの男の要求すべてが叶えられたわけではない。イザベルは胃に恐怖のしこりが生まれつつあるのを感じ、唇をきゅっと結んだ。ラモンのつぎの動きを待つあいだ、時間のたつのがやけに遅く感じられた。

待つというより、期待しているのでしょう……

本心をごまかしきれない自分が、ときどきいやでたまらなくなる。

「そんなしかめ面はおやめください。陛下はもっとひどい男をよこしたかもしれないんですよ」とミルドレッドがたしなめた。

イザベルはふたたび腹立ちをおぼえた。すっくと立ち上がる。ラモン・ド・セグレイヴにこうも簡単に冷静さを奪われてしまう自分に、腹が立ってしかたがない。彼のことに言及するだけで、落ち着きを失ってしまう。

湯浴みをしろと迫ったのは、自分じゃないの……

体内に熱気が渦巻き、頬までじりじりと上がってくる。

彼女は自室に戻り、ここだけはあの男に邪魔されずにすむことに感謝した。ところがミルドレッドが話のつづきをしようとついてきた。

「じっくり考えなくちゃだめですよ、お嬢さま」ミルドレッドの声は、どこか険しかった。「バロンの地位にある人は、望みのものを拒まれて黙ってはいませんからね」

「わたし自身が陛下から彼と結婚するよう命じられたわけではないのよ、ミルドレッド」イザベルはつぶやくようにいった。ミルドレッドが口もとを引き締めて押し黙り、しばし部屋は沈黙に包まれた。部屋の反対側にある暖炉からパチッと音がして、イザベルははっと身をすくませた。頭巾を外し、ほっと息をつきつつテーブルに置いた。頭巾ほど不愉快なものはない。髪の毛をぎゅっと押さえつけられていると、頭がおかしくなってしまいそうだ。

ミルドレッドが深いため息をついた。「あの方、なかなか立ち去りそうにありませんよ」

彼女はそういって、部屋にいたふたりのメイドに出ていくよう手ぶりで指示した。メイドの姿が消えると、イザベルはため息をもらした。ミルドレッドがローブを押し上げて頭から脱がせてくれたので、イザベルは薄いシュミーズ一枚になった。ミルドレッドに着替えの手伝いをする義務はないのだが、それでも手を貸してくれるのだから、友情とはありがたいものだ。ミルドレッドがずっしりとしたローブを何度かふったあと、椅子の背に丁寧にかけてくれた。イザベルはシュミーズを脱ぎ、ミルドレッドが差しだした着古しのシュミーズに着替えた。寝るときは、いちばん古い下着を着ることにしているのだ。繕った箇所があろうが、生地が薄くなっていようが、ろうそくの火を吹き消してしまえば見えはしない。

「すっかり生地が透けているじゃありませんか。あと数回洗ったら、破けてしまいそうです」

「でもそれまでは、やわらかくて着心地がいいわ」ラモンの到着以来、イザベルははじめて居心地のよさを感じることができた。「あとは自分でするから、ミルドレッド。もう下がって、お孫さんと楽しく過ごしてちょうだい」

ミルドレッドがにこりとしてうなずき、扉に向かった。「髪をちゃんととかしてくださいね。さもないと妖精に夢を盗まれて、悪夢だけしか残りませんよ」

イザベルは部屋の壁際に据えられた長テーブルから櫛《くし》を手に取った。両親から贈られた銀の櫛だ。贈られてから長年たっていたが、櫛はろうそくの光を浴びてきらめいた。

きょうは友人に辛辣に当たりすぎた。ひとりきりになると、罪悪感に胸を刺されるようだった。

テーブルに置かれた木の燭台《しょくだい》に、太いろうそくが二本挿してあった。黄色と橙の炎が揺れている。彼女はベッドの端に腰かけ、三つ編みにした髪を肩越しに引きよせて結び目を解きにかかった。

ラモン・ド・セグレイヴを近づけないためには、彼を忙殺させるにかぎるわ。

それを思いついたとき、イザベルははっと目をさました。

そうよ。

じつに簡単な論理だ。

彼女はごろんと寝返りを打ってベッドから下りた。石床の冷たさを無視しようとしたが、つま先がしびれてきたので急いで服を着こんで部屋をあとにした。早朝にもかかわらず、すでに作業が開始されていた。いまは忙しい季節だ――つぎの冬に備えて、食糧をたっぷり蓄えなければならない。厨房から人声が漂い、庭から活動の音が聞こえてくる。

「ずいぶん早起きだな、レディ・イザベル」

いきなり足を止めたので、スカートの裾が足首にふわりとまとわりついた。ラモン・ド・セグレイヴが、剣を手に立ちはだかっていた。髪は寝乱れていたが、黒い目は透き通り、しっかり覚醒しているようだ。彼は手慣れたしぐさで剣をくるりとまわし、床に置いた。

イザベルの体内でなにかがざわついた。意識してはならないと自制していたなにかが。いずれにしても、彼女はぶるっと身を震わせた。

ラモンは半ズボンとシャツ一枚の姿で、シャツの前が半分はだけている。

ついきのう、見たばかりでしょう……

彼の顔に焦点を合わせると、その唇がにやりとゆがんでいた。

「おれが恋しくなったとか？」

イザベルは首をふったあと、目的を思いだした。「じつをいうと、あなたをさがしていたの。あなたか、あなたの副官を」

ラモンの顔から笑みが消えた。「必要なことはおれにいってくれ、愛しのイザベル」

彼はわざと親しみをこめて呼びかけたのだ。どうだ、と挑むような目をしている。親密さを強調するかのように。

意識しすぎよ……

そうかもしれないが、悪いのは彼の自信満々の態度だ。

「おれの従者はまだ寝ているから、きみが手を貸してくれないか」

「それは……」

彼が片方のまゆをくいっと吊り上げ、またしても口もとをにやりとさせた。今回は、いかにも尊大な笑みだった。両手を大きく広げてシャツをはだけさせ、その力強い胸をさらに見せつけようとする。

「お望みとあらば、よろこんで裸になるぞ」彼が手を下にやり、シャツの裾を摑んだ。「まさかきみが、そこまで個人的な理由でおれをさがしてくれるとはな」

イザベルはぎょっとして前に歩みでると、彼の胸に両手をつけてシャツを押さえた。指先に彼のからだの温もりを感じたとたん、下半身に新たなうずきをおぼえた。あえぐような声をもらして身を引こうとしたが、ラモンがぐっと迫ってからだを押しつけてきたため、手が胸の前に閉じこめられてしまった。

「おたがいどういう反応をするのか、もっと知りたいな」

イザベルは必死に逃れようとしたが、彼がさらに迫り、壁に背中を押しつけられるかたちになった。からだの左右に両手を突かれて閉じこめられ、イザベルは目を見開いた。

「わたしの立場ははっきりお伝えしたはずですよ、セグレイヴ卿」

ラモンの目は期待に輝いていた。「見てのとおり、おれにしてみればきみの立場を変えることなどお手のものなのさ。いろいろな立場を試してみようじゃないか」妖しく誘惑的な口調だったが、その言葉が冷酷な現実を思いださせた。

「そうよね、殿方は妻を望みどおりの場所に押しつけるのがお好きですものね」

彼の表情が険しくなった。「そんなふうに責めるのは筋ちがいというものだ。ひとりの男の罪をほかの男になすりつけないでくれ」

「いまわたしを壁に押しつけているのは、あなたでしょう」

ラモンが肩をすくめた。その動きを見て、イザベルは彼の肩のたくましさを再認識させられた。彼の肌の匂いに酔いそうになり、頭がぼうっとしてくる。

「最初に触ってきたのはそっちだぞ」

「それは、あなたが……あなたが……」彼の裸が脳裏にまざまざとよみがえり、息が詰まりそうになる。

彼がふっと笑い、かがみこんでイザベルの耳もとに唇をよせた。「おれは無意味な脅しはしない主義だ」

イザベルはうなり声を発して壁のごとく堅固な彼の胸をぐいと押した。「からかうのはいいかげんにして！　もう日が昇っているのよ。陽射しを無駄にするのは愚か者だけだわ」

「きみについ惑わされてしまうものでね。いろいろと」

イザベルは息をのんだ。

ラモンは不服そうな声を出しつつもわきへどいた。「よろこんでくれ、おれがこうしてきみの指図にしたがっているのだから」

彼は床を横切り、椅子の背にかけておいたチュニックをすくい上げた。暖炉の前に毛布が敷かれている。そこを寝床にしていたようだ。

「わたしの指図にしたがっているわけではないでしょう」自分でも理由はよくわからなかったが、イザベルはしつこく食い下がらずにはいられなかった。「あなたが怠け者ではないというだけのことよ」

　ラモンはチュニックを着こむと、彼女を見やった。「どちらともいえるね」

　イザベルは唇をさっとゆがめ、頭をふった。しきりに瞬《まばた》きしたいという、くだらない衝動がこみ上げてくる。すでに二回も、その衝動を抑えきれずにいた。

「なぜおれを信じられない、イザベル？　疑われるようなことを、おれがなにかしたか？」

　真摯な口調だった。イザベルは彼の真意を読み取ろうと近づいた。ラモンは引き締まった腰に剣帯を巻いてカチリと固定した。主人がすでに起きていることに気づいた従者があわてて近づいてきたが、ラモンが手で制した。若い従者はぴたりと足を止め、くるりときびすを返して去っていった。

　ラモンは剣を拾い上げ、鞘に収めた。石床にブーツの音をかつかつ響かせながら、ふたたびイザベルに迫ってくる。

「きみのいうとおり、おれは怠け者ではないし、腹の探り合いにも興味はない」彼が目の前に立ち、ひたと見据えてきた。「なぜ、はなから結婚を拒もうとする？」

「あなたはどうしてはなから受け入れようとするの？」ラモンがまゆを下げたが、イザベルは答える隙を与えなかった。「ご自分の居城がほしいだけなら、わたしと結婚する必要はないわ。採石場を教えて差し上げるから、そこの石でお望みの城を建ててください」

「採石場があるのか？」彼がぐっと声色を低くし、目をすがめた。

イザベルは落胆に襲われた。そんなのはおかしいのに。この塔を手に入れる必要がないことに気づいた彼の表情を見て、よろこぶべきなのだ。ところが失望感がこみ上げ、硬い岩のように胸にいすわった。それでも、イザベルはうなずいた。

「ですから、あなたにシスル塔は必要ありません」

ラモンが剣の柄を摑み、堅い仮面の奥から彼女をひたと見据えた。イザベルも見つめ返す。彼のいかにも不愉快そうな表情を、じっくりと。これこそ男の現実というものだ——厳しく、計算高い。つねに目的を持っている。

「その採石場に案内してもらえないか、レディ」

レディ……

あらたまった呼びかけに変えるのも当然だ。もはやわたしを口説く理由はないのだから。それなら、どうしてわたしはこんなに不愉快なの？

その光景を目にする前から、石を切りだす音が聞こえてきた。イザベルは、ラモンの戦闘馬に嚙みつかれてばかりいる牝馬《ひんば》を前に進めた。馬は早足で進み、採石場へとつづく曲がりくねった道を下っていった。巨大な岩の崖が見えてきた。作業員たちが苔《こけ》を押しやり、岩肌を露わにしている。シスル塔をはじめとして、亡夫の一族が所有する領地に建つ建物の多くが、ここから切りだされた石でつくられていた。石は貴重品だ。領地では調達不可能なものを手に入れるために売ったり、交換材料にしたりすることができる。

男たちが顔を上げ、近づいてくる人影を確認しようと額に手をかざした。

バロンの旗に気づくと、ざわめきが走った。口笛を吹いて、上の岩肌で作業するほかの男たちに合図を送る。彼らがよたよたと下りはじめた。その多くは年配者で、王が率いた前回の十字軍遠征からの生還者もふくまれていた。聖地での戦いで負傷したため、まともに歩けない者も目につく。彼らは荷馬車に石が運びこまれている岩壁の底に、おぼつかない足取りで集まった。

イザベルはすんなり馬から降りたが、ラモンはあたりを二回さっと確認したあとで馬から降りた。配下の騎士たちも、やはり用心しているようだ。ラモンが顔を上げ、あたりを見張るために道の頂に残した四人の男に目をやった。そして足を止め、磨き上げられ、積み重ねられた大きな石を見つめた。この採石場の存在を知られないために、イザベルは売る量を最小限にとどめていた。おかげで、そこには大量の石が残っていた。

「国王はこんな採石場があることを知らないぞ」

「だましていたわけではありません」

ラモンがさもわかったような顔を彼女に向けた。「とはいえ、領地の価値すべてを伝えていたわけでもない、か」

そういわれても、イザベルは目を伏せたりはしなかった。

「税をきちんと納めたうえで、領民にはきちんとした暮らしをさせてやらなければならないのですから」

ラモンが石の縁に手を滑らせた。「そうだな。なかなか賢い方法だ。領地にこれほどりっぱな石の供給源があると知られていれば、とっくの昔に再婚していただろう。この石をいくらか売りさばけば、金庫にもっと金を貯《た》められるものの、同時に大勢の花婿候補の目を引いてしまうというわけか、なるほど」

たしかにそのとおりだ。イザベルは頬をかすかに赤らめながらも、誇らしさから、否定することも、顔を背けることもしなかった。「自分を資源以上の存在として見てほしいと思うのは、それほど悪いことでしょうか?」一瞬、イザベルは彼の目に理解の光を見た。意外だった。「あなた自身、そういう立場について思い当たるふしがあるようですね。陛下のおそばに何年ぐらい仕えていたのですか?」

「それ以外の時間を思いだすのがむずかしいくらいだ」

イザベルはうなずいた。その瞬間、奇妙なほどの共感をおぼえた。

「殿方でなくとも、領地をきちんと管理することはできます」

ラモンの表情が険しくなった。「それでも、きみには財産を守る手段がない」

自尊心を傷つけられ、イザベルはくいっとあごを持ち上げた。「石づくりの塔があるのですから、侵略者を締めだすことはできます。わたしが見つけた石です。ここに湿地以外のものがあると思う人などいませんわ。この場所を見つけたとき、犬はわたしの言葉を無視しました。なにしろわたしは女で、価値のある石とそうではない石との区別などつくはずがないと思われていましたから」

彼が驚いた顔をした。「たいしたものだ、イザベル。ほんとうに」彼の唇が薄くなった。

「しかし、なぜ住処からこれほど離れたところまできたのだ?」

イザベルはラモンの前を通り過ぎ、ずらりと並んで待ち構える年配の石職人のひとりに声をかけに行った。老いた職人は彼女に向かって目をすがめたが、毛糸の帽子の隅をきゅっと引っ張ってみせた。

「作業を中断する必要はないわ」

老人はうなずいたが、その視線は彼女を通り越してラモンに向けられていた。従者が主人のわきに立ち、手にした竿から紋章つきの旗を風にはためかせていた。石職人たちは、だれひとり動こうとしなかった。

当然だ。その場でいちばん位が高いのはラモンなのだから。職人たちに解散を命じる権限を持つのは、彼ひとりだった。

イザベルは、ふつふつと怒りがこみ上げてくるのを感じた。ラモンは動じることなく、彼女に視線を据えたままだった。もちろん彼女も、彼がそう簡単に意志を曲げない男であることは見抜いていた。しかしその目つきからすると、自分がいまイザベルのなわばりを踏み荒らしていることは充分自覚しているようだ。

男って……

「アンブローズ」

ラモンの副官がすばやく馬を降りて主人に近づいた。「ここを調べろ。どんな資源があるのか知りたい」

またしてもイザベルの胸を落胆がちくりと刺し、気持ちがくじけた。

なにが不満なの？　この男は間もなく立ち去るだろうし、それこそわたしが望んでいたことのはず。

うそつき……

腹の奥にかすかな熱気を感じ、イザベルは唇を噛みしめた。その熱気がじりじりと下がり、やがて腿のつけ根に到達した。どうやら彼女はよほどの罪を犯してきたらしい。いま、それが禍《わざわい》となって降りかかっているのだ。

それでもイザベルは、こみ上げる肉欲にいつしか心奪われるようにもなっていた。そう、それがどんなものかは知っている。経験したことはなくとも。彼女はラモンをちらりと見やり、彼が石工頭との会話に没頭しているのをいいことに、じっくりと観察した。

熱気は冷めるどころかどんどん強まり、肌をざわめかせはじめた。服がやけに窮屈に感じられ、胸がずっしり重くなる。かつて夫にもこういう感覚をおぼえるよう、努力はした。しかし夫の姿を目にするたび、どうしても嫌悪感がこみ上げてきてしまうのだった。

ひょっとすると、自尊心の高さゆえに罰が当たったのかもしれない。神父から、シスル・ヒルの管理は男の仕事だとよく諭されていた。しかし、じっさいにうまく管理していたのはイザベルであり、彼女としてはその点を悔い改めるつもりはなかった。これっぽっちも。イザベルは愛馬をふり返った。地面から岩が突きでた場所まで馬をそっと引っ張っていき、鞍《くら》にまたがると、馬を方向転換させた。

「待て」露わになった岩肌にラモンの声がこだまし、イザベルはぎょっとした。からだをねじって、彼をにらみつける。

「仕事がありますので」

「ひとりで帰るのは危険だ、イザベル」

彼女は目をすがめた。下唇を嚙みしめ、こみ上げてくる言葉をぐっとのみこんだ。反抗心がむくむくと頭をもたげてくる。このままでは抑えきれなくなりそうだ。イザベルはくるりと背を向け、馬の腹を蹴って前進させた。

馬は軽やかに道を目ざしはじめた。はむ草もない岩場を、嬉々として離れていく。馬に運ばれて道に到達すると、イザベルはラモンと離れられたことに束の間の安堵をおぼえた。

ところが彼の家来が迫ってきた。見張りの位置から下りてきて、彼女の馬を停止させた。イザベルは馬を落ち着かせようと、首をそっと叩いてやった。

「通してちょうだい」

　男たちのひとりが首をふり、身につけた鎖かたびらを朝日にきらめかせた。「それはできません、レディ」

「できますとも」

　男が険しい表情を浮かべ、むっとしたように馬をひざで操りつつ近づいてきた。イザベルの愛馬が頭をふり、嘆きの声を上げた。イザベルは落馬しないよう手綱を握りしめ、腿をぎゅっと締めた。しかしラモン配下の騎士に、馬の背から軽々と持ち上げられた。

　イザベルは悲鳴を上げたが、気がつけば男の前に抱えられていた。腿が鞍の角に当たり、ひりひりする。騎士は馬に拍車をかけ、きた道を戻っていった。

「こんなこと許されないわよ」イザベルは咎めた。

　騎士はなにも答えなかった。馬を操って主人のもとに到達すると、手綱を引いた。イザベルはその隙に馬のわきからするりと降り、地面に足が着くと同時に、そのたくましい動物の前からさっと飛び退《の》いた。

　と、またべつのたくましい肉体にぶつかった。その持ち主アンブローズも、やはり険しい表情を浮かべていた。彼がイザベルの腰をがっしり摑み、抱え上げた。そのあとラモンのたくましい腕がまわされ、彼の馬まで運ばれていった。

　からだをぐるりと逆さにされ、イザベルはうなり声を上げた。頭が地面を向き、尻が太陽を向いている。ラモンが馬を方向転換させ、走らせた。イザベルは、馬の力強い足取りのためにからだが弾み、起き上がることができなかった。逆さのまま、跳ねるばかりだ。馬が歩を進めるたびに頭が跳ね、胃がかき乱される。ようやく彼女はラモンの脚に手をのばし、必死にしがみついた。

頭が安定すると、ほかの騎士たちがあとにつづく音がした。小声ながらも、彼らの忍び笑いがはっきりと聞こえてくる。頭にかっと血が上った。からだをひねり、丸めてなんとか起き上がろうとした。引きつる筋肉に、動けと命じながら。

ようやく起き上がると、すぐさまラモンに背後からがっしり抱えられた。彼がうめき声を発すると同時にその胸が震動し、イザベルはふたたび下腹部がねじれるのを感じた。

今度こそ、肉欲を自覚した。

彼にたいする欲望だ。

これ以上はありえないほど、身も心も熱くなってきた。彼の胸を押しやろうとしたが、鎖かたびらの小さな輪にてのひらが押しつけられるだけだった。

「じっとしていろ」と彼が命じた。

「いやよ」イザベルは鋭く切り返したものの、彼と視線が合うと、思わず息を詰まらせた。その黒い目は、期待にきらめいていた。それが、彼女の胸をときめかせた。

馬が動いているためにラモンから身を離すことができず、けっきょく彼の腕のなかで感覚を刺激されっぱなしの状態を余儀なくされた。つぎは、彼の肌の匂いに攻められた。首に顔を押しつけるかたちとなり、彼の肌の匂いをいやでも吸いこむはめになったのだ。

いい匂いだった。

ああ、神さま！　どうすればいいの？

この男は、わたしを手に入れる気満々だ。そんな横暴を許さないためにも、反発心を保ちつづけなければ。

だからといって、ラモンの腕のなかは、居心地が悪いわけではなかった。

ラモンはまっすぐシスル塔の前階段まで乗りつけた。彼がイザベルを地面に下ろし、逃げようとする彼女を追いかけるときにも、舞い上がった埃《ほこり》はまだおさまっていなかった。

「わたしをこんなふうに乱暴にあつかう権利はないはずよ」イザベルは嚙みついた。

ラモンはそれに応えるかのようにかがみこむと、彼女をひょいと肩に持ち上げた。だれかの悲鳴が聞こえたが、彼はそのまま塔内にずかずかと入りこみ、階段を上がっていった。イザベルを寝室まで運んだあと床に下ろし、足で扉を蹴って閉めた。扉の閉まる音が、塔の下までこだました。

「きみの身の安全がかかわっているとなれば、おれにその権利があるかどうかなど、どうでもいい。おれは騎士なのだから、守るのが義務だ」彼は扉の前に立ちはだかっていた。

「領地内ならしょっちゅう馬で出かけているわ。怖いと思ったことなんて、一度もない」イザベルは腰に両手を当て、刃向かった。ここまで出しゃばったまねをされた怒りに、からだがわなわなと震えてくる。「びっくりさせられるのも、ごめんだわ」

「いまは状況が変わった」

「もちろん、あなたはそう思うでしょうけれど」イザベルは必死のあがきで冷ややかな笑い声を上げてみせた。「あなたにとって、どうせわたしなんて所有物候補のひとつでしかないんですものね。だからわたしの考えも、あなたに合わせて当然ということになるのよね」

ラモンが髪に手を走らせ、顔からうしろへ払った。その日に怒りがちらちら浮かんではいたものの、懸命に抑えこもうとしているようだ。そんな彼の努力に気づき、イザベルはつぎに投げかけようとしていた言葉の棘をぐっとのみこんだ。

ラモンの視線が、噛みしめたイザベルの下唇に注がれた。彼はわかったといいたげに小さくうなずくと、深々と息を吸った。

「リチャードと一緒に大勢の男たちが戻ってきた。仕えるべき主人も家もない、荒くれた戦士たちだ。石を切りだしていたあの男たちの半分は、戦を知っている顔をしていた。みんな、きみが遺産相続人だということも知っている。そんなきみがさらわれたら、領民のだれが助けにきてくれるというんだ?」

「あの人たちはわたしを傷つけたりしない。ちゃんと賃金を支払っているし、冬を越すための居場所も提供しているもの」ふとふり返ると、ベッドが視界に入った。

わたしったら、寝室でこの人と熱い会話を交わしているの？

彼女はあたりをきょろきょろ見まわし、心許《こころもと》ない気分をふり払おうとした。突如として、怒りに任せるのが危険に思えてきた。なにしろ、怒りも情熱のひとつなのだから。

情熱はすなわち、ラモンがある方法で鎮めてやると約束していたものだ。

「あの男たちにも、まともな仕事をさがすつもりのないごろつき仲間がいるだろう。護衛のいない未亡人が持つ土地に魅力を感じる男たちだ」

イザベルは首をふった。「そんなこと、聞きたくもないわ。人生はわからないことだらけなのだから、くよくよと心配ばかりしていても意味がないでしょう」

ラモンが手をのばして彼女の頰を包みこみ、あごの線をたどってその場に固定するかのように髪に手を差し入れてきた。

「ちゃんと聞いてくれ。きみの身の安全がかかわっているとなれば、妥協の余地はない。おれは行動に出る」

彼の手の感触が、イザベルの体内に切望の波をわき起こした。それがからだの奥深くにたまり、欲望をかき立てる。

みだらだわ……

イザベルは身をこわばらせ、彼の手から逃れようとした。からだをねじ曲げると、ラモンが不敬の言葉を小さく発したあと、手を離した。

「これについては問答無用だ、イザベル。あきらめてくれ」

イザベルはさっとローブを翻して彼をふり返った。「あなたが望めば、ここに築き上げてきたものすべてをあきらめなければならない。そういうこと？」

「きみには守ることができない」

氷のような記憶とともに、切望も消え失せた。敗北感がこみ上げてくる。いま目の前にいる男と同じくらい、ずんぐりと巨大な敗北感が。「そしてあなたは、望むままに手に入れるのね」目の奥を涙が刺激した。いまのイザベルにできるのは、それを押しとどめることだけだった。

「それでも、結婚するかどうかは、いまでもきみ次第だ」

まだ目を瞬いて涙を押し戻しているところだったので、視界がぼんやりしていた。焦点が定まると、イザベルは彼をまじまじと見つめ、いまの言葉の意図を探ろうとした。そんな彼女の困惑した表情を見て、ラモンがふくみ笑いをもらした。

「おれは、思いやりなどいっさい持ち合わせない男だと思っていたのか？」

イザベルは考える間もなくうなずいていた。率直すぎるほどの反応だった。こういうときはきちんと自制心をはたらかせなければ、厄介事に巻きこまれてしまう。それでも、それが彼女の本心であることはまちがいなかった。

ラモンがふたたび近づいてきた。今度は手の甲で彼女の頬をなでる。ごくさりげないしぐさだったが、彼を欲するイザベルの心の炭に息を吹きかけ、熱気をあおった。

いま、そこに、信頼の気持ちがかすかに芽生えはじめていた。

ラモンの口角が持ち上がり、幻のような笑みをつくった。「きみ次第だ」きっぱりと、約束するような声だった。

「どうして？」

彼が手を引っこめた。「国王から結婚を考えろといわれたとき、おれもきみに劣らずその気になれなかったからだ。おれも両親にいわれるまま教会に向かった経験がある。かつての妻は、おれが国王に呼ばれて出かけると、結婚の束縛に耐えきれなくなったらしい。不義をはたらき、おれの子種があいつの子宮に根を張れないようにした」

イザベルは啞然《あぜん》とした。「どうして離縁しなかったの？」

彼があごを引き締めた。「おれもきみと同じだったからだ。あれは家族が決めた縁組みだった。おれは父を敬い、誓いを守る男だ。それにおれは十字軍遠征に出かけていたし、信頼が孤独を癒やせるとはかぎらないことを理解していたからな」

「じゃああなた、愛人を連れていったの？」訊《き》くべきでないことなのはわかりきっていたが、つい口走ってしまった。それに、心のどこかではぜひ知りたいと思っていた。

彼が答えに窮した。その目に葛藤が見える。

「連れていきはしなかったが、妻に裏切られたと知ったあとは、慰めを求めた」彼が深々と息を吸いこんだ。「十字軍は聖なるものとされてはいるが、そのおかげで男たちは不道徳な行為に走ってもいる」

「そして女たちは取り残されるのね」それが真実だった。翌年、赤ん坊が生まれても、その出生に疑問を差し挟む者はいない。

「リチャードにしても、厳格に誓いを守らせようとしたら、ついてくる者がいなくなってしまうだろう」

驚きのあまり、イザベルはしばらく言葉が出てこなかった。またしても、意外な共通点が見つかったのだ。国王に疑問を？　そんなことはあってはならないし、少なくとも口にされることはない。ラモンなら、白分のように君主への疑問をおぼえることなどないと思いこんでいた。

これまで、異性と気の合うことがあるなど、考えもしなかった。そんなのは筋が通らない。男と女は、まったくちがう生きものなのだから。

イザベルは深呼吸して冷静になろうとした。ここは貴婦人としてふるまえば、彼もこちらの望みに敬意を払うしかなくなるだろう。そのほうが安全だし、予想がつきやすく、彼女自身、身を持ち崩す確率が低くなる。

でも、それはそれでがっかりなのでは……

「あなたのご提案は光栄に思いますけれど、やはりお断りしなければ。わたしは未亡人でいることに満足しているの」彼女はうなずいた。ようやく頭巾が自分にふさわしく思えてくる。

少なくとも、目的には適《かな》っている。ラモンは、無表情な仮面の奥から彼女をまじまじと見つめていた。

彼の目が深みを帯び、その視線が彼女の唇に定まった。「おれを見つめる大胆な視線からして、きみが満足しているとは思えないのだが」

「それならなおさら、石を持ってさっさと出ていってもらったほうがいいわ」

彼があざ笑った。邪《よこしま》で、期待するような声だった。「それで、おれと床をともにしたあと、きみの満ち足りた表情を見る機会をふいにしろ、と?」

「あなたにそんなことがわかるはずもないでしょう。そもそも、あんな約束をするなんてもってのほかよ……その――」彼女ははたと口を閉じた。自分がいまなにを話題にしているかに気づき、ぞっとしたのだ。

「満足させるという約束か?」彼の目がぎらりと光った。「そうだな」ラモンは彼女の全身をながめまわした。その大胆な視線に、イザベルの口がからからになった。「そう約束するからには、たしかにおれの価値を証明する必要があるな」彼の声が低いうなりにまで落ちた。

「きみの挑戦を受けようじゃないか」

「ちょっと――」

イザベルのあえぐような声を彼の唇が封じた。唇を強く押しつけながら、うなじを抱きよせる。激しい口づけではあったが、決して野蛮ではなかった。彼が口をしきりに動かし、貝のように閉ざそうとするイザベルの唇を開いた。

彼女の全身に震えが走った。

ラモンを押し戻そうと、その肩に両手を置いたものの、けっきょく、逆に強く抱きよせようと服に指を食いこませていた。酔いしれるような口づけだった。彼に導かれ、それに応じるうち、頭がぼうっとしてきた。心臓が早鐘を打ち、イザベルは息を求めてがばっとからだを離した。ラモンはそれを押しとどめるでもなく、勝ち誇った笑みを浮かべた。と、紐がするりと外され、頭巾が頭から引きはがされた。ラモンの目によろこびが花開いた。彼は大胆にもイザベルの髪をなで、その体内に悦びのさざ波を送りこんだ。

「必ずきみを手に入れてみせる、イザベル。きみも、おれの床の温もりに満足するはずだ」

イザベルは彼の胸に手を当てて突っ張ったが、彼にしがみつこうとする自分を食い止めているだけのようにも思えた。

「だめよ……こんなの、よくな――」

「いや……すばらしいことだ」

ラモンが頭を傾げ、ふたたび彼女の唇を奪った。今度の口づけは官能的だった。それ以外に表現のしようがない。イザベルは下腹部の奥からこみ上げる欲望に打ち震えた。彼が唇を押し開き、大胆にも舌を差し入れてくると、欲望が体内で渦を巻いた。わけがわからなくなり、なにかが炸裂しそうな気がしてきた。からだの奥で、なにかがぎゅっと引き締まる感覚がする。胸のなかで息が詰まり、やがて部屋がぐるぐるまわりはじめた。ラモンは厚かましくも彼女の乳房をてのひらで包み、そのやわらかな丸みを揉《も》みしだいた。するとイザベルの体内で、自分とは無縁と思っていた悦びが炸裂した。

「きみもきっと、おれとの床を気に入ってくれるはずだ。きみを満足させると誓ってもいい」ラモンが耳もとで官能的にささやきかけた。イザベルの乳首がつんと硬くなる。彼がそれを親指でもてあそぶと、口から悦びのため息がもれた。イザベルの全身を悦びが突き抜け、肌を刺激して粟立てた。イザベルはうっとりしながらも、自分のからだの反応に驚いていた。「きみを悦ばせるのがおれの務めだ」彼の声は荒々しく、高飛車だった。ラモンは一瞬、彼女を抱く腕に力をこめたあと、解放した。「あす、誓いを交わそう」

彼はくるりと背を向けると扉へ向かった。残されたイザベルは、彼が立ち去ったという事実を必要以上にしみじみ感じていた。もどかしさをおぼえると同時に、彼との触れ合いを心底楽しんでいた自分に驚いていた。

イザベルは困惑してベッドに沈みこんだ。ひざに力が入らず、唇はじんじんしびれている。

あす、誓いをですって？

ふくれた胸が、彼の手の感触を求めていた。

あすまでの時間が、ひどく長く感じられる。

彼女は頭をふったが、気持ちを切り替えることができなかった。脚のつけ根が、流れに身を任せろとばかりに脈打っている。頭が混乱し、どんよりしてきた。悲惨な結果になるとわかりきっているものを、どうして望めるというの？

これは悪魔の策略？　教会で教わったのは、こういうことなの？　イザベルはからだを丸めて欲望の渦を鎮めようとしたが、彼の口づけが頭のなかで再生されるだけだった。新たな欲求の波に襲われ、イザベルは目を閉じた。

それに、わたしはみずからラモンを抱きよせていたじゃないの。もっと近づきたいとばかりに。あの人にからだを押しつけずにはいられなかった。肩からひざまでを、ぴったりと。あれは、これまで感じたこともないほど激しい衝動だった。

あの人がほしい。

みだら……肉欲……罪深いわ……

どんな言葉で自分を責めようとだめだった。罪悪感をおぼえるどころか、いてもたってもいられなくなってくる。イザベルをラモンの所有物にするのは結婚の誓いではなく、彼のことがほしくてたまらないという彼女自身の意志の弱さにほかならなかった。

神よ、お助けください。わたしの守りは、もはや崩壊寸前です。

3

ささやき声で目がさめた。

目を開けるのが、やけにむずかしい。イザベルはそのままぐずぐずと時間をやり過ごし、部屋にいるのがだれにしろ、どこかに消えてくれることを祈った。いまはぜひともひとりになりたかった。

「あの方に奪われてしまったのかしら?」

「ひょっとしたら、殺されてしまったとか?」

「あれほど大きな男の人ですもの、ぐったりして当然よ。あんなりっぱな一物を使われたら、こと切れてしまっても……」

イザベラはぱっと目を開いた。「そんなことしてません!」

はっと息をのむ声が複数聞こえたが、イザベルが起き上がらずにいられなかったのは、小さくふんっと鼻を鳴らす声が聞こえたからだった。ミルドレッドが探るような目を向けていた。隣にいる若いメイドがその視線に気づき、目を見開いた。

「わたし、なにもされてませんから」イリザベルはそう主張しながら立ち上がった。しかし相手は聞く耳持たずだ。メイドたちがさっそくだれかにその話を伝えようと、部屋から飛びだしていった。

「ねえ、ミルドレッド」イザベルは哀願した。「変な噂を広めないよう、みんなに注意して。お願い」

「すぐにも現実のことになりますよ。あの方はすっかりその気なんですから」ミルドレッドがイザベルに鋭い視線を長々と向けたあと、口角を持ち上げて承認の笑みを浮かべた。「こちらのほうが、はるかに良縁ですよ」

彼女はくるりと背中を向けると、扉の向こうに消えた。イザベルは、ベッドに沈みこんでしまいたいという二度目の衝動と闘った。

それでも彼女はすっと背筋をのばした。運命の奇妙な気まぐれを、すんなり受け入れてなるものですか。ラモンには消えてもらわなければ。目の前からいなくなってくれれば、彼のことも、彼の魅力も、きれいさっぱり忘れられるはず。

あとは、あちらにもきれいさっぱり忘れてもらえることを、たしかめなければ。

夕食は一日の最後の食事だ。いちばん豪華な食事というわけではないが、シスル塔の住人が大広間のテーブルでのんびり過ごすことのできる、唯一の機会だった。すでに日は落ち、作業の再開は夜明けまで待たねばならない。炙《あぶ》り肉の匂いが充満する大広間に、パンと煮こみ野菜の香りが加わった。イザベルはやはり下座についていた。ラモンは、そんな彼女をじっと見つめた。必死になってこちらを無視しようとしている彼女をながめるのは、なかなか楽しいものだった。

「ウサギ肉のお代わりはいかがですか？」給仕の娘がそう声をかけてきたが、彼はふり向きもしなかった。すると娘がラモンの前にかがみこみ、手にした皿を差しだした。襟ぐりの開いたローブの隙間から、胸の谷間がのぞいている——目の保養になるほどの、深い谷間だ。娘の亜麻色の長い髪が頰をくすぐった。娘が情熱をたっぷりこめた色っぽい視線を向けてきた。

ラモンは、チュニックの襟がいきなり窮屈に感じられた。

彼は娘と目を合わせた。「わが副官のほうが、きみの努力に報いてくれそうだぞ。おれはあす、結婚する身だからな」

アンブローズがのどを詰まらせたが、給仕の娘の注目を浴びると、どうにか落ち着きを取り戻した。彼女が身をすりよせるようにしてアンブローズに給仕したあと、小さなかすれ声を発してから、からだを起こして立ち去った。

「エール（上面発酵したビール）はいかが……ご主人さま？」

べつのメイドにわきからすりよられ、ラモンはぎくりとした。今度は黒髪の娘で、視線が合うと唇を噛んでみせた。手にしたピッチャーの柄を手でなぞっている。上に……下に……もう一度、上に。

この襟はまちがいなく窮屈だ。

従者が娘にどすんとぶつかるように歩みでて、ラモンの酒杯を差しだした。娘はピッチャーを傾けたが、注ぎ終えると、ラモンに誘うような視線をちらりと送った。

「思うに、あす誓いを交わすことについて、花嫁はラモンさまほど心穏やかではいられないようすですね」アンブローズは笑いを必死にこらえていたために、目をきらめかせながらも引きつった顔をしていた。

ラモンはイザベルにさっと視線を戻した。彼女の満足げな表情がほんの一瞬目に入ったが、すぐに顔を背けられてしまったため、頭巾のうしろ以外なにも見えなくなった。

あす、塔にあるすべての頭巾を燃やしてやる。

「ならば、おれがせいぜい安心させてやらないとな」

ラモンはテーブルに両手をついて立ち上がった。アンブローズが彼の腕に手をかけた。

「ここはよく考えて、もう少しご辛抱を。おれには結婚の予定もありませんし、人の努力をふいにするのはもったいないかと」

アンブローズは、厨房から食事が運びこまれてくる広間わきの通路をしばらく見つめていた。そこにはさらに三人の女が列をなし、上座に給仕するのを待ち構えている。

「男たちを長らくよそへやってくれたリチャード王に感謝しなくては……」アンブローズがつぶやいた。「正直なところ、聖なる十字軍にこのような利点があるとは、いままで気づきませんでした。もっと早くに退役すべきでしたね」

彼が期待するような意味深な笑みを向けると、女たちは興奮に頬を染めた。その全員が、湯浴みをしたばかりなのかこざっぱりしている。アンブローズはきれいにとかして下ろされた彼女たちの髪をいじりたくてうずうずしていた。三人はくすくす笑いながら上座が設置された壇の階段を上がってきた。

ラモンはふたたびイザベルに目をやった。彼女のほうは無視している。しかし隣にいる女が上座を見つめ、驚いた表情を浮かべていた。女が若き女主人に険しい表情を向け、なにやら話しかけた。イザベルが頭をふり、肩をぐっと怒らせた。

ラモンは酒杯を求めて手を差しだした。給仕する女たちをながめるのに忙しかった従者が、あわててそれに応えた。

「意地の悪い女め」ラモンは小声でうなった。杯から酒を長々とのどに流しこんだあと、ひとりうなずく。

そう、まちがいなくイザベルは意地の悪い女だ。

「あんな駆け引き、危険ですよ」とミルドレッドが警告した。

「ラモン・ド・セグレイヴには出ていってもらわなければ。わたしよりいい女がいることを、あの方に気づかせようとしているだけよ」

イザベルはローブのわきを開き、シュミーズのうしろの結び目を緩めてもらおうとミルドレッドに背中を向けた。

ミルドレッドは結び目を緩めながらふんと鼻を鳴らした。「あの方なら、自分の望みを頑として要求します、まちがいありません。今朝、鞍に放り上げられたとき、それがおわかりにならなかったんですか?」

「わたしにわかるのは、あの方と結婚する気になってはならないということだけ。さもないと、心を乱されてしまうわ」

「あら、それはそうですとも。あれほどの殿方となれば、心が乱されるのはまちがいありません。それについては、あたくしも同感です」

ミルドレッドが下着を持ち上げた。イザベルは頭巾の結び目を解き、ため息をもらしつつ頭から外した。

「頭巾がいやでたまらないごようすですね」ミルドレッドがいさめるようにいった。「なのにいまは、ラモンさまのせいでわざわざ身につけてらっしゃる。いっそ、あの方が与えてくださるものをありがたくちょうだいするほうが、よほど楽なのではないですか? それにお嬢さまは、子どもがたいそうお好きでしょう。月のものがめぐってきたとき、それはがっかりしてらっしゃいましたものね」

「あの人とは結婚しません」

ミルドレッドが不満げに唇をきゅっと結んだ。「そんなふうに頑固になるのは、自尊心が強い証拠です。罪ですよ。あの方に触れられて、お嬢さまも心を動かされていたでしょう。この目でちゃんと見ましたからね。あの方は、お嬢さまの情熱を揺さぶってました」

「情熱は肉欲の証拠よ。それも罪だわ」とイザベルは反論した。

それにたいしてミルドレッドがやさしくほほえんだだけだったので、イザベルは驚いた。

「お嬢さまがまだ年若いということを、忘れてましたわ」

「どういう意味？」イザベルの問いかけに、ミルドレッドは頭をふりつつ扉に向かった。

「ミルドレッド？　わたし、意味がわからないわ」

「そうでしょうとも、お嬢さま。でもそれについては、ラモン・ド・セグレイヴさまにご教授いただかなければね」

「あの人からはなにも教わりたくない。わたしたちは充実した生活を送っているのだから、それを変える必要なんてないわ」

「つまり、せっぱ詰まった状況にでもならなければ、なにも改善したくないとおっしゃるのかしら？」ミルドレッドが不服そうに頭をふった。「お気をつけあそばせ。運命には残酷な一面もありますから」

「これ以上は求めず、いま手にしているものだけで満足してはいけないの？」

ミルドレッドは聞いていなかった。あるいは聞こえたのに、無視したのか。扉が閉まり、イザベルは一本のろうそくとともにひとり置き去りにされた。

ふと、部屋がいつもより薄暗く感じられた。いつもより広く……寒々しているような……

もうそこまでよ。

イザベルは自分を叱咤《しった》した。寂しく思う理由など、なにもないはず。ベッドは昔から安らぎの場だった。ベチャードにも煩わされることのなかった場所だ。欲望を発散させたくなったとき、夫は自室に彼女を呼びつけていたから。

イザベルはぞっと身を震わせ、ベッドに上がった。洗いたての寝具から太陽の匂いがする。蜜蠟《みつろう》のろうそくが、夜気に甘い香りをほんのり漂わせていた。

完璧だわ。

そう、完璧。これで、なにより大切なことに焦点を合わせられるというものだ。

彼女は自分の人生に満足していた。これ以上はないというほどに。櫛に手をのばし、髪のもつれを解きはじめた。

そのとき扉が開き、指から櫛が滑り落ちた。ラモン・ド・セグレイヴが図々《ずうずう》しくも部屋に入りこんできたのだ。

「頭がどうかしているの？」問い詰めるつもりが、思わず上ずった声になっていた。

ラモンはのんきにまゆを片方吊り上げた。いま自分がここにいるからといって、警戒することはないとでもいいたげに。

「そんな声を出すとは、おれの名誉を疑っているのか？　今夜のきみは、おれをさんざん試そうとしていたようだが。ここにきたのは、おれが価値のある男だと証明するためだ」

イザベルは、着ているシュミーズがたんに薄いだけでなく、ほとんど透けていることをいきなり意識した。両手で胸を覆い隠したいという衝動を必死にこらえる。従者が入ってきて部屋を横切り、主人の酒杯をテーブルに置いた。

「わたしの寝室にきたところで、なにも証明なんてできないわ、セグレイヴ卿」

ラモンが腰を下ろすと、従者が即座に左右のブーツから拍車を外しにかかった。

「では、ほかにどんな方法があると？　きょうの夕食の席で、きみが気前よく差しだしてくれたごちそうは遠慮しておくと証明するには？」

イザベルは頬がひりひりしてきた。「うちの領民はうそはつかないと信じていますから」

彼女は口ごもった。ラモンの従者が彼女に好奇の目を向けた。

「どこを見ている、アルフレッド」ラモンが若者を叱りつけた。

若者が主人に注意を戻した。

「イザベル、今朝もいったように、必要なことがあったらおれにいってくれ。おれのほうも、きみにいうつもりだから」

テーブル上の杯の隣に、拍車がかちゃりと小さな音を立てて置かれた。つぎに従者はブーツを脱がせにかかった。イザベルは目をぱちぱちと瞬いてみたが、寝室内にすわりこんだ男の姿は消えてくれなかった。

「いいでしょう。あなた、請け合ったわよね。わたしの――」

ラモンが頭を傾げ、動揺してしまうほどの視線を向けてきた。「きみの挑戦をことごとく受けて立つ、と？」

その視線が彼女の全身に注がれた。着古して透けたシュミーズの生地の下で、乳首が硬くなる。

「きみに挑まれれば、必ず受けて立つ」彼の声が深まり、官能的になった。イザベルは頰の熱さを感じたが、顔を背けることができなかった。期待にきらめく彼の目が、からだの奥に火をつける。

従者がブーツを両方とも脱がせたのち、椅子の近くにきれいに並べた。ラセンが立ち上がると、従者が剣帯を外した。

イザベルも立ち上がり、彼に惑わされた心をふり払おうとした。「ここはわたしの部屋よ。出ていって」

それにたいしてラモンは小さなうなり声を発しただけだった。従者が剣を外した。イザベルはもう少しで息を詰まらせるところだった。剣を持たずにどこかへ行く騎士などいない。

従者が剣をベッドから手の届く位置にあるテーブルに置いた。

「塔の北側に、かつて夫が使っていた部屋があるわ」と彼女は言葉を継いだ。

従者が腰かけに上がって主人のチュニックを頭から脱がせた。

「ああ。そちらの部屋は、アンブローズをはじめとする副官たちが使わせてもらっている。ここを城塞に拡大するときには、もっと部屋を増やさなくてはな」

「そちらが意志を変える気はないようなので、わたしがべつの部屋で寝ます」

すると、ラモンが指をぱちんと鳴らして従者を追い払い、彼女の行く手をふさいだ。従者が扉に向かうのを見て、イザベルはすぐにもラモンとふたりきりになってしまうことに気づいた。

「待って——」若い従者がくるりとふり返った瞬間、彼女ははっと手で口をふさいだ。従者はぎょっとした顔をしている。彼は足を止めることなく扉を抜け、イザベルは恐怖のあえぎをのみこんだ。

「従者に、おれの命令に反するようなことをいうのはやめてくれ。厳しい規律を守っているからこそ、みな命を落とさずにすむんだ」

イザベルは頭をふった。「そうね……考える前に、つい口から出てしまって」そこでふと、自分が厚かましくも騎士と従者のあいだに割って入った理由を思いだした。「でも、悪いのはそちらでしょう。あなたには、こんなふうにわたしを動揺させる権利はないはずだわ」

ラモンの目には決意の光が宿っていた。イザベルは、彼が浴場で立ち上がったとき、いまとまったく同じ表情をしていたことを思いだした。こんな悪夢が訪れる前に、ちゃんと髪をとかしておくべきだった。

「そんなに動揺することもないだろう」彼が胸の前で腕を組んだ。「名誉ある騎士が未亡人と床をともにする場合、必ずまんなかに剣を置くことになっている」彼が剣をがっちりと摑んで掲げ、ベッドの上に置いた。

「そこまでは、騎士道の範囲内で許されているはずだ」彼は目をきらめかせ、勝ち誇ったような笑みを浮かべた。

この人、裏をかいたつもりなのね。

イザベルとしては認めたくなかったが、ラモン・ド・セグレイヴは策略に非常に長けた男のようだ。

悔しいほどに。

「わたしはべつの場所で寝ます」彼女は荒れ狂う感情を押し隠そうと、あえて声を低くした。いま目の前にいる獣に神経を刺激されていることを、気づかれてなるものですか。彼女は懸命に冷静な態度を保とうとした。

「塔内は、どこもおれの騎士たちで満杯だぞ」

「でも――」

ラモンが背中を向け、ふたたび杯を手にした。「話は終わりだ」

さすがのイザベルもしびれを切らした。「そのようね、セグレイヴ卿。でもだからといって、わたしがおとなしくしたがうとはかぎらないわ。これもあなたとの結婚を拒む理由のひとつだけれど、わたし、人のいいなりにはなりたくないの」

「ああ……」彼がくっくと笑った。「とっくに気づいていたよ。きみが自分にとって都合のいいときや、なにか利益を得られるときだけ、従順なふりをすることには」

イザベルはのどの奥で息を詰まらせた。「なんて無礼な」もう我慢の限界だ。

ラモンは酒杯の縁越しに彼女のようすを観察していた。いかにも愉快だといいたげな目をしている。「褒め言葉のつもりでいったんだがな、イザベル。きみのそのしたたかな悪女ぶりは、じつにおもしろい」彼はイザベルの名前を、その深い声でわざと引きずるように発音した。彼の目がイザベルの髪に注がれる。「未亡人の頭巾をかぶるには、きみはまだ若すぎる」

「未亡人なのだからしかたがないでしょう。あなたの目つき、図々しいにもほどがあるわ」

イザベルは両手を腰に当てた。「真の騎士なら、淑女に色目を使ったりしないものよ」

彼の黒いまゆが片方、くいっと吊り上がった。「ああ……しかし淑女なら、男の一物を見つめたりはしない。たとえ男が裸で目の前に立っていたとしても」彼が杯をわきに置いた。

「にもかかわらず、きみはじっくり見ていたじゃないか。それにあえていわせてもらえば、見てよろこんでいた」

「なんて厚かましい」図星を指され、イザベルは動揺した。「あなたのほうは、都合のいいときだけ名誉を重んじるようね」

ラモンの目が警告の光を放った。イザベルはあとずさりしたが、遅かった。

「前にもいったが、おれの名誉に疑問を差し挟むようなことをしたらどうなるか、あばずれにはきっちり教えてやるつもりだからな」

「わたしはあばずれではありません」と彼女はいった。「もしそういう女を相手に楽しみたいのなら、広間に戻ってちょうだい」

そこで言葉を切ったものの、ラモンはその場を動こうとしなかった。押し下げたまゆの下からこちらを見つめている。「きみがおれのもとに送りこんだ女たちのところへ、という意味か？」

その声ににじむ非難は避けようもなかった。イザベルがしたことは、よくいってもいかがわしく、悪くいえば恥知らずだ。それでも彼女は後悔することなく、ラモンをまっすぐ見つめ返した。

「わたしを鞍に放り上げてみんなを楽しませたのと、たいした変わりはないでしょう」

「たしかに」と彼が認めた。

その表情に不吉な予感をおぼえてもよさそうなところだが、イザベルはつい、反撃して彼に非を認めさせたことがうれしくなった。

彼女は勝利したよろこびにからだを熱くし、くいっとあごを突きだした。「わたしに謝罪してほしいのなら、あきらめて。あんなあつかいをしたり、口づけしたりする権利は、あなたにはないのだから」

彼の目が警告するようにきらりと光った。「おれはただ、きみが最後の一撃を加えたあとも手を引かないよう、努力しているだけさ。いったんおれと競いはじめたら、苦々しい最後を覚悟しておけよ」彼がふたたび迫ってきた。イザベルは、そのやわらかな足音が響くたびに身をすくませた。「それにきみだって、おれとの口づけを楽しんでいたじゃないか」

ラモンの宣言を否定する言葉が舌先まで出かかったが、そのぎらつく目を見て押しとどめた。この人は喧嘩《けんか》をふっかけているのだ。それが情熱へとつながることがわかっているから。イザベルはひとつ深呼吸し、論理的な反論をさがした。それでも、すぐうしろにベッドがあることを、意識せずにはいられない。

彼の肌をもう一度味わいたいんでしょう……

「陛下がほんとうにわたしと結婚する許可をあなたに与えたのかどうか、わたしにはたしかめるすべがないわ」

ラモンがくくっと笑った。イザベルは、彼の目に宿る表情を見て、あとずさりした。その黒い目に浮かぶぎらぎらとした期待の光に、全身に震えが駆け抜ける。

「おれの言葉を疑って、騎士としての名誉に敬意を払わないというのなら――」

「あなたの名誉を疑ってるなんていっていないわ」と彼女は遮った。ミルドレッドがここにいたら、震え上がっただろう。

「おれたちの結婚を国王が祝福したという話がうそであるかのようにいったではないか」彼はいかにも不服そうな顔をした。「あばずれめ」

ラモンがのしかかるようにぐっと迫ってきた。あと一歩で、すぐ目の前にさてしまう。イザベルの心臓がそれまで以上に速く、激しく鼓動しはじめた。息を深く吸いこんだとき、彼の肌の匂いが鼻孔をくすぐった。その圧倒的な存在を、奇妙なほど意識してしまう。彼の肌の匂いと、そのかすかに乱れた息づかいを。全身の神経がさらに研ぎ澄まされ、彼に波長を合わせ、肌がますます敏感になってくる。ほんのかすかに触れられただけでも、跳び上がってしまうかもしれない。

期待のあまり、頭がおかしくなりそうだった。

「きみといると、騎士道を忘れてもいいんじゃないかとすら思えてくる」ラモンの目が暗くなり、彼女の全身をながめまわした。イザベルは息をのんだ。からだの曲線をさまよう彼の視線に、全身がねじれていく感覚をおぼえた。

心のどこかで彼の表情を楽しんでいる自分がいた。彼にからだを愛でられているよろこびを、無視することができなかった。上品な言葉でその気持ちを伝えようにも、無理だ。

体内で興奮の炎が燃え上がった。

しかし、そんなことを認めるわけにはいかない。

よろこびに溺れるなど、もってのほかだ。

それにともなうものすべてを受け入れる心づもりがないかぎりは。すっかり降伏することなど、ありえない。

「騎士道を守るなら、分別ある行動をとることね」そういいながらも大きな落胆を感じていたイザベルだが、それについては考えないことにした。いや、落胆というよりも、傷心というべきか。

ラモンがふたたび、低く深いふくみ笑いをもらした。彼の声が新たな感情のさざ波を引き起こし、全身をさらっていった。その波を、肌で感じることができた。ラモンが顔のわきに手をのばしてきたので、イザベルはその場に凍りついた。

「そういいながらも、ずいぶん……悩ましげだね」

びくんとした——あまりのことに、じっとしていられない。イザベルはこわばった息を吸いこんであとずさりしたが、ベッドにぶつかっただけだった。

「そうね。でも、決意は固いの」さらりといおうとしたものの、残念ながら上ずった声しか出なかった。

「それはどうかな、イザベル」ラモンがまた一歩近づき、そのからだが発する熱気が感じられた。「おれと夫婦の床をともにしたくないといい張るきみの決意のほどを、試してみようじゃないか」

「これはたんなる肉欲よ。あなたがいなくなれば、おさまるわ」そんなことを口にすべきではなかった。淑女が話題にするようなことではないのだから。しかし、頭がまともにはたらかなかった。正直なところ、彼がいうように、あばずれになった気分だ。これでは、論理ではなく本能で反応する動物も同然ではないか。

これで、またしても彼との大きな共通点が見つかった。心の壁を取り払い、ごく自然に本心を口にできるような気がしてくる。

心に秘めた思いを。

「肉欲も情熱のひとつだ」ラモンの声は純粋なる誘惑だった。彼がふたたび片手を上げ、今度は彼女の顔半分をてのひらにすっぽりと包みこんだ。その感触に、即座にからだがぶるっと反応する。「そして、きみの結婚生活に情熱が欠けていたのはまちがいなさそうだ。だからおれの言葉が信用できないのさ。おれとしては、自分の価値をよろこんで証明してみせるつもりだがな」

彼の手があごの線をなぞり、首筋を下りていく。目を閉じて、この感覚に浸っていたい。

「そんなの……罪深いことだわ」

いまこのときを自分がどれほど楽しんでいるかを、必死に隠そうとした。

彼が投げた餌に、食らいつきたくてたまらないことを。

ラモンが身をかがめ、その息が耳をくすぐった。「おれは正直な男だ。そのほうが、騎士道にこだわって礼儀正しいだけの言葉を口にするより、名誉なことではないか？　きみがどれほど高潔な女かを、くどくどと口にしてほしいのか？　ほんとうは、きみの気骨にすっかり心を奪われているというのに？　きみにとって、どちらのほうがうれしいんだ？」

イザベルは身を震わせて頬を染めた。うれしい褒め言葉だった。自分は決して絶世の美女ではない。夕食時、彼のもとへ送りこんだメイドたちのほうが、よほど整った顔立ちをしている。それなのに、ラモンが少しからだを離したとき、その目には彼女にたいする欲望が満ちあふれていた。

ラモンの手が鎖骨の上を滑り、胸に下りてきた。うずきがいっきにからだを下降し、乳房が期待のあまりちくちくしてくる。その手をもっと下へ、と肉体がしきりに騒ぎ立てた。愛《あい》撫《ぶ》して、と。シュミーズの薄っぺらな生地を、つんと尖《とが》った乳首が持ち上げた。

「ほう……」彼が耳もとで小さくうなった。「きみのからだがよろこんでいることは、これで疑いようがないな」

「こんなの……よくわからないけど……まちがっている……」イザベルはそういいながらも、そんなことを気にする必要があるのだろうか、とふと思った。

ラモンが手を上に戻して彼女の首をさすると、イザベルの全身を落胆が駆け抜けた。胸が彼の手に触れられることを切望し、拒まれた乳首がうずいている。

彼がイザベルのあごを手で包み、顔を上に向けた。

「きみの率直さはうれしいよ、イザベル。礼儀正しい、お愛想だけの反応よりも」

彼の唇が首筋に押しつけられ、イザベルの唇から叫びを引きだした。その声がなにを意味するのかはよくわからなかった。とにかく、抑えきれなかったのだ。理性が、あらゆる思考をなんとか論理的に整理しようとあがいたが、ことごとく失敗に終わった。衝動が支配域を広げはじめた。イザベルは手で彼の胸を押しやろうとしたが、けっきょく、てのひらに当たる感触を存分に味わっただけだった。チュニック一枚で隔てられた硬い筋肉のうねを感じようと、指を広げる。

彼の唇が首筋をたどりはじめると、イザベルは先をうながすように頭をのけぞらせた。口づけされるごとに悦びが花開き、脚が歓喜に打ち震えた。乳首がさらに硬くなり、思わず抱擁を求めて彼にしなだれかかる。

ラモンが彼女の両頬を包みこんだ。つぎに唇を奪われたとき、イザベルは彼を積極的に求め、うながされると唇を開き、その動きに反応した。彼はてっきりこちらの降伏を受け入れ、即座に勝利を味わうものと思っていた。ところがいつまでも口づけをつづけ、繊細な動きで彼女の唇を味わうことに没頭し、焦ってシュミーズを持ち上げるようなことはしなかった。

イザベルのお腹の奥で、もどかしさが渦を巻いた。

彼の舌先が下唇をなぞり、全身を甘い悦びで満たす。手が首を滑るように下りていき、彼女の肌を粟立たせながら、鎖骨へ、さらには胸へと進んでいく。胸が興奮にしびれ、肺のなかで息が凍りついた。彼はやはり先を急ぐことなく、イザベルの肩にてのひらで小さな円を描いたあと、もっと敏感な肌めがけて手を下ろしはじめた。彼女はいつしかからだを弓なりにして胸を突きだし、切望するものを待ちわびた。

ラモンは期待を裏切らなかった。つんと立った乳首を、親指で触れたかどうかというほど、そっとかすめた。

イザベルがため息をもらすと、ラモンはここぞとばかりに開かれた唇を奪い、そっと舌を差し入れ、彼女の舌に触れた。と同時に、両手で左右のやわらかな丸みを包みこんだ。イザベルの体内を衝撃が突き抜けた。それが下半身に向かい、身をすくませるほど激しい感覚を渦巻かせた。

こんなの、あんまりよ。

イザベルは彼を押しやり、合わせた唇を離した。ほんの少しだけ理性を取り戻し、壁際を滑るようにその場から脱した。彼女の代わりに灰色の石壁に面と向かうことになったラモンが、うなり声を上げた。

「わたし……」はやる心臓に合わせて、肺が必死に稼働していた。「わたしは騎士道の掟《おきて》にしたがうほうがいい。こんな……野蛮なことをするより」

ラモンがなにやら冒瀆《ぼうとく》的な言葉をつぶやいた。その言葉のはしばしににじんでいる落胆は、イザベルの全身にも押しよせているものと似ていた。その鋭く粗暴な声色に、イザベルはたじろいだ。頭が錯乱状態にあった。夫の腕から解放されたときは、いつもほっとしたものなのに。

「これは野蛮なことじゃない」ラモンが目をすがめたが、イザベルはうつむいたりはしなかった。

「自分の反応を抑えきれないという意味で、野蛮だわ。あなたに触れられると、わたしのなかの野性が目ざめてしまう。自分では制御できなくて」イザベルはつい本心をさらけだしていた。こちらの弱さにつけこまないで、と懇願しているようなものだった。

ラモンは顔を上気させたが、満足げに目を細めた。そこには男としての率直なよろこびが浮かんでいる。イザベルは、それまで隠れて見えなかった秘密のようなものを目にした気分になった。

魅力的で、じつに誘惑的な秘密だ。理性の縁をよろめき歩いているようなもので、いまにもためらいをすっかり消し去り、彼の手によって解き放たれた激しい嵐に身を投じてしまいたくなる。

ラモンが手をのばしてきたが、イザベルはその手を摑んで押しとどめた。彼はどのたくましい男を制止するにはいかにも弱々しい試みではあったが、ラモンはこわばった息を吸いこむと、動きを止めた。

彼の口角がふと持ち上がり、やがてじつに魅惑的な表情をつくりだした。

「きみの信頼を勝ち取ってみせる」

イザベルは頬がかっと熱くなるのを感じ、そんな自分の反応にいら立った。ついさっき、この男に胸を触らせたばかりだというのに、どうしていまさら顔を赤らめるの？

だって、わたしをとろけさせるような言葉を口にしたから……

それは、からだを要求されるよりも恐ろしいことだった。感情だけは、自分だけのものにしておけるはずなのに。

「すぐに夜が明けるし、そうなればすることがたくさんあるわ」と彼女はいった。

イザベルはくるりと背中を向けたものの、肩越しにふり返りたいという気持ちを抑えるのは並大抵のことではなかった。それでもふり返ることなく、無理やり足を動かして彼から離れていった。ふたりは騎士道の掟を遵守することになるだろう。彼女自身、そう要求したのだから。そうでもしなければ、とても予想のつかない事態になってしまう。

彼の剣はあいかわらずベッドの中心に置かれていた。その光景に彼女は身を震わせたが、意を決して上掛けに手をのばし、持ち上げてその下に潜りこんだ。ラモンのほうは向くまいと必死だった。彼ではなく、熱を保つための天蓋をひたすら見つめた。

耳をそばだてると、ラモンがベッドに近づいてくる音がした。やわらかな足音がひとつしたとき、思わず身をすくませる。そのあと、小さな笑い声が聞こえた。

「なにを心配している?」

そうよ、なにを心配しているの?

あいかわらず体内では熱気が渦巻いていた。

ベッドが揺れ、彼が腰を下ろすとマットを支える縄がきしんだ。

「そんなのわかりきっているでしょう、セグレイヴ卿。この部屋に殿方がいるのははじめてなのだから」

ラモンのからだがベッドの半分以上を占めたため、あいだに置かれた剣がイザベルのほうにずれた。彼が上掛けを肩の上まで引っ張り上げた拍子に、剣が彼女の胸にするりとのった。

「わかりきったことだというのは認める。しかし石の壁に隔てられていては、おれたちいつまでたってもおたがいを深く知ることができないじゃないか」

イザベルは、彼を見ないという誓いを忘れて顔を向け、その拍子に剣の柄頭《つかがしら》にあごをぶつけた。ラモンがすばやく反応して剣を持ち上げ、イザベルはすっと息を吸いこんだ。

「剣を挟んで寝るというのは、じっさいやってみるまではいい考えに思えたんだが」彼が起き上がり、剣を鞘に収めて枕の近くの壁に立てかけた。「これほど小さなベッドだとはな」

イザベルは上掛けをぎゅっとからだに押しつけた。つんと硬くなった乳首を隠せるのがありがたい。

「わたしはこのベッドで充分快適よ」

ラモンがからだの向きを変えると、縄が不吉なきしみ音を上げた。彼はベッドにひじを突き、手で頭を支えた。イザベルのからだを熱気が舐めるように下りていき、分厚い上掛けがひどく暑く感じられた。そして彼は、ひどく魅力的だ。

「快適だって？」ラモンがまたしても彼女の唇をまじまじと見つめながら、目をすがめた。彼の甘い口づけがイザベルの脳裏によみがえり、敏感な肌がじんじんしてくる。「そうか……しかしおれは、快適なだけでなく、悦びの場にしてみせると約束しよう。ほんものの恍惚を感じさせてやろうか？　これまでは、快適という程度で満足していたんだろう？」

イザベルは笑い声を上げた。いや、あざ笑ったというほうが正しい。夫の特権をふるうと決めたとき、いつもベチャードが得意げに話していたことを思いだしたのだ。

ラモンが顔をしかめ、目を見開いた。イザベルは真顔に戻り、その鋭い視線から感情を隠そうとするかのように目をしばたたいた。

「ごゆっくりお休みください、セグレイヴ卿」

イザベルは目を閉じたが、彼の指が頰をそっとなでるのを感じると、ふたたびぱっと見開いた。からだが震えてくる。彼に触れられることをここまでよろこんでしまう自分に、いら立ちを募らせる。思わず唇からもれる小さなため息を、抑えることができないのだ。

ラモンのほうはそれを聞いてよろこんでいる。目を見ればそうとわかる。

「夫婦になれば、お楽しみがたっぷり待っている。それを実証しなかったきみの亭主は、身勝手な男だったのさ」そのやわらかく真剣な口調が、イザベルを誘惑した。

肉欲というのは、まさに破滅的な力を持つものだ。

その引力には、なんとしても抗わなければ。

さもなくば、地獄……地上の地獄に堕ちてしまう。口説かれているうちは花だけれど、いったん結婚すれば、ラモンはまったく異なるものを要求してくるはず。

結婚の現実は、苦々しい義務となる。イザベルにはそれがいやというほどわかっていた。だからここは、なんとか自分の感情を無視しなければ。そうしないと、堕落への道をまっしぐらだ。


ジャック・レイバーンは馬上からラモン・ド・セグレイヴの家来たちをながめていた。防御を考えた完璧な場所に宿営地を建設しているようだが、ラモンの天幕とおぼしきものは見当たらない。宿営地のどこにも、彼の旗は翻っていなかった。それはつまり、彼が建物内の寝室を得ているということだ。

「塔までは行かないのですか、閣下？」ジャックの副官がたずねた。

ジャックは首をふった。

ひとり取り残された女は、男にしてみればたやすい獲物となる。自分より先にフモンをシスル塔に向かわせるとは、国王も余計なことをしてくれたものだ。

イザベルと結婚し、腹ちがいの兄が彼女に遺した土地を取り戻すのが、彼の使命だった。ジャックは、兄の跡取りを産み損ねた女を妻として押しつけられると思うと、憂鬱な気分になった。

しかしそんなことをいってはいられない。彼女との結婚は父の命令であり、自分はその義務を果たさねばならない立場にある。しかも、いざ彼女を捨てるときに人に怪しまれないよう、しばらくは生かしておかねばならないだろう。こうなったからには、結婚生活を送るあいだ、その女でせいぜい楽しませてもらうとしよう。

「まずはよさそうな場所を見つけて宿営地を張り、そのあとここの女主人を連れてくる」

「力ずくで、ですか？」

ジャックは堅苦しくうなずいた。「必要とあらばな。しかし、あまり手荒なまねはするなよ。おれと結婚するよう、口説かねばならないのだから」

副官が不安げな顔をした。「力ずくで連れてきた女を、口説き落とせるものでしょうか？」

ジャックはにやりとした。顔の表情がころりと変わる。彼はハンサムな男だった。兄ではなく彼がリチャードのもとへ送られたのは、それもあったからだ。ジャックなら、その美しい外見でヨーロッパの裕福な女相続人を惹きつけられるのではないか、と父は考えたのだ。

ところが彼はイングランドに戻り、父に孫息子を差しだすことのできなかった女を妻にするよう命じられた。まずはイザベルを確保し、時間をかけて彼女の決意をやわらげなければ。もう時間がない。ラモン・ド・セグレイヴがシスル塔を手に入れようとしていることは、明白だ。

ジャックとしては、そんなことをさせるわけにはいかなかった。どんな手を使ってでも、阻止するつもりだった。

4

「まあ！」ミルドレッドが死者をも叩き起こしそうな大声を発した。

朝日が地平線を暖めはじめたばかりだった。イザベルは目を開いた。まだ寝足りない気分だ。

ラモンがうなり声とともに起き上がった。怒号を発しながら鞘から勢いよく剣を抜き、ミルドレッドをふり返る。

「やめて！」イザベルはベッドから飛び降りた拍子につまずき、ミルドレッドの前にばたりと倒れこんだ。「乳母よ」

ミルドレッドはからだを硬直させ、目を見開いてラモンを凝視していた。

ラモンは寝ぼけ眼をしばたたくと、うなるようにいった。「十字軍遠征から戻ったばかりの男を脅かすのはやめておけ」

扉が勢いよく開いたと思ったら、シャツ姿のアンブローズが剣を手に立ちつくしていた。

「乳母だ」とラモンが不機嫌な声でいった。

アンブローズは室内を二回ほどざっと確認したあと、剣を下ろした。彼の広い肩越しに、塔の裏側にある部屋のようすがかいま見えた。扉のところから、上掛けでからだを隠した女がふたり、こちらのようすをうかがっている。そのうちのひとりがはっと息をのみ、あわてて室内に取って返した。

「シスル塔での仕事ほどいいものはありませんね」アンブローズが満足げな笑みを浮かべてつぶやいた。彼はラモンにおどけた表情を向けたあと、くるりと背を向けて奥の部屋に戻っていった。扉が閉まる寸前、女ふたりがくすくす笑う声が聞こえた。

「今朝は教会が混雑しそうですわね」とミルドレッドがつぶやいた。

「わたしのせいじゃないわ」とイザベルは応じた。「わたし、特別な祝福を受ける予定はないもの」

ラモンがにらみつけてきたが、なにもいわなかった。間もなく彼の従者が現れ、ミルドレッドはイザベルの着替えを手伝いはじめた。イザベルとしては、ラモンが黙っていてくれたことがありがたかったが、そのせいでかつてベチャードには一度も抱いたことのない感情がかき立てられる結果となった。亡夫は、近くにだれがいようが、躊躇せずに彼女を激しく非難したものだ。

ラモンはちがう。服を着替え、部屋をあとにするとき、そんな思いが頭にこびりついて離れなかった。

イザベルは小さな笑い声を上げ、頬を赤らめた。スカートの裾をぎゅっと握りしめると、駆けだした。息を切らして朝の礼拝に到着したおかげで、頬が赤らんでいる理由をだれかに問いただされることはなかった。

朝食が半分も終わらないうちから、イザベルはふたたび頬を赤らめていた。広間にこそこそとささやき声が満ち、みな、彼女とラモンのほうをちらちら見てばかりいるのだ。

彼女は粥の残りをあわてて口に流しこみ、立ち上がった。

「今朝は食欲旺盛のようだな、レディ・イザベル」ラモンが上座から呼びかけた。その深く豊かな声が、広間の石壁にこだまする。

イザベルは唇を噛みしめ、ふり返ってラモンを見つめたい衝動を必死にこらえようとした。しかし広間にいる全員が彼女を見つめ、好奇に目を輝かせている。彼女はふり返ってにこやかな笑みを向けたが、決然とした口調でいった。

「ええ。きょうは挑戦すべき作業がたくさんありますので。栄養をたっぷりとっておかないと」

ラモンが酒杯を握りしめた。「そうだな。挑戦も、それに立ち向かえるたくましい女も、いいものだ」

「同感です」アンブローズが貪欲な笑みを浮かべて同意した。「教えて差し上げましょう、ここにいるのは、相手にした敵をことごとく破ってきた男なのですよ」

イザベルはまゆを吊り上げた。「そう自慢なさる殿方はたくさんいますけれど、女には通用しないことが多いものですよ」

アンブローズが口角をねじ上げた。おもしろくてたまらないのか、しきりに胸をゆすっている。しかしイザベルは、ラモンの目の表情に息を奪われた。一瞬ですっかり魅了される。その暗い視線に反応して、からだが震え、ある種の感覚がからだを下りていった。

だれもがイザベルを見つめ、彼らの言葉の裏を読んで楽しんでいた。ここはあごを持ち上げ、ラモンを落胆させてやりたいところだったが、胸の高鳴りが激しすぎて、イザベルは唇を噛むくらいしかできなかった。彼に目を戻し、ふたたび視線を絡み合わせた。腹の奥がねじれてくる。

挑戦？

そうね。あの無愛想な騎士を拒むのも、ひとつの挑戦になるわ。

それでも、立ち向かうつもりだった。

イザベルはローブを翻してくるりと方向転換した。と、アーチ型の戸口に立つ神父とばったり向き合うかたちになった。神父は大きく開いた袖口に両手を突っこんでいた。シスル塔の住人たちがいきなり目の前の器に視線を落とし、口を閉じてなにごともなかったかのような顔をした。

この世の地獄ね。

こうなることはわかっていた。


ラモンはふくみ笑いをもらした。

「ラモンさまが神父に関心を向けられてこれほどよろこぶところは、はじめて見ました」アンブローズがからかった。

ラモンはふたたび酒杯をあおった。「おまえのことでなく、おれのことでよかったな、わが友よ。神父の気をそらしてやったのだから、感謝しろよ。なにしろあの神父は神の思し召しと信徒にたいして、並々ならぬ熱意を抱いているようだからな」

アンブローズが杯を掲げた。「心からの感謝を」

「もちろん、おれたちが式を挙げた暁には、あの神父もおれに関心を向ける理由がなくなるわけだが」

アンブローズがにやりとした。「そのあとは、おれがせいぜい神父を楽しませてやりますよ」彼に給仕していたメイドが、笑い声を押し殺しながら思わせぶりな視線を投げかけた。

アンブローズが低くうなるようにいった。「せいぜい、最善を尽くすとしましょうか」

グリフィンは朝の狩りに出かけたくてうずうずしていた。

イザベルはグリフィンを掲げた。いつもよりずいぶん遅い時間になってしまったため、陽射しがひどくまぶしかった。

それでも、ぐずぐずしてはいられなかった。空気はすでに清々しさを失い、雑草がぼうぼうにのびている。畑では作物の新芽があちこちから顔をのぞかせていた。遠くのほうから、たがいに呼び合うガチョウの鳴き声が聞こえてくる。イザベルは声のするほうに向かい、腕を上げてグリフィンを空中に放った。鷹は鋭い声を発して飛び立ち、急上昇していった。翼をのばして先端の長い羽根を大きく広げ、充分な高さに達すると旋回しはじめた。イザベルはその姿を見失うまいと目に手をかざした。

イザベルは、母鳥から充分に距離を取りながら、ガチョウの巣を知らせるリボンを確認してまわった。卵を抱く鳥が警告の声を発することもあったが、そんなときイザベルは、ゆっくりと、あわてずにその場を離れた。

グリフィンがネズミを一匹くわえて戻ってきた。イザベルは腕を掲げたが、鷹は彼女に向かって金切り声を発すると、獲物を食べるために木の枝に飛んでいった。

待っていられないほど腹を空かせていたのだ。こんなに遅くなったのも、ラモンのせいだった。

イザベルは顔をしかめた。いったん腹を満たせば、グリフィンはもう狩りをしたがらないだろう。

そんなふうに不機嫌になるのは、塔に戻りたくないからなのね。

たしかに。あの男はわたしの誓いを揺るがそうとしている。結婚を避けるためのいちばんの方法は、彼との接触を避けることだ。イザベルはあたりを見まわした。風が新芽と耕された土の匂いを運んできた。巣のありかを示す小さなリボンを見つけるたびに、ガチョウにも春がきた、とすごく幸せな気分になる。卵が孵《かえ》るころには、本格的な夏が訪れる。新たな農産物が実り、田畑が熟していく光景に、シスル塔の住人が満ち足りた気分になる季節だ。

わたしは優秀な女主人であり、仕えるべき人間などいらない。恐れることなど、なにもないのだから。

そのとき、蹄《ひづめ》の音が近づいてきた。イザベルは顔をしかめてふり返った。もう、ひとりきりの時間は終わってしまったのか。

こちらに迫ってくる騎士たちは、ラモンの家来には見えなかった。イザベルは彼らをしばらくまじまじと見つめながら、腹の底からわき起こる不安の理由を探ろうとした。

彼らの邪な目の表情、それが理由だ。

男たちは馬の首に覆いかぶさるように前かがみになり、さらにスピードを上げ……

わたしを轢き殺すつもりね！

イザベルはくるりと背を向け、ローブを摑んだ。

「もう遅いぜ！」

大地を揺るがすほどの轟音が迫ってくる。鼓動が速くなったが、馬の足のほうがずっと速かった。イザベルは湿地に向かって駆けだした。馬がぬかるんだ泥をいやがることを期待して。ガチョウが立ち上がり、巣を守ろうと翼を激しく羽ばたきはじめた。

馬はいななきを上げたものの、猛然と追いかけてきた。

「目当ての獲物を見つけたぞ！」

だれかにローブと髪をむんずと摑まれた。男に持ち上げられて足が宙に浮いたと思ったら、鞍に引きずり上げられた。騎士の前にどすんと落とされたとき、からだのわきに激痛が走った。

「捕まえたぞ！」男が雄叫《おたけ》びを上げた。

イザベルはふり返り、もつれた髪のあいだから目をこらそうとした。乱れた息を必死に整えようとしていると、騎士がぬかるみから出ようと馬を方向転換させた。

ガチョウが一羽、追いかけてきて馬の脚に噛みついた。その番《つが》いの片割れがちらりと視界に入った。めちゃくちゃに壊された巣を、取り乱したように守ろうとしている。

イザベルはうめきつつからだを起こそうとした。「下ろし――」

と、鋭い一撃を食らい、暗闇が波のように押しよせた。

「そろそろ目をさましますか、ご主人さま」

遠くから声がした。頭がずきずきする。もう一度眠りに戻りたい。戻りたくてたまらなかった。まどろみの闇にいれば、苦痛は感じないから。

ところが、顔に冷水を浴びせかけられた。

イザベルが目を開けると、黒い目の女が、空になったカップを手にのしかかるようにこちらをのぞきこんでいた。

「ほら、目をさましました」

女が背を向け、離れていった。イザベルは彼女をまじまじと見つめた。まだ夢のなかにいるのだろうか。そこは天幕の内側で、イザベルはやわらかな絹で覆われ、枕がふんだんに置かれたベッドに寝かされていた。先ほどの女の目は黒いもので縁取られていた。その緩やかに弧を描くアーモンド形の目が、どこか官能的だった。濃い蜂蜜色の肌に、長くのびた爪。

イザベルは頭をふってみたが、天幕と奇妙な女の姿は消えなかった。

女は長い髪を繻子《しゅす》の幕のように背中に垂らしていた。着ているのはローブ一枚で、絹でできているのか、動くたびにひらひらとはためいた。

「おまえはいつでもおれを満足させてくれるな、ロクサナ」

女が、天幕の入口近くの器で手を洗っていた男のそばで足を止めた。水差しを持ち上げ、彼の手に水を注ぐ。それをわきに置くと、麻布を取って彼に差しだした。

「ご主人さまにお仕えするのが、わたくしの生きがいです」

男が女に笑いかけ、手で彼女の顔を包みこんだ。イザベルはからだを起こし、顔から髪を払いのけた。男が女の上にかがみこんで深々と口づけしている。

イザベルがいることなど気にもせず、少しも恥じていないようすだ。深く、情熱的な口づけだった。女が男にぴたりとからだを押しつけ、大胆にも男の胸から股間をさすりながらもぞもぞとからだを動かしている。その手が、彼の股間を包みこんだ。

「あとでな」男がいきなり女から身を離した。

「仰せのとおりに」女がのどを鳴らすような声でいった。「いつでも準備を整えておきます、ご主人さま」

女は開け放たれた天幕の出入り口から消え、イザベルは自分を捕らえた男と向かい合った。

「どうしてわたしを拉致したのですか?」

「おまえと結婚するつもりだからだ、カモイズのイザベル」

イザベルはいきなりベッドが熱く感じられ、立ち上がった。男はにやにやしながらこちらを見つめている。

「こんなやり方で女を口説こうと?」

男は美しいペルシャ絨毯の上に置かれた椅子の前に行った。そこに腰を下ろし、ゆったり身を沈めると、彼女に視線を戻した。

「おれはバロン・ジャック・レイバーン。ベチャードの弟だ」

「それは失礼しました。夫は熱病であっという間に召されてしまいました」イザベルは静かにいった。

「どうせ兄を救おうともしなかったのだろう」

イザベルはこわばった息を吸いこんだ。恐怖がうなじをぞくりと刺激する。この男はバロンだ。王を除けば、この王国でいちばん高い地位だ。「できるかぎり手を尽くしたと、証言してくれる人がいます」

ジャックが頭を片方に傾げ、彼女をしげしげとながめた。ラモンよりもはるかに美しい顔立ちをしているが、イザベルはなぜか嫌悪感をおぼえた。

「おまえがその乳でベチャードを窒息させたとしても、おれとしてはかまわない。おまえ、なかなかいい胸をしているじゃないか」イザベルは唖然とした。ジャックは彼女の恐怖の表情をにやにやしながらながめている。「しかしな、愛しの兄上が亡くなったおかげで、おれはわが一族のものとなるべき土地を取り戻せと父上に命じられてしまったのだよ」彼の視線がイザベルの胸に下がる。「おまえと結婚して一発ぶちこみ、レイバーン一族の赤ん坊をその腹に宿せとの命令だ」

「ずいぶんぶしつけないい方をなさるのね」イザベルは肩を怒らせ、彼をにらみつけた。

「〝ぶちこむ〟が気に障ったか?」彼が脚を広げ、チュニック越しに股間のふくらみをさすりはじめた。「それとも、〝乳〟のほうか？」

「どちらもよ」イザベルはぴしゃりといい返した。この獣に、怯えた顔を見せてたよるものですか。

ジャックがにんまり笑い、椅子をうしろに押して立ち上がった。恐怖が腹を駆け抜けたが、イザベルはその場を動かなかった。ジャックがゆっくりと彼女の周囲をめぐり、品定めするような視線を向けてきた。彼が背後を通過するとき、じっとしているには自制心のかぎりを尽くさなければならなかった。動揺しているところを見せてはならない。それだけはだめだ。パニックを起こした動物は、すぐに殺される運命にある。

「おれとしては、楽しませてもらうつもりだ……両方を」彼が耳もとにささやきかけてきた。

イザベルは跳び上がり、彼をふり返った。「そうはさせません。拉致されたとはいえ、あなたと誓いを交わすつもりはありませんから」

しかし彼女はいま、この男の天幕にいる。それについては、考えまいとした。自分がいまどれほど恐ろしい状況に置かれているのかについては。

彼が腕を組み、イザベルの背後にある天幕の出入り口を指さした。「あの外になにがあるか、知ってるか？」

「あなたの宿営地でしょう」

「それと、おれの家来どもだ。男がいくらでもいる」いかにも愉快そうな顔でくり返す。

「略奪を楽しむ、屈強な男どもだ」

「ここはイングランドよ」と彼女は遮った。「略奪をしたいのなら、もっと豊かな土地に行ったほうがいいのではないかしら」

ジャックは肩をすくめた。「王が不在の土地も、略奪するにはいい場所だ。おれと結婚していうとおりにするんだな。いやだというなら、身のほどを知るまで、あいつらの慰みものにしてやる。ほんとうは、おまえに跡取りを産ませる必要などないのだ。私生児を産んでくれれば、そいつを利用するまでのこと。そいつを何年かそばに置いてシスル塔を相続したあとは、手に負えなくなる年齢に達したところでおまえの死体の隣に葬ってやる。いや、そいつのほうを先に葬ってやろう。そうすればおまえも、自分の最期がどんなふうになるか、予想がつくというものだ」

イザベルは恐怖に息を詰まらせた。彼の目に、不気味なよろこびがきらめいている。

「どちらの運命を選ぶか、あすまでに考えておけ。まずは神父を呼びにやらねばならん。おまえの領地にいる神父は、この状況で式を執り行うのを拒みそうだからな」

「自分の家来の慰みものにした女との結婚を許可する神の僕《しもべ》が、いるとでも思うの?」

「おれたちを聖なる絆で結ぼうとする神の僕《しもべ》なら、いくらでもいる」彼の顔が狂気をおびて輝いた。「女を妖婦と見る神父さ。なにしろイヴの末裔《まつえい》だ。支配しておかないと、男をたらしこんで罪に導くのが女なのさ。十字軍遠征で、そうした神父と何人も出会ってきた。不信心者は、ひとり残らず生かしちゃおかない連中だ。それが女だろうが、子どもだろうが」

「なんてひどい！」

彼が声を立てて笑った。「人生ってのは、そういうもんだ。あらためて運命にしたがうか、おれが力ずくでしたがわせるかのどちらかだ。おまえがどちらを選ぼうと、知ったことではないがな」

ジャックは彼女の胸に視線を落とすと、唇を鳴らしてから出ていった。


わたしは、なんと愚かなのだろう。

ラモンがこの世の地獄だなんて、どうして思ったのか？

これでさすがに悟ったでしょう。

たしかに。しかし悟ったからといって、慰めにはならなかった。自分を叱責したところで、救いにはならない。

ラモンも助けにはならない。わたしがいなくなったことすら知らないのだから。

それもまた、自分の責任だった。彼には警告されていたというのに。

だからここは、自分でなんとかしなければ。それこそ、わたしが心から望んでいたことのはずでは？　一瞬、後悔の念がからだを引き裂いた。自尊心が引きちぎられ、過酷な現実が突きつけられる。

男たちが乱暴になるのは、運命が乱暴だから。

女たちが計算高くなるのは、それしか手段がないから。策略と機転だけが、女の武器だ。

ロクサナが頭に浮かんだ。

〝ご主人さまにお仕えするのが、わたくしの生きがいです〟

それがあの異国情緒あふれる女の本心かどうかはともかく、ひとつだけたしかなことがある――ジャックはロクサナのその言葉を信じきっていた。彼の目がそう物語っていた。先ほどロクサナがからだを押しつけたとき、そこには純粋な男の満足感が浮かんでいた。ほんとうの意味で、どちらが主人なのかはよくわからない。ロクサナが黒いまつげの下から彼をちらりと見つめたとき、彼女のほうこそ、自分が主人だと思いこんでいる男を支配しているのではないか、という気がした。

つまり、ロクサナは魔女なのだろうか？　あるいは、噂されているのを小耳に挟んだだけの、ほかの呼び名が当てはまるのか？　ジャックを愛撫するあの手つきからして、彼女が男を悦ばせる方法を心得ているのは明らかだった。そしてじっさい、彼は魅了されていた。虜になっていたといってもいい。

イザベルは危険な橋をわたろうとしていた。そんな自暴自棄なふるまいは、教会が禁じている。

天幕の向こうから、男たちの話し声が聞こえてきた。

イザベルは意を決した。自由の身になる可能性があるなら、どんなことでも試してみよう。

それで、ラモンの待つンスル塔に戻った暁には、どうするつもり？

一瞬、ラモンのからだを愛撫するという邪な考えで頭がいっぱいになった。彼も、やはり満ち足りた目をしてくれるだろうか？

そんなことを考えている場合ではないのだが、いまの苦境を嘆くよりもましだった。

自分を憐れむのとくらべれば、なんであれましだ。


夕方の礼拝に、イザベルの姿はなかった。

ラモンは会衆を二回ざっと見まわしたあと、通路を大またで横切って女たちのいるほうへ行った。

「お相手の女主人はどうしたのです？」神父が責めるように声をかけてきた。ラモンが片手を上げると、神父は黙りこんだ。

ラモンはミルドレッドをにらみつけた。年配の乳母はぎょっとしたように目を見開いた。

「今朝から一度もお見かけしておりません。狩りにお出かけになったものと……湿地へ……でもお帰りがこんなに遅いのははじめてです」その言葉に恐怖がにじみ、彼女はふたたびきょろきょろとイザベルの姿をさがした。

「申しわけありませんが、神父さま、領地の女主人が行方不明なのです。夕方の礼拝を欠席するのは不敬な行いとわかっておりますが、どうかお許しをいただきたいのです」とラモンはいった。

教会内にしーっという声が響いた。ラモンが神の食事を中断させたことにたいし、神父がどう応じるのか、だれもがなりゆきを見守っていた。

「神とともに行きなさい」神父がラモンの前で十字を切った。

ラモンはひざを折って神父に敬意を払ったのち、立ち上がって教会から出ていった。家来たちもあとにつづき、石の床を踏むブーツの足音が教会じゅうにこだました。

「まだ日は沈みきっていませんので、追跡するための貴重な時間は残っています」とアンブローズが指摘した。

一羽の鷹が鳴き声を上げて庭をさっと低空飛行したあと、鷹小屋の屋根にとまった。もう一度鳴き声を上げてから、翼をばたばたとはためかせる。薄れゆく陽射しのなか、革紐がだらりと垂れ下がっているのが見えた。

ラモンが怒号を発した。家来たちは、その声が意味することを承知していた。しかし今回、ラモンはもっと深いものを感じていた。怒りのなかに、それまで感じたこともないようななにかを。

それははるかに……個人的な感情だった。

日暮れ近くになり、ロクサナがふたたび姿を現した。

先ほどとはちがうローブを身にまとっている。前面がボタンでとめられ、わきに腰までのスリットが入っていた。動くたびに、むき出しの脚がちらちらとのぞいている。

彼女が低く官能的な笑い声を上げた。「なんて顔をしているの。あたしの脚に、呆気に取られているのね。キリスト教徒の女って、ほんとうに退屈だし、臆病者。なのにご主人さまは、お父上の命にしたがって、あんたを妻にしなきゃならないとはね」彼女はなめらかな動きで小さなテーブルの前に行くと、水とおぼしきものを杯に注いだ。

「そんなもの飲んじゃだめ」イザベルはそう警告したが、ロクサナは気にしなかった。彼女は水をごくごく飲んだあと、イザベルに満足げな表情を向けた。

「からだは水を必要としているのよ」ロクサナは杯を戻し、周囲に目をやった。「そういうことを知らないのは、無知な人間だけ。砂漠では、水がないと死んでしまう。だれかに葡萄酒を与えたところで、陽射しの下で死に絶えるのは変わらない。命を与えるのは水だけ。でもたしかにここでは、きれいな水を見つけるのはむずかしい」

「水を飲むと熱病にかかってしまうわ。大はそれで亡くなったの」

ロクサナが肩をすくめた。「発酵させた飲みものは禁じられている。それにあんたたちがつくる井戸は、屋外便所に近すぎるのよ。あんたたち女は、街の通りに家の汚物を捨てる。風呂にも入らない。この国に漂うほどの悪臭は、嗅いだことがないわ。熱病にかかるのも当たり前よ。でもあんたは、少なくとも臭くはないわね」彼女が目を細める。「臭かったら、あたしがからだを洗ってやらなきゃならない。ご主人さまの床にノミを持ちこむことは許されないから」

「ノミなんてついてないわよ」イザベルはあざけるようにいった。

ロクサナがしばし彼女を見つめた。自分の目でたしかめようとしているのだ。ジャックの前ではひたすら服従の態度を貫いていた女だが、意気地がないわけではなさそうだった。彼女はようやく優雅に肩をすくめると、ゆっくりと天幕のなかを横切った。まるでイザベルに自分の容姿を愛でさせようとでもするかのように。腰を、ゆったりと官能的に揺らしている。イザベルは天幕のいちばん奥にすわっていた。ロープを開いて、ロクサナが彼女に笑みを向けたあと、ベッドに這い上がり、端にからだを横たえた。イザベルにからだをちらりと見せつける。腕を頭上にのばしたあと、頭をのけぞらせて出入り口に目を注いだ。

「ほどなくご主人さまがいらっしゃる」とのどを鳴らす。

そんなことは罪にちがいないのだが、ロクサナは、男との親密なひとときを待ち望んでいるように見える。

それでも……イザベルはすっかり魅了されていた。

ロクサナは義務を迎えるに当たり、祈ることも勇気を奮い起こすこともしていない。唇に満足げな笑みをうっすら浮かべ、期待に満ちた表情をしている。

義務を重荷に感じていないのだ。

むしろ、悦びを期待している。

イザベルは目をしばたたいた。いま自分は、錯覚を目にしているのだろうか。

ロクサナがいきなり笑い声を上げ、くるりと寝返りを打ってイザベルを見つめた。「あんたたちキリスト教徒の女って、どうしてこうもウブなのかしら?」彼女は頭をふった。「あんた、処女でもないくせに、あたしがご主人さまをよろこんで受け入れることに、ショックを受けてるのね」

「どうしてあの人をご主人さまと呼ぶの?」

ロクサナは驚いたようだった。「だって、あたしはあの方の持ちものだもの」ためらうことなく、そう口にする。「ご主人さまに買ってもらわなかったら、いまごろどこかの売春宿か、女たちでいっぱいのハーレムにたどり着いていたでしょうね。ハーレムで主人のベッドに潜りこんでお気に入りになろうとすれば、年上の妻たちに毒殺されることもある」彼女がいきなり起き上がり、上掛けにぎゅっと爪を立てて目をすがめた。「ベッドでのあたしの地位を奪おうなんて思わないことね。あたしがご主人さまのお気に入りなんだから。あんたなんて、お義理でしかない」ロクサナはイザベルをにらみつけた。「あたしにたてついたら、毒を飲ませてやる」

ほんとうにそうするだろう。ロクサナの目は決意でぎらついていた。

「イングランドに奴隷はいないわ」とイザベルはいった。「法律違反だもの」

ロクサナがゆっくりと首をふった。「ご主人さまがお金を払っているのをこの目で見た。あんたがなにをいおうが、なにも変わらない。あたしは与えられた人生を歩むしかないのよ。さもないと、恥知らずな生きものになってしまう。楽園に、そういう生きものの居場所はない」

イザベルは声をやわらげた。「あなたがほかの女に地位を奪われたくないのと同じように、わたしもたんなるお義理の存在にはなりたくないの。ここから逃げるのに手を貸してくれたら、あなたはそんな心配をしなくてすむようになるわ」

ロクサナは一瞬目を輝かせたが、やがて首をふった。「ご主人さまを不愉快にさせるようなまねはできない。あの方は、お父上の命にしたがわなければならないのだから」

イザベルは束縛されたままもがきたい衝動とふたたび闘った。ここで取り乱してはならない。機転をきかせなければ。「わたしがいなくなれば、あなたが彼の妻になれるかもしれない」

ロクサナがゆっくりと笑みを浮かべた。「なれるわよ。あの方を存分に悦ばせることができれば、子どもを宿すお許しをいただけるでしょうから」その声色には確信がにじんでいた。「あたしが息子を産めば、あたしが妻になる」

彼女が身を横たえ、捧げもののようにからだをのばした。

それからしばらく、イザベルはふたたび自己憐憫《れんびん》と闘っていた。天幕の外から、男たちの酔っ払った声が聞こえてくる。その声がどんどん大きくなっていった。宿営地で生活の糧を得ようと女たちが現れると、笑い声が闇を切り裂いた。恐怖のあまり、イザベルは猿ぐつわを嚙まされた気分になった。懸命に抗ってはみたものの、それを克服する方法はなかった。あたりをきょろきょろと見まわしてみたところ、一本のナイフが目にとまった。

ひょっとしたら……暗闇に紛れて、こっそり逃げだせるかもしれない。

そのとき垂れ幕が開き、一陣の夜風が入りこんできた。垂れ幕がもとの位置に戻るとき、木の柱がかすかにきしんだ。

「おれのかわいい女」彼はロクサナの姿を愛でながらもの憂げにいった。彼女が脚を動かして胸を突きだし、ローブから裸の胸を片方さらした。頂点に、黒っぽい乳首が見えた。

「そっちは、お義理の女だな」ジャックがイザベルをふり返った。「神父はあすにならないと到着しない。だから今夜は、せいぜいおれの悦ばせ方を学んでもらうとしよう」

ジャックに手首をわし摑みにされ、イザベルは跳び上がったが、大きな手が彼女のか細い手首をがっしりと握りしめていた。彼は大きな椅子のほうに彼女をぐいと引っ張り、ウサギ皮の紐で椅子の脚に手早く縛りつけた。背後で手首を縛られ、イザベルは椅子のわきにもたれかかる格好となった。

ふたたび立ち上がったとき、ジャックは満足げなにやけ顔をしていた。「あす……おまえにぶちこんでやる。教会の祝福があろうとなかろうと」

彼は背を向け、ベッドに近づいた。「こっちのかわいい女とのあいだに祝福はないが……」

イザベルは、目を背けるべきなのはわかっていた。

が、できなかった。

床にいるふたりを見つめるなど、恥知らずもいいところだ。夫が息を引き取ったとき、思わず安堵をおぼえたのも、やはり恥知らずなことだった。あれは、これまでの人生のなかでも、飛び抜けて恐ろしい瞬間だった。

ロクサナが起き上がってひざまずき、ローブをするりと腕から落とした。ローブはあたかも流れる炎のようにからだの周囲に舞い落ちた。

イザベルの視線を釘づけにする理由は、ほかにもあった――眠っているときも脳裏につきまとう、暗い記憶だ。夫に組み敷かれたときの、強烈で鮮明な記憶。あのときの苦痛、無力感。

ところがロクサナの顔に、そんな感情は浮かんでいなかった。ジャックのベルトを外しながら、誘うような笑みを浮かべている。彼女はゆっくりと、彼のからだに指を滑らせていく。少しずつ彼から衣服を剝ぎ取り、やがてふたりとも一糸まとわぬ姿になった。

そのあと、ロクサナが彼に口づけした。唇ではなく、あらゆる箇所に。胸を唇でなぞりつつ、彼の肌を堪能しているような顔つきをしている。

彼女はそこにも上から下までたっぷりと口づけしていった。彼がロクサナの顔を下半身に押しつけると、ジャックの声は苦しげだった。

「くわえろ……」

「くわえろ！」ふたたび命じた。

ロクサナが視線を彼から、その先で事態を見守っているイザベルへと動かした。ロクサナの目には、力と勝利の念がみなぎっている。一瞬、彼女の本心がすべてその顔に浮かんでいた。彼女はジャックのものを片手でさすったあと、イザベルに、鋭く、自信たっぷりの視線を送った。

イザベルは、たとえいま目の前に神父が立っていたとしても、目を背けることができなかっただろう。これが、淑女は知らなくていい、とミルドレッドがいっていたことにちがいない。

でも、どうして？

かつて妻として経験したことよりも、ずっと楽しそうに見えるのに。

あるいは、ラモンに触れられたときのように？

そうね。それが真実だと認めずにはいられなかった。

「そうだ……もっと……」ジャックがロクサナの口に一物を出し入れしていた。腰を突きだすたび、尻の肉が収縮する。「妻にぶちこむ前にも、おまえにくわえさせてやろう……」息づかいが荒くなってきた。「種の準備ができたとき……妻の奥に吐きだしてやる……そのあと、おまえにもう一度激しく吸わせてやるぞ……」

彼はあえぎ声を発してうなったあと、彼女の口から腰を引いた。

「だが今夜は……おまえが上になって最後までいかせろ」

ジャックがベッドに上がった。ロクサナが一瞬イザベルに顔を向け、その目にぎらつくような憎しみを浮かべた。ジャックがベッドで仰向けになって命じた。

「上に乗れ！　男にどうやってまたがるものか、妻に見せてやれ」

イザベルはついに顔を背けた。支配欲の強かった夫の姿が重なって、耐えられなくなったのだ。ベッドが揺れ、ふたりがまぐわうのに合わせてうなりを上げはじめた。まぐわうという品のない言葉も、気にはならなかった。まさにふさわしい表現なのだから。

「おまえはおれの玩具《おもちゃ》だ……妻は子を宿して腹をふくらませ……そうだ……いい、いいぞ……」

ジャックは叫んでいた。引きつった声を出し、最後にひとつ雄叫びを発すると同時に、ベッドのきしみ音がやんだ。

間もなく、天幕内に彼の小さないびきが響いた。ベッドの縄が一度きしみ、生地のこすれる小さな音がした。顔を上げると、ロクサナがローブの前を閉めているところだった。彼女は足音も立てずに天幕内を横切った。指でろうそくを、一本、また一本と消していく。やがて薄闇が訪れた。

そのあと、イザベルに近づいてきた。

残る明かりは、天幕の反対側で燃える炎が発するかすかな光だけだった。深紅と黄色の淡い光が揺らめき、ナイフの刃に反射して踊っていた。イザベルはその刃を見てほっとした。これでジャックの餌食にならずにすむ。

「あの方の妻になるのはあたしよ」ロクサナがささやくようにいった。

彼女がイザベルの前にひざまずき、ナイフを持つ手をふり上げた。怖くはなかった。悔やまれるのは、ラモンを拒んだ夜のことだけだ。もはや機会は失われた。間もなく奪われる、彼女の命の灯火のように。突如として、命の大切さが身に染みてきた。それまでは、ほんとうの意味で大事にしてこなかった。

女であることを、いままで一度も楽しんでこなかった。

ロクサナがナイフの刃を椅子とウサギ皮の紐のあいだに滑らせ、ぐいと押し上げて切った。イザベルは倒れるようにして椅子から離れた。ロクサナはさらに彼女の腕を掴み、手首を縛っていた紐を切った。イザベルは床にぶざまに倒れこむかたちとなったが、驚愕の表情で断ち切られた紐をまじまじと見つめるばかりだった。

「消えて。捕まっても、あたしを売らないでよ」ロクサナがイザベルの手にナイフを押しつけた。

「ええ、誓うわ」

ロクサナはベッドに戻っていった。ローブを脱ぎ、静かにベッドに乗る。ジャックの隣に戻ったとき、ベッドの縄が一度だけうなりを上げた。

彼女の主人、ジャック。

この機会を生かさなければ、あなたの主人にもなってしまうのよ……

イザベルは天幕の壁を見つめ、男たちの話し声がする方角を判断した。正面には男がふたりいる。ときおり、さいころを転がす音が聞こえてきた。彼女は天幕の奥の暗がりに向かい、帆布にナイフを突き立てた。ぶすっという音に、一瞬凍りついた。あたりになにか変化がないか、じっと聞き耳を立ててみる。ジャックはあいかわらずいびきをかいており、正面入口の前で話す男たちはさいころをふりつづけていた。

ナイフをそろそろと下ろして生地を切り裂いていく時間が、やけに長く感じられた。しかも、音が大きすぎるような気がする。それでも、逃げだせるだけの切り口ができた。

イザベルははやる心を抑えてしばしその場にとどまった。チャンスは一度きりだ。無駄にはできない。しばらく宿営地をながめまわし、そのあいだずっと、背後でジャックが立てるいびきに耳を澄ましていた。そこらじゅうに天幕が張られ、地面に転がって眠る男たちの数はさらに多かった。人影がふたり、眠る男たちのあいだを歩いていた。うちひとりは長めの衣服を着て、手を口に当てて笑い声をこらえていた。地面で眠っていた男がむっくり起き上がった。

「娼婦か……まさに夢見ていたところだぜ」

女が彼のもとに行き、手を差しだした。男がチュニックに手を突っこんでなにかを取りだし、女をよろこばせた。女はローブをたくし上げ、男と一緒に地面に横たわった。

イザベルは自分のローブを見下ろした。立ち上がると、裾がくるぶしのあたりまではらりと落ちた。

チャンスは一度……逃げだす機会は、たったの一度だけ。

彼女はローブの生地を切り裂き、腰のあたりでまとめた。男のふりをする必要がある。少なくとも、少年のふりを。さらにローブの裾を持ち上げ、きこりのフードのように頭からかぶってみる。暗闇なら、だれにも見分けはつかないだろう。

イザベルは手にナイフを握りしめたまま、切りこみ部分を慎重に通り抜けた。だれかに気づかれるのが恐ろしくて、それ以上切りこみを広げる気にはなれなかった。帆布は彼女が通れるくらいには開いており、イザベルはしばし天幕のわきにしゃがみこんでようすをうかがった。立ち上がって森に向かいはじめたときも、先ほどの男女はお取りこみの最中だった。男がふたり、ごろりと寝返りを打って、暗闇越しにイザベルのいるほうを見つめた。ほとんどの男たちが、この機会に睡眠を取っていた。しかし見張り番についていた者は、彼女の姿に目をとめた。

夜の森には悪魔がさまよっている……

彼女は頭をふり、着実な足取りで進んでいった。

悪魔は暗闇をさまよい、食べる魂をさがして……

そんな言い伝えの引力に抗った。あんなの、たんなるつくり話よ。ただの迷信。それだけのこと。

それでも、宿営地と森の暗がりとの境目に到達したとき、心臓は早鐘を打っていた。夜の闇のなか、出かけていく者などいない。

しかしそうでもしないと、ジャックの所有物にされてしまう。

ジャックの妻になるくらいなら、悪魔の餌食になるほうがましだ。

イザベルは森に足を踏みだすのに、足を踏み入れ、一歩、また一歩と、無理やり歩を進めていった。一歩足を踏みだすのに、永遠に時間がかかるような気がした。息を吸うごとに、これが最後のひと息になりそうな気がしてならなかった。なにしろ、肺が凍りつきそうなのだから。空耳まで聞こえてきた。それがなんなのかわからず、音のするほうにさっと向いてみる。クモがいるのか、肌がむずむずしたが、払っても、なにもついていなかった。

子どもじみたまねはやめなさい。

そのとおりよ。わたしはいっぱしの女であり、領地をみずから管理している大人よ。森くらい抜けてみせる。自由に向かって。

じっさい、そうするつもりだった。

「声を出したら命はないと思え、小僧」

目の前に剣がふり下ろされ、彼女ののどの手前で止まった。口からあえぎ声がもれたが、ぱっと手を口に当ててその声を押し殺した。代わりにうっと詰まった音が出た。

「だれに仕えている、小僧？　あの軍を率いているのはだれだ？」

そのとき、口笛が聞こえた。猛禽類《もうきん》をよく知らない人間なら、オウムの鳴き声と思うかもしれない。しかしイザベルには知識があった。音のするほうをふり返ると、隣にいた男がくすりと笑った。

「森には詳しいようだな？」

「鳥に詳しいんです」と彼女はつぶやいた。「それにわたし、小僧じゃありません」

近づいてきた男が、彼女に突きつけられていた剣をわきへ押しやった。暗闇のなかでも、それがラモンだとわかった。

「イザベルか？」

彼女はうなずいた。突如として、口がきけなくなった。唇は動くのだが、声が出てこない。全身の筋肉がいきなり震えだし、ひざががくがくとして力が入らなくなった。

「わ、わたし――」口ごもりながら、のどの奥からこみ上げてくるしこりをぐっとのみこもうとする。これでもう大丈夫だ。震える理由など、もうなにもない。

ところが、彼女は震えていた。しかも、わなわなと。

ラモンが手をのばし、あごを包みこんできた。「イザベル？」

彼女はうなずき、ナイフを掲げた。「これで……ジャックの天幕を……破って……」

「ジャック・レイバーンか？」ラモンが小声でそう問いかけた。ひどく険悪な声色だった。

彼女はうなずいた。「ベチャードの弟なの」

「なるほど、遺産相続人を拉致しようとしたのか」

彼が口笛を吹くと、闇のなかで人影が動いた。アンブローズが現れた。その顔からは、いつもの気楽さは消えていた。その代わり、戦いを思わせるような、険しく、冷酷な表情が浮かんでいる。ラモンが宿営地をふり返った。

「彼女を取り戻したからには、この疫病のような世界はつぶしてもかまわないだろう」ラモンがいい放った。

イザベルは恐怖で気分が悪くなってきた。これまで、彼女のために血を流した人間はいなかったが、ほんとうの意味で恐ろしかったのは、ラモンがジャックと対決することだった。ラモンは名誉ある男であり、ジャックはそこにつけこむに決まっている。

彼女はこみ上げる恐怖をぐっとのみこみ、口を開いた。「彼はバロンよ。戦うわけにはいかないわ。そんなことをしたら、ほかのバロンに裁かれてしまう」

それに応じて、押し殺したかのような罰当たりな言葉がつぶやかれた。ラモンは彼女の手首に手をのばしたが、そこにウサギ皮の紐がまだ結ばれたままなのに気づくと、ふと動きを止めた。

「バロンだろうがなんだろうが、殺されて当然の男だ。手下を送りこんできみを拉致したことが、正当な理由になる。しかしまずは、きみをここから連れださなければ」

ラモンは血を求めている。声にそれがにじんでいた。全身で、そう訴えているのが感じられた。

イザベルとしても、それを切望しているのかもしれない。復讐《ふくしゅう》。報復。返報を求める強い衝動に、必死に抗った。一族の醜い争いは、そうしたきっかけではじまるものだ。ウェールズとの国境に住んでいる彼女は、血塗られた争いがもたらす苦しみを目の当たりにしてきた。

そんなことになれば、ラモンが死んでしまうかもしれない。だれより剛勇な騎士といえども、戦いで命を落とさないともかぎらない。

そんなことは耐えられなかった。

イザベルは歩きながら、できるだけ軽やかに足を運ぼうと努めた。森の端に到達すると、馬の匂いがした。ラモンが鞍にまたがり、彼女に手を差しだした。彼らの意図に気づかないうちに、イザベルはアンブローズによって持ち上げられていた。

イザベルはラモンの腕に抱かれたくてたまらなかった。それがなによりの慰めとなり、自分でも信じられないくらいの心地よさをおぼえた。

これで満足だ。復讐心などいらない。ジャックには手を出さないよう、ラモンの理性に訴えかける方法が、なにか見つかるだろう。

「ああ、神さま天使さま、感謝いたします！」彼らがシスル塔に戻ると、ミルドレッドがあたふたと大騒ぎしながら出てきた。広間にはまだ明かりが灯されたままで、床で寝ているはずの者たちも起きていた。みなが口々に感謝の言葉をつぶやくなか、ラモンはイザベルにつき添って階段を上がり、部屋に向かった。

「おれのいうことを聞かなかったな」

ラモンが扉を閉めて腰に両手を当てると、イザベルはくるりとふり返って彼と向かい合った。

「そんなつもりはなかったの。ほんとうよ、いつものようにグリフィンを狩りに連れだしただけ。そうしないと、ネズミが……ガチョウの卵を食べてしまうから」

ラモンが籠手を外し、テーブルに放った。一度うなずきつつも、こみ上げる怒りを懸命に抑えようとしているようだった。「だれか護衛を連れていくべきだった」

彼のいうとおりだ。わかってはいたが、それでも自分の生活が乱されてしまうみたいで、いやだった。ラモンが彼女の表情を見て鼻を鳴らした。

「おれがまちがっていると思うのか？」彼はやさしく問いかけた。「おれの言葉は、なんの得にもならないと？」

ラモンが壁に掲げられたぴかぴかのブリキを指さした。「自分の顔がどれくらい汚れているか、見てみろ。手首には紐が巻きついたままじゃないか。これでも、塔からあまり離れるなとか、出かけるときは護衛を連れていけというおれの言葉は、道理に外れているというのか？」

「そんなつもりは……」彼女は凍えたように歯をがちがち鳴らしていたが、部屋は心地よく温もっていた。手首からウサギ皮の紐を外そうとしたものの、指がひどく震えているために、摑むことすらできなかった。

ラモンがなにやらつぶやき、彼女をさっと抱きかかえた。彼のからだは温かかった。その香りを吸いこむうち、心が安らいでくる。ラモンは彼女をベッドまで運び、下ろした。上掛けをあごまで引っ張り上げて整えたあと、ベルトに手をかけた。まるで石を彫ったような表情をしているが、その目に浮かぶ懸念を見て、イザベルは自分が恥ずかしくなった。

「あなたのいうとおりだったわ」と彼女は小声で認めた。「でもはんとうに、今朝グリフィンを連れだしたのは、あなたに反抗するためではなかったのよ。毎朝の習慣なの。ガチョウの巣を守るためので。うちはガチョウの羽毛で税金を払っているし、羽毛がなければ満足に食べることもできなくなってしまう」

ラモンは深呼吸しながら、怒りを必死にこらえていた。やがて腰を落ち着け、彼女の手首に結ばれたままのウサギ皮の紐を片方ずつ外しにかかった。

「いままで、自分の領地を歩くのを恐れたことなんて、一度もないわ」と彼女はいった。

「そんなところ、住みたいとも思わない」

「きみは、危険を無視しようとしているだけだ」

イザベルは身をこわばらせた。「たとえそうだったとしても、びくびくとネズミのように暮らすよりもましだと思わない？　わたしは立ち上がって、シスル塔を切り盛りしなければならなかったのだから」

ラモンが深々と息を吸いこんだ。「そうだな。きみは試練にりっぱに立ち向かった。それでもそろそろ、おれたちはおたがいに変わるべきころじゃないか」彼が隣に腰を下ろすと、ベッドの縄がきしんだ。「おれは、十字軍遠征でつねに国王のそばについていたときの生活しか知らない。そんなおれが、いまはここにいる。国王に仕えるだけでなく、家庭を持つことを考えてもいい場所に」

一瞬ラモンは、イザベルと同じくらい不安げに見えた。その黒い目が、理解してほしい、としきりに求めていた。ひとりになりたくない、と訴えかけている。

その気持ちは、イザベルにも理解できた。

「あなたがここにいてくれるのはうれしい。でも、復讐はしないで」

彼の表情がこわばった。「バロンとして、ジャックに戦いを挑めるのはおれだけだ」

「でもバロンとして、あなたは苦情をバロン評議会の判断にゆだねる義務がある」と彼女は指摘した。「さもないと、守ると誓ったはずの法律を破ることになるわ」

「バロンがつぎに集まるのは来年の春だ」ラモンが彼女の傷だらけの顔から髪をやさしく払った。「それまで待つなど、あの犬畜生には慈悲が過ぎるというものだ」

「でも彼を追いかければ、あなたも彼と同じレベルに落ちてしまう」

「ひどいことをいうんだな、イザベル」ラモンが鋭い口調でいい、険しい目をした。どうやら彼は気を引き締め、誓いを新たにしたようだ。

「こんなことをいうのは、わたしだけではないはずよ」と彼女は反論した。「わたしが正しいことは、あなたもわかっているでしょう。レイバーン一族と親しいバロンもいるわ。そういう人たちが、仲間のためにバロンの席をひとつ空けようと、あなたの信用をおとしめようとするに決まっている。だから評議会まで待たなければ。それにあの人、けっきょく目的は果たせなかった。それこそ、いちばん大切なことではないの？」

彼の目が細くなった。そんな反論はずたずたにしてやる、といわんばかりの脅すような目つきだ。

イザベルは身を乗りだし、彼の口に唇を押しつけた。そっと触れただけだ。無垢でいて、求めるような口づけだった。彼の肩に両手をかけてそのからだをぐっと引きよせ、抵抗を感じ取ると、唇を開いた。

ラモンを抱きしめ、あなたを破滅させたくない、という必死の思いで口づけをした。唇がわずかに反応し、彼のからだから力が抜けるにつれ、口がゆっくり動きはじめた。イザベルは頭を傾け、唇をさらにぴったり合わせた。やがてラモンが彼女の頭を手で包みこみ、口づけの主導権を奪った。

前夜のような、強引で、熱く、焼けつくような口づけではなかった。まったくちがうたぐいの口づけだ。安らぎの場のような口づけ。彼女を引き裂こうともくろむ悪魔からは遠く離れた、平穏な天国のような口づけ。ラモンは彼女を腕に包みこんで口づけの主導権を握っても、荒々しいまねはしなかった。相手を求め、探求し、ひたすら味わうような口づけをつづけた。

イザベルは彼の腕のなかにからだを滑りこませ、暗闇に包まれてその胸に押しつけられることに満ち足りた気分をおぼえた。彼の胸の鼓動ほど、心慰められる音は聞いたことがない。

アンブローズは寝ずに待っていた。

ラモンは、彼だけでなく、家来たち全員が待っていることを知っていた。広間は、大勢がいるわりには静まり返っていた。みな、ラモンが上座に上がり、正面を向くようすを目で追った。

「もう休め。今夜のところ、われわれの務めは終わった」

みな顔をしかめつつも、うなずいてその言葉にしたがった。男たちが立ち去る足音が広間に満ちた。

しかしアンブローズはそう簡単には引き下がらなかった。「あのやくざ者に夜明けを見せるつもりですか？」

「彼女は取り戻した」

「おれと同じように、ラセンさまもそれだけで満足するはずがありません」アンブローズがぶっきらぼうにいった。

ラモンはうなずいた。「しかし剣を抜かずにいるほうがむずかしいものだと、リチャードもいっていたぞ。こうなると、その意味がよくわかるというものだ。今回のことは、バロン評議会にかける」

「ばかばかしい」アンブローズがいい放った。

「しかしそれが法というものであり、法がなければ、人間も獣と変わらない」

アンブローズは口を閉じたが、その目は反抗心でぎらついていた。ラモンも同じ気持ちではあったが、ぐっとこらえてイザベルが眠る部屋へと戻っていった。

部屋に漂う彼女の甘い香りが慰めだった。彼女が立てる小さな寝息と、ベッドの隣に滑りこんだときに感じたからだの温もりが。

慰めにはなったが、やはり復讐への渇望もこみ上げてきた。

しかしイザベルを求める気持ちのほうが強かった。彼女が正しいと思うことで満足しよう。ジャックには有力な一族がついているというのはほんとうだ。ほんの少しでも刺激すれば、ラモンを失脚させるためにあらゆる手段に訴えるだろう。法は明確だ。バロンを支配できるのは、バロンだけ。ほかのバロンと戦えば、その地位と軍隊を失いかねない。

しかしなにより大切なのは、シスル塔を守る能力を奪われることだった。

だから、ここは待つことにしよう。

ジャックが雄叫びを上げると、家来たちは縮み上がった。みな、彼が嬉々としてだれかに報いを受けさせることを、苦い経験から知っていた。

その日、不運に見舞われたのは彼の従者だった。ジャックは手の甲でその年若い従者を殴りつけ、地面に転がした。従者はすぐに立ち上がり、流れる血を袖口で拭った。

「おまえがおれの天幕にナイフを残していったせいで、あの女が逃げた！」

従者はいっさい弁解しなかった。周囲で見守る男たちは、なかなか賢い従者だと見た。なにしろジャックという男は、辛抱のなさで有名なのだから。

「やつらの信頼を得る方法を見つけろ」

従者が目をぱちくりさせた。「と申しますと？」

「おれの軍の目印を取れ」

家来たちが身をこわばらせた。

「それをもう一度身につけたいと思うなら、シスル塔に潜りこめ。ラモン・ド・セグレイヴの動きを詳しく探るのだ。おれの花嫁となるべき女の動きを、すべて探りだせ」

5

朝、ラモンの姿は消えていた。

当然だ。日の出をとうに過ぎるまで寝ていたのだから。イザベルはのびをして、もう一度目をつぶりたい衝動と闘った。ぐったりしていた。ベッドにいた時間の長さを考えれば、恥ずかしいほどに。それでも、なかなか起きることができなかった。お腹がぐうと鳴ったのをきっかけに、押さえつけられるような疲労の雲をなんとか突き抜けた。小さくうなったあと、ごろりと寝返りを打ってから起き上がる。

その瞬間、痛みが全身を貫き、イザベルは思わず目を見開いた。痛みはからだのわきから腹へと伝わり、口を閉じるより早くうめき声がもれていた。

あんな乱暴なあつかいは受けたことがなかったから。

乱暴なあつかいを受けて平気な人がいるとでもいうのかしら……

ぞっとした。怖気《おぞけ》が皮膚から魂の奥深くにまで達したような気がする。ジャックに見つめられたときの記憶がよみがえり、口がからからに渇いてくる。

あの男は悪魔だ。

いえ、あの男にこんなふうに心を支配されてなるものですか。たんなる男じゃないの。悪人ではあるが、人間であることに変わりはない。

イザベルはローブをはおり、髪をとかした。気持ちが張りつめているせいで手もとがおぼつかず、櫛が音を立てて石の床に落ちてしまった。

扉を叩く音がして、小窓がするりと開いた。

「乳母を呼んできます」

イザベルは飛び上がったが、声を発した男は部屋のなかをのぞきこんでいたわけではなかった。男の後頭部がちらりと見えた直後、小窓がさっと閉まった。

扉の外に見張りがいたのだろうか？

自尊心が傷つけられた。だが、同時に、扉の外に男の見張りがいると思うと、安心できるのもたしかだ。

イザベルは鼻を鳴らしながら櫛を拾い上げた。

ネズミのようにこそこそ生きるつもりはなかった。不運に見舞われたからといって、世のなかを恐れて隠れたりはしない。宿命の不意打ちを食らったのは、これがはじめてではないのだから。

「まあまあ……」ミルドレッドがそういいながら部屋に入ってきた。「お休みになっていないと……さんざんな目に遭われたのですから」

「きょうはもうたっぷり明るい時間を無駄にしてしまったわ」イザベルはきっぱりといった。

「でもちょうどよかった、レースを結んでちょうだい」

彼女はくるりと背中を向けて、ミルドレッドにオーバーローブをとめてもらおうとしたが、乳母は壁際の大きな収納箱に向かった。

「結婚式にはもっとすてきなお召しものでないと」

ミルドレッドが、腰帯から吊した大きな鍵のひとつを衣装箱の鍵穴に差しこんだ。鍵をまわすと、ぎいっという音がした。もう長いあいだ、開かれることがなかったのだ。

「着飾る必要はないわ。結婚式なんてないのだから」そう口にはしたものの、その言葉についてきちんと考えていなかったような気がしてきた。またしても怖気が走る。教会の権限でひとりの男に縛りつけられるなんて、ぜったいにお断りだ。

「その理由をぜひお聞かせいただきたいですわね」ミルドレッドがそういって、両手を腰にさっと当てた。

「おれも聞きたい」

ラモンの声が部屋に満ち、イザベルはぎくりとした。低く、落ち着いた声色だった。イザベルが彼に向き直ると、ラモンは手を上げてミルドレッドに出ていくよううながした。

「きみの女主人と大切な話があるんでね」

ミルドレッドはさもありなんという表情をして扉に向かった。

「待って……うしろを結んでもらわないと」

「きみはおれの腕のなかで寝たんだぞ、イザベル。きみのからだなら、もうすっかり知っている」

イザベルは、はっと息を吸いこんだ。ミルドレッドに視線を戻し、行かないでと懇願しようとしたものの、乳母は扉のところで足を止めると、険しい表情を向けてきた。

「ここはぜひ合意に達していただかないと」ミルドレッドは期待をたっぷりにじませた声でそういった。彼女が背中を向けると同時に、見張りの男が扉を閉めた。

「ずいぶんきつい口調だったわね」イザベルは非難をこめていった。「あそこまでいうことはないでしょうに」

「きみが頑固に結婚を拒んでいるせいだ」

ラモンは扉の近くに立っていた。その姿を見ているうち、イザベルの下腹部で熱気が渦を巻きはじめた。

もうっ！　どうしたらこの人への欲望を鎮めることができるの？

その答えをみずから出したとき、頬がまっ赤に染まった。

ラモンが黒い目を細めた。「おれの前にくると顔を赤らめるんだな、イザベル」

「そうね」彼女は認めた。くるりと背を向け、彼から遠ざかる。その強烈な存在感に、耐えられなかった。

ラモンが追いかけてきた。ゆっくりと、推し量るような足取りで。「それにきみは、慰めと温もりを求めておれに抱きついてきた」彼がさっとわきに足を踏みだした。イザベルが逃げようとしたので、その行く手を阻んだのだ。「おれのほうも、きみを抱きしめられてうれしかった」

イザベルの息が凍りついた。鼓動が激しくなる。彼の黒い目が意を決したようにきらりと光り、イザベルの体内にこのうえない快感をもたらした。いままで、これほど男に求められたことはなかった。

「ジャック・レイバーンは、バロンの地位を金で買った男だ。きみを逃がして、あきらめるようなやつじゃない。やつは、きみが結婚を拒んでいることを世に知らしめるだろう。だからおれたちは、早く合意に達する必要がある」彼が警告するように目をぎらつかせた。どうやらあきらめるつもりはないようだ。

「地位をお金で？」イザベルは不快感も露わに頭をふった。

「そうだ」ラモンも同じくらい不愉快そうだった。「しかもやつの手下は残忍で、十字軍戦士以上に粗暴なふるまいをくり返している。しかし国王も、資金がなくては十字軍遠征に出かけられない。遠征をつづけるための資金を得られるなら、じつに多くの罪が許されてしまうのさ。ジャックはつぎの褒美として、ここシスル塔を狙っている。どうしてきみは、そこまでおれとの結婚を拒むんだ？」

「もうだれかのものになるのはうんざりなの。妻は夫の所有物よ。わたしはとにかく……自由でいたいだけ」本来ならもっと慎重になって口を閉じているべきだったのだが、ラモンが相手となると、イザベルはなぜか自制心を抑えられなかった。彼が目をすがめるのを見て、ふと罪悪感をおぼえた。「わたしのこと、ひどい女だと思って当然だわ。それでも、結婚する気にはなれないの」

彼がぐっと迫ってきた。「きみは、おれに惹きつけられている」

イザベルは落ち着きを失った。まさか彼に、すっかり心を見透かされていたとは。ふたたび頬がかっと熱くなり、唇が期待にしびれてきた。

惹きつけられている？　それどころか、ほしくてたまらないくらいでしょう。

ラモンがくすりと笑い、彼女のまっ赤な頬をなでた。「この熱を冷ます方法はひとつだけだぞ、イザベル。その前に、結婚したい。そうすれば、おたがいが抱く情熱を恥じることもなくなる」

「わたしの名誉を重んじてくれるのね……」そういいながらも、イザベルは追いつめられた気分になり、彼の前から離れた。

「だがきみは、結婚の誓いをすませるや、おれが残忍な男に変わるかもしれないと思っているんだな」それは問いではなかった。イザベルがふり返ると、ラモンはわかっているといいたげな表情で彼女を見つめていた。

「そんなふうに思われれば、侮辱された気がして当たり前よね。でも、わたしにうそをついてほしい？　運命とつらい境遇にふりまわされた結果、いまの生活に落ち着いたのよ」

そんなふうに感情を声にするなど、大胆であり、おそらくは賢くもないことだろう。ラモンは屈強な男だ。肉体的にも、軍の指揮官としても。与えられた地位に満足すればいいじゃないか、と彼女に助言する者は多いだろう。

そうすれば、彼を切望する気持ちを存分に満たすことができる。

でも、その先は？

正直なところ、それはイザベルにもわからなかった。

「きみの信頼を勝ち得てみせる」とラモンがいった。

ふと、イザベルの脳裏にある記憶がよみがえった。

「わたしのことは？　前の奥さんのように不貞をはたらかないと信頼できるの？」イザベルはたずねた。「それとも、つねに見張りでもつけておくつもり？」

ラモンがすっと鋭く息を吸いこんだ。「きみはふたつの問題をひっくるめて、自分の意見を主張しようとしている。見張りをつけたのは、きみがおれのいうことにしたがわず、護衛もなしに塔を離れたからだ。まだ反論するなら、その手首にできたかさぶたを見てみるがいい」

イザベルは視線を落とした。手首に乾いた血がこびりついているのが、いやでも目についた。前腕には黒ずんだ痣が浮かんでいる。イザベルは挫折感に襲われ、唇を真一文字に結んだ。

「わたしたち、知り合ってまだ間もないわ。どうしてそんなに急《せ》かすの？　たとえば……結婚を前提に、おつき合いするのはどうかしら？」

「おたがい、もうつき合うような年でもないだろう」ラモンが不満げにいった。「きみに手を出すまいと、こっちは必死なんだ。きみのほうも応じたくてたまらないのが、その目を見ればわかるから、なおさらつらい。おれ自身は揺らいだことなどないが、教会で祝福されるまできみをベッドに連れこむまいとするおれの誓いを、きみは試してばかりいる」

イザベルは、まさかそんなことをいわれるとは思ってもいなかった。

「ずいぶん驚いた顔だな」ラモンがいった。

「驚いているんだもの」とイザベル。

「自分の魅力をわかっていないのか？」

彼女は首をふった。「あなたからそういわれるのとジャックからいわれるのとで、これほどのちがいがあるとは」

まるで昼と夜ほどのちがいだ。

片や背筋を凍らせ、片や胸を高鳴らせる。

ラモンが唇をゆがめて貪欲な笑みを浮かべた。そのまま前にかがみこんでイザベルに腕をまわし、すっと引きよせる。イザベルは思わず息をのんだ。彼の胸にてのひらを押しつけると、硬い筋肉が感じられた。胸の鼓動のかすかな震動が、指先をくすぐる。

イザベルは抵抗しようとは思わなかった。「わたしを試そうというのね。正直にいえば、すごくうれしいわ」

ラモンが不思議そうな顔をした。一瞬、イザベルはだれにも見せたことのない彼の表情を目にした気がした。どこか……親密な気分になる。自分の切望を隠すために、人には決して見せようとしない一面をかいま見た気分だ。

イザベルは、ふと口づけしたくなった。ロクサナがジャックにしたように。

ラモンがかがみこみ、唇を合わせてイザベルのうなじを手で包みこんだ。一方イザベルは両手を彼の胸から下に滑らせた。ラモンがぎょっとした。彼は一瞬とまどい、まじまじと見つめてきた。イザベルの体内で、なにかがかき乱された。なにかよくわからない感覚が。

それでも、心地よかった。

イザベルは手を彼の胸に戻し、チュニック越しに硬い肉体を指先で味わいつつ身を震わせた。ラモンはまぶたを下げ、唇から低く響く声をもらした。

反応の激しさを実感したイザベルは、自信をふくらませた。手を上に滑らせてチュニックの襟まで持っていき、彼の素肌をさすってみる。ラモンは身をこわばらせながらも、あごを持ち上げ、もっとしてくれとばかりにたくましい首筋をさらした。なめらかな肌だ。その下には、さらにたくましい筋肉が隠れている。

イザベルの腿のつけ根が脈打ちはじめた。今度ばかりは、歓迎だ。彼女が切望してやまない極みへと、さらに熱情を高めてくれるものだから。

そこに、恍惚が待っているの？

よくわからなかったが、とにかくやめられなかった。

やめるつもりもなかった。

ラモンにからだをすりよせ、その硬さに身を震わせた。つい腰が引けそうになるのをこらえてぴったりからだを合わせたとき、ふと違和感をおぼえた。腹に彼の屹立したものが押しつけられていることに気づくと、のどからやわらかな音がこみ上げてきた。

熱は冷めるどころではなかった。

いつの間にか閉じていた目を開くと、ラモンがこちらを見つめていた。その黒い目は情熱にぎらついていたが、イザベルはひるまなかった。そこには、ほかのものも浮かんでいた。たがいに負けないくらいの、強い欲求が。

そもそもできるはずもないことではあったが、いまは理性的な考え方などしたいとも思わなかった。いや、考えることそのものが、いやだ。考えなくてもすむようにしてみせる。

「口づけして、ラモン」

ラモンが満足そうに唇をゆがめたあと、頭を傾けてかがみこんできた。ところが彼は、イザベルの要望に応えたわけではなかった。彼女のあごに沿って、唇を押しつけてきたのだ。やわらかな唇が、くり返しあごの線をたどっていき、イザベルのからだの奥をねじれさせた。下半身で燃えさかる欲望の渦から、もどかしさがこみ上げてくる。イザベルはロクサナをまねて、腰をくねらせてみた。

快感が体内を突き抜け、はっと息をのんだ。ラモンが顔を上げ、彼女をまじまじと見つめた。

「急にそこまで大胆になった理由を知りたいものだな、イザベル……」ラモンの視線が彼女の口もとに下がった。「しかしいまは、話を聞けるほど冷静ではいられない」

ラモンは彼女のうなじを包む手に力をこめ、今度こそ唇を合わせてきた。荒々しく、激しい口づけだ。イザベルの体内で興奮が弾け飛んだ。イザベルは彼に動きを合わせ、主導権をゆだねた。ラモンが唇を押しつけて彼女の口を開かせ、はじめて舌と舌が触れた瞬間、うなり声を上げた。イザベルは身を震わせながらもつま先立ちになり、負けじと激しく応じようとした。いてもたってもいられない気持ちになってくる。それまで自分にあるとは知らなかった本能のようなものが、しきりになにかを求めていた。

こんなのは、罪深いこと。でもそう思えばこそ、なおさら刺激的だった。かき乱される刺激の渦に身を投じ、もみくちゃにされたい。そして……最後に……弾き飛ばして……

ラモンがいきなり唇を離し、彼女の腕を掴むとそのからだを持ち上げて遠ざけた。

「ここまでだ」短く、耳障りな声だった。「さっきもいったように、きみはおれに個人的な誓いを破らせようとしている。おれはきみの名誉を守るぞ、イザベル、なにを置いても」

イザベルは彼の前から引き下がった。拒絶の棘が、酔いをいくらか醒ましてくれた。それでも、彼の表情に魅了されずにはいられなかった。まさかこの人も、自制心を保とうと苦悩することがあるとは。しかしいまこの瞬間、彼が心のなかで必死に闘っていることは、火を見るよりも明らかだ。

わたしが彼を切望しているように、彼のほうも激しく求めている。

そう思うと、先ほどの棘の痛みもやわらぎ、体内に芽生えた冒険心が頭をもたげてくる。

「まだよ」と異を唱える。「恍惚を味わわせてくれる約束でしょう」

ラモンが彼女の肩をがっちり掴み、そのからだをくるりと反対に向けた。やがて彼は、彼女のローブの背中に開いた鳩目にレースを通しはじめた。レースを力に任せて引っ張ったため、生地がきしむ音がした。

「まずは結婚だ」

ふり返ると、ラモンは彼女だけでなく、自分自身をも納得させようとしているようだった。

「さあ、イザベル」彼が手を差しだした。

しかしイザベルの心はすでに醒めていた。法の定めを思いだすと、先ほどまでの自信も大胆さも、すっかり凍りついた。なにもかもが、このからだですら、彼のものになってしまうのだから。

「できない」イザベルはそういうと、のどを詰まらせた。

ラモンがしゃがれ声で悪態をついた。「きみの名誉を汚せとでもいうのか?」

イザベルは顔を背けようとしたが、ぐっと迫ってきた彼に背中を壁に押しつけられた。

「きみの名誉など無視し、このローブをめくり上げてその腿のあいだで欲望を満たせと?」彼がうなった。「そうしたいんだろ。おれをなかに受け入れたいんだろう」

「ええ」イザベルはささやくようにいった。あまりの罪深さに、そのひと言が唇を焦がすような気がした。

「なら、結婚するしかない」と彼が命じた。

「そんなことをしたら、また人の所有物にされてしまう」どうしたらいいのかわからず、みじめさがらせんを描いて体内を貫いた。「あなたとわたしはちがうわ。わたしがあなたをその気にさせられるかどうかを知るには、ほんの数日ですむでしょうけれど、それだけの日数では信頼は育たない。あなただって、わたしのことを心から信頼しているわけではないはずよ。認めて、まだそこまでは信頼していない、と。だってわたしたち、まだおたがいをほとんど知らないんですもの」

「そうだな。たしかにほんものの信頼関係を築くには、もっと時間がかかる」ラモンが身を引き、剣帯に両手を引っかけた。その表情は険しく、黒い目は熱をおびていた。「それに、法が定める妻の地位に満足しろといったところで、きみがよろこばないこともわかっている」

イザベルは、はっとした。「つまり……あきらめてくれるの？」

ラモンが深く息を吸いこんだあと、吐きだした。「いや、きみを求めるために、必ず教会の祝福を得てみせるさ。しかし、きみのいいたいことは理解できる」

「理解できる？」イザベルの声は不審に満ちていた。「男と女は、たがいに理解しないものよ。太陽と月くらいちがう存在なのだから」

彼が唇をぴくりとゆがめて小さな笑みを浮かべると、その険しい表情がいくらかやわらいだ。

「そうだな。しかし不公平という名の重荷を背負っているのは、きみひとりじゃない」彼はそういってうなずいた。「ジャック・レイバーンはバロンの旗を掲げている。おれが手に入れたのと同じ名誉だ。国王は、同じ名誉をべつの男に売ったわけだ。そんなふうに見くびられたことを知って、いい気持ちはしない。しかしおれは、夫にたいする妻のごとく、王にたいする義務に縛りつけられている。王から与えられたものは、文句をいわずに受け入れるしかない。いくら納得がいかなくとも、ごくかぎられた者との内密の会話でこっそり文句をいう程度のことしかできないんだ」

イザベルは目を見開いた。「殿方の口からそんなことを聞かされるとは、思ってもいなかったわ」

「そういう個人的な不満については、相手がアンブローズでも口にしたことがあったかどうか。だがきみが相手だと、不思議と心を許してしまう」

彼女はうなずいた。迫っていた壁がいくらか遠ざかったような気がする。「わたしも、女の立場について感じていることは、ミルドレッドにもいえないわ。そういう話は……なんというか――」

「個人的すぎる、とか？」とラモンが問いかけた。

「そうね」

イザベルはふたたび彼の目をのぞきこみ、おたがいに共通の理解力でつながっていることを感じた。

ラモンが手をのばし、彼女のあごを包みこんだ。「世のなかに過剰な要求を突きつけるのはやめて、おれたちがたがいに情熱を抱き……ふたりきりでいるときは心を許すことで、満足しようじゃないか。それだって、たいていの人よりはるかに恵まれていることだ。おれと一緒に教会にきてくれ。きみにたいして卑劣なまねはしないと約束するから」彼の唇が渇望の曲線を描いた。「それにきみに触れられると、我慢の限界に達してしまう」

夫として、過ぎるほどの約束だ。「どうしたら……いいのかしら」

イザベルは、そう答えるのが精いっぱいだった。ラモンは、それ以上の要求に応じてもいいくらいの男だ。それだけのことをしてくれたのだから。罪悪感が、冬の嵐のような勢いでイザベルに襲いかかった。

「あなたと知り合ってから、まだほんの数日しかたっていないのよ」彼女は懇願するようにいったが、だれに懇願しているのかは自分でもわからなかった。自分にたいしてなのか、それとも彼にたいしてなのか。「わたしのこと、気まぐれな女だとは思われたくない」

彼がいきなりにやりと笑いかけてきた。「きみにたいして思うところはいろいろある。きみを肩に担ぎ上げて、さっさとその甘いからだに身を沈めたいという思いが大半だがな。きみは気まぐれなのではなく、たんに……賢いだけさ。しかし自分の望みはきちんと心得ているし、おれとしてはそう思うだけで堕ちてしまいそうだ」

ラモンがぐっと迫り、彼女を壁に押しつけ、息ができなくなるまで口づけした。大胆にも片方の乳房を手に包みこみ、ぴんと立った乳首を親指でさすりはじめる。イザベルの心臓が早鐘を打つ。彼女はからだを弓なりにし、彼の手に乳房をぎゅっと押しつけた。

「それにきみは、おれが約束したものがほしくてたまらないはずだ」

彼がからだを引いた。イザベルには、まるで身を引き裂かれたかのように感じられた。

「きみを満足させてみせるさ、イザベル。しかし同時に、きみの信頼も勝ち得たい。つき合いたいって？　それなら、誘惑に負けるまで、しつこくつきまとわれることを覚悟するんだな。おれはそれしか女の口説き方を知らない」

彼はそういうと、壁に倒れかかるイザベルを残して去っていった。彼女の耳に、挑戦の言葉を残響させたまま。

そしてイザベルの下腹部では、熱情が燃えさかっていた。

いままでイザベルは、名誉を守る騎士というのがどれほど憎らしいものか、想像したこともなかった。

しかしいまこの瞬間は、騎士道の定めが憎らしくてたまらない。


「もう教会にいらしたのかと」アンブローズがいった。

「おれもぜひそうしたかったよ」

男たちが石を引きずって中庭に運んでいた。汗で額を光らせ、下着姿で重い石を動かそうとしている。ひときわ大きな基礎石は、すでに数頭の馬を使って運びこんでいた。第二の塔となる建物の基礎を築くために、ひとつずつ。その合間に設置する壁に着手するのは、季節が変わってからになるだろう。

アンブローズがラモンをしげしげとながめたあと、くくっと笑った。「女主人は、ラモンさまの魅力にみごと抗ったというわけですね？」

「言葉に気をつけろよ、アンブローズ」ラモンは片手をこぶしに固め、もう一方のてのひらにぱちんと叩きつけた。「こっちは、喧嘩したくてうずうずしているところなんだから」

「そのようですね。どこかに発散させたくてたまらないのは、見ていてわかりますよ」

ラモンは指の関節をぽきぽき鳴らした。

アンブローズがのけぞって笑い声を上げた。「それに……あの女主人ときたら、見るからに華奢なのに……ラモンさまの急所をがっしり握ったと見える」

「いつか仕返ししてやるからな。おまえがおれをさんざん笑いものにしたことは、ぜったいに忘れないぞ」

アンブローズが背中を向け、胸に手をぺたりと当てた。「わが友であるラモンさまとはちがって、おれの心はそれはそれは大勢の女たちに、そう、もっと愛らしい女たちに奪われておりますので。神は、ひとりだけでおれを満足させられる女は、おつくりになりませんでした」

「そう期待するのは勝手だが、まさにその女《ひと》を目の前にしたら、神の試練を招いたことを後悔するだろうさ」

アンブローズが両腕をぱっと広げた。「誘惑の魔の手なら、大歓迎です!」

近くにいたふたりの女がくすくす笑った。アンブローズは彼女たちをふり返り、腕を曲げて二頭筋を盛り上げてみせた。女たちがものほしそうな表情を浮かべた。

ラモンは顔を背けた。彼の望みはアンブローズとはちがう。当の本人がいちばん驚いているのだが、からだにまとわりついたイザベルの香りが、股間をうずかせていた。イザベル以外に、自分を満足させられる女はいない。

だからこそ、イザベルのほうも、こちらと同じくらい苦しんでいてもらわなければ困る。彼女をものにすると確信してはいるが、信頼を築くには時間が必要だというのももっともな話だ。だから日暮れまで待ったうえで、ふたたび彼女に迫るつもりだった。

股間がどくんと脈打った。ひどく長い一日になりそうだ。

ラモンがこちらを見つめている。

イザベルは、ふんと鼻を鳴らした。彼女はシスル塔にいるほぼ全員の視線を集めていたが、本人が気づいたのはラモンの黒い視線だけだった。肌で感じるほどの視線だ。

庭を横切っているとき、彼が見つめていた。イザベルはふと、自分がロクサナのように腰を揺らしながら歩いていることに気づいた。

夕食のころには、イザベルはいら立ちを募らせ、からだが熱くなったり冷たくなったりすることに疲れはてていた。そこで、ラモンが食事を終える前に自室に戻り、さっさと髪をとかした。そのあと、ようやく眠気が訪れた。わずかばかりの慈悲が与えられたのだ。

しかしそれは、ほんの一時の猶予にすぎなかった。数時間後に目をさましたとき、あたりは暗闇に包まれていた。あいかわらず、近くにラモンが感じられた。彼の匂いと穏やかな寝息にそそられる。眠りに戻ろうとしたものの、頭が拒否した。つぎつぎと去来する思いを鎮めることができず、目がすっかり冴えてしまった。

「そんなふうに苦しむ必要はないんだぞ、イザベル」ラモンが頭を持ち上げ、ごろりと彼女のほうに寝返りを打った。鎧戸が開けっ放しになっていたので、月光が彼の目をきらめかせた。

「わたしはただ――」

「欲情しているのさ」と彼が遮った。「苦しまずともすむのに」

彼が身を乗りだし、イザベルの抗議を唇で封じこめた。

じつのところ、イザベルは抗議しようにもなにも言葉を紡ぎだせなかった。心にあるのは欲求と切望のみで、とにかくラモンのことがほしくてたまらなかった。夜の帳《とばり》が、ふたりを周囲の世界から覆い隠していた。

イザベルは彼に手をのばし、唇を開いて口づけを深めようとするラモンを受け入れた。ラモンの舌が下唇をそっとなぞったあと、彼女の舌を求めてきた。からだを弓なりにして押しつけたとき、肉欲的な口づけの刺激がからだを突き抜けた。それが心の最後の抑制を破壊した。屹立した彼のものに触れると、イザベルはのどを鳴らした。

太くて、長い。

うしろから抱きすくめられ、うなじに口づけされたとき、硬いものが押しつけられるのを感じた。

それを目にしたときのこともおぼえている。

いまとなっては、歓迎すべき記憶だ。下半身がうずいていた。彼のほうに寝返りを打ち、からだをぎゅっと押しつける。一瞬、そのつながりがうれしくて、全身に悦びの波が押しよせた。しかし、やはりそれだけでは足りない。もっと深くつながりたかった。

ラモンがその気持ちに応えてくれた。イザベルのからだをまさぐり、シュミーズの薄くすり切れた生地越しに乳房を包みこんだのだ。イザベルはくぐもった声を発し、目を開いた。自分の唇からそんな官能的な声がもれたことに、驚いていた。

ラモンがにやりとした。「罪深いことだろうがなんだろうが、きみのそんな声を聞けるのはうれしいな」彼は一瞬頭を上げ、イザベルと目を合わせた。「しかも、おれの手に反応してのことだからなおさらだ」

彼の手はあいかわらず乳房を包みこみ、やわらかな丸みを愛撫していた。イザベルの体内を快感が貫いた。じっとしていられず、からだをのけぞらせる。それまで、自分の肌がこんなに敏感なことにも、どれほど愛撫を切望していたかも、なぜか気づいていなかった。

ラモンの手でなでさすられる悦びに、イザベルは息を詰まらせた。彼の手が乳房から腹へ、さらにその下へと滑り、ついには恥骨を包みこんだ。

イザベルは思わず大きな声を出していた。彼によってかき立てられる快感に、圧倒された

くてたまらない。のだ。全身がむずむずしてくる。動きたい、からだを突っ張りたい、もっとほしい……ほし

「ああ……すっかり温もっている」と彼がいった。

イザベルは目を開け、彼の言葉に意識を向けようとしたが、頭がぼうっとしているうえに唇が乾き、なにか答える気にはなれなかった。

それに、ラモンが答えさせてくれなかった。彼は唇を合わせ、舌を差し入れてきた。イザベルは身もだえし、彼の髪に指を絡めた。もっと引きよせたい。もっと……なにかがしたい。

本能が答えを出した。イザベルは彼に向かって腰を突きだし、硬い一物を感じると、ため息をもらした。

ところがラモンはそのからだを押し返し、大きな手で彼女の腹をさすりながら、さらに下をまさぐりはじめた。シュミーズをたくし上げ、素肌をさらす。熱い肌に冷たい夜気が触れ、イザベルは至福の心地よさをおぼえた。その直後、彼の指が彼女の秘裂をなぞり、下腹部を快感が突き抜けた。

イザベルは口づけを中断しようとしたが、ラモンの体重で押さえつけられ、仰向けのまま動けなかった。

「恍惚の味を教えてやろう、イザベル……」

彼女は乾いた唇を舐めた。彼に秘所を触られているという事実に衝撃を受けつつも、その

あまりの気持ちよさにあえぎ声をもらしていた。それまで、〝悦び〟という言葉の真の意味を理解していなかった。彼の指がイザベルの肉体にもたらしているものは、それまで経験したなによりもすばらしかった。

ラモンが花弁に指を沈め、うめき声をもらした。「おれを受け入れている……」

彼が指を引き抜いたとき、その指先は濡れていた。イザベルは身を震わせて上掛けに爪を立て、欲望の解放を求めた。

しかし、どうしたらそれができるのか、わからなかった。

「教えて」イザベルのかすれ声は、ほとんど聞き取れないほどだった。ラモンが彼女を見つめていた。その目に浮かぶ表情を見たとき、彼女は息を凍りつかせた。

そこには獰猛《どうもう》さが浮かんでいた。しかし、それこそ期待していたものだった。ふたりのあいだにだけ存在する、燃え上がるほどの欲求。ラモンが歯を見せてにやりと笑いかけたかと思うと、蜜壺に指を突き入れてきた。

「お望みとあらば……」

イザベルは叫び声を上げた。目を開けていたくても、できなかった。いまは、彼の指の動きだけしか考えられない。指が入っては、出ていく。二本の指が蜜壺の上でうずく隠れた突起に触れ、秘裂からさらなる蜜を引きだした。

「ああ……」言葉というよりは、ため息だった。彼の手に向かってからだをねじり、突っ張り、腿でその腕を締めつける。周囲がぐるぐる回転しだし、夜の涼しさにもかかわらず、額に玉の汗が浮かんできた。胸のなかで激しく鼓動を打つ心臓は、脱出しようともがく鳥のようだ。

それでも、まだだ。あと、もう少し。イザベルは腰を持ち上げ、両手で上掛けをねじりつつ、ラモンの指の下でからだ全体を引きつらせた。深く挿入されるたびに、新たな悦びの矢がからだを貫いていく。もっと、もっと、もっと……と、ついに炸裂した。

イザベルはその純粋なる恍惚に浸り、身をわななかせた。万力で締めつけられたかのような強烈さだ。悦びのあえぎ声がこみ上げ、息が絞り取られていく。快楽の波がらせんを描いて体内を突き抜け、渇望を燃やしつくし、やがてイザベルを現実世界に引き戻した。からだはすっかり満ち足り、温かくなっていた。彼女は動くこともできないまま、荒い息を深く吸いこんでは、燃えるような肺に送りこむばかりだった。

ラモンがこめかみにそっと口づけしてくれた。彼の匂いが鼻孔に満ち、新たな充足感をもたらした。至福の気分だった。これほどとは、思ってもいなかった。

ラモンがからだを引いてシュミーズを下ろしてくれた。ベッドを揺らしつつ、イザベルの隣に身を横たえる。長く、緩やかに時が流れ、イザベルはまどろみの腕のなかに引きよせられそうになった。

しかし、抗った。こちらはなにも返していない。そんな気持ちに突き動かされたのだ。彼女はラモンに向かってごろりと寝返りを打った。

「もうお休み、イザベル」ラモンが暗闇のなかでふり返った。「眠いだろう」たしかに眠たかったが、彼の表情がふたたび引き締まるのがわかった。

たったいまわたしにくれたものを、彼も切望している……

当然だ。イザベルは唇を湿らせた。わたしも彼を悦ばせたい。彼女は横向きになると、脚を彼の腿にかすめた。

「でも、あなたは満足していない……」

ラモンが起き上がり、彼女の両肩をわし摑みにして押し戻したあと、髪に顔を埋《うず》めてすっと息を吸いこんだ。

「そうだな」彼の熱い息が首にかかる。

ラモンはベッドの縄をきしませながら仰向けに戻った。「自分の立場を守りたいと思うのは、なにもきみだけじゃないさ。おれは騎士であり、きみはおれが結婚したいと願う貴婦人だ。そんなきみの名誉を汚すようなことはしない」

彼が顔を向け、指を一本、彼女のあごに滑らせた。イザベルはぶるっと身を震わせた。

「きみと寝るのは、夫になってからだ」

ラモンはこわばった息を吸いこんだあと、静かになった。音からして、背中をマットに戻したようだ。

「しかし恍惚の味を知ったいま、もうおれと寝ないかぎり満足できないことはよくわかったはずだ」どこか気取った声だったが、イザベルには警告に聞こえた。

彼のいうとおりかもしれない——そう思うと、恐ろしくてたまらなくなった。

6

ラモンは待ってくれるという。

イザベルは、男性を自分の意に沿わせたいと思ったことなどなかった。そんなのは、しょせん叶わぬ夢なのだから。ところがいま、あれほど力のある男性が、こちらが結婚する気になるまで待つという——そう思うと、めまいがするほどうれしかった。

もちろん、彼にはまったくちがう意味で苦しめられていた。なにしろ、恍惚を味わわせておきながら、あとはお預けだというのだから。あのときの解放感を思うと、頭がどうにかなってしまいそうだ。息が詰まるほど激しい口づけをされたあとで放置される——あの日以来、そんな毎日を過ごしていた。

欲求不満のために夜もまんじりとせず、目の下にはクマができるありさまだ。日がどんどん長くなっていったが、イザベルの欲望が鎮まることはなかった。

「イザベルさま」

それからたっぷり二週間が過ぎたころ、ラモンの従者が貯蔵室で作業している彼女をさがしにきた。その若者は、はじめて顔を合わせたときよりも背丈がのびたように見える。そんなことがあるのだろうか。まだひょろりとしたからだつきではあったが、その顔にはうっすらひげが生えていた。

彼が身をかがめた。「ご主人さまがお呼びです」そういってからだを起こし、庭に向かって腕を差しだした。

まだ午後の早い時間だった。ラモンは家来を訓練し、新しい塔の建設作業を監督することに忙殺されていた。

イザベルは手を拭ったあと、エプロンを外して壁のフックに吊した。塔の前階段に達したところで笑みを浮かべ、顔を上に向けて頬に陽射しの温もりを浴びた。夏の終わりになれば、塔の石も芯まで温まってくるはずだ。

「イザベルさま？」従者が問いかけるようにいった。

イザベルは目を開き、ローブの前を持ち上げて庭へとつづく階段を下りていった。新しい塔のために整地された場所まで、二百フィートほどあった。ラモンが基礎の上に建っていた。イザベルはまたしてもその場に凍りつき、ラモンの姿と、彼が成し遂げたことにうっとりと見とれた。堂々たる姿だ。力と支配の象徴。ほんの二週間のあいだに、ラモンは多くのことを成し遂げていた。新塔の基礎は、シスル塔より五フィートほど高かった。

ラモンがふり返り、彼女に手を差しだした。「おいで、イザベル。一緒に建設する予定のものを教えよう」

イザベルは彼の手を取り、基礎に上がった。石の巨大さに息をのむ。基礎はシスル塔より二十フィートも幅が広かった。すでに高さ二フィートの壁が設置されている。

「この広間は、全員を収容できるだけの広さにする」

「おたがい力を合わせたからこそ、これほどのものができたのね」イザベルは石がきれいに組み合わされていることに驚いた。つくりたてのモルタルを入れた大桶から、灰汁の匂いが漂っている。ラモンの家来たちが、重い石を階段の上に運ぶのに手を貸していた。階段の上では、石を水平に設置するための道具を手にした熟練石工たちが待ち構えている。

「そうだな」とラモンが答えた。「おれたちが力を合わせれば敵なしだ」

ラモンが手に力をこめた。イザベルがふり返ると、ふたりの目が合った。「この塔には、きみのために新しい部屋もつくる」

「いまの部屋で充分よ」

「おれたちの部屋にするのさ、イザベル。おれたちふたりだけの場所だ」

なにかが心に満ちてきた。幸福感だ。

こんな幸せを感じるのは、いつ以来だろう？

ラモンが手をのばして彼女のあごをなでた。「なにを考えている？」

正直に話す？

イザベルは思いきって口にした。「あなたがここにいてくれて、うれしいわ」

ラモンは目を細めた。それでも堅苦しい表情は崩さずに、手をベルトに引っかけた。イザベルは彼の指関節が白くなっているのに気づいた。

「結婚してくれ」

短い言葉だったが、そこには情熱が感じられた。いや、そう思いたかっただけかもしれない。正直なところ、この身が完璧に冷めるときがくるのかどうか、イザベルには自信がなかった。

「いま考えているところよ」

ラモンがうなった。「おれは女を口説くことには慣れていない。頼むよ。二週間が永遠に感じられる」

イザベルはふたたび有頂天になった。興奮のあまり頬が熱くなり、ほほえまずにはいられない。「わたしも口説かれたことなんてないのよ。でも――」両手を大きく広げ、新しい基礎を指さす。「あなたの努力に感動していることは、認めるわ」

「イザベル――」

彼と戯れたい。そんな思いが心のなかで赤々と燃えていた。もはやその巨大な肉体に圧倒されることも、怖じ気づくこともなくなっていた。

これが信頼というものなのだろう。

イザベルはゆっくりと、優雅にお辞儀をしてみせた。「あなたには感心いたしましたわ。わたしをその気にさせるために、ほかにどんなことをしてくださるのか、見るのが待ちきれない」

ラモンの目が期待にきらめいた。「そのときは、なるべく人目を避けるよう注意しなければな」彼に口もとを見つめられ、イザベルは腹の奥深くで欲求が脈打つのを感じた。

頬が熱くなったが、今回ばかりはその情熱の高まりを素直に受け入れた。それが引き起こした腿のつけ根の軽い動悸も、楽しむことができた。「用心してね。駆け引きになるから」

ラモンは小さなうなり声を発しつつも、その目に決意をみなぎらせた。「最後の挑戦か？ぜひお相手させていただこうじゃないか、マダム」

「覚悟したほうがいいわよ」イザベルはにやにやしながらいった。

そんなことを口にするなど、自分でも驚きだった。いままでは、駆け引きなど未熟な若者のすることだと思っていた。ところが相手がラモンだと、危険な駆け引きに興奮し、からだの内側がねじれてくる。

イザベルは、ラモンに見送られつつその場を離れた。まるで心が通じているかのように、その視線を肌で感じる。シスル塔に入る直前、肩越しにふり返ってみた。ラモンは一瞬、口もとに小さな笑みを浮かべたあとで真顔に戻り、監督作業に戻っていった。

あの人の姿は見ものだ。とても力強く、目の保養になる。イザベルは、大きな石を持ち上げようとする男たちの指揮に当たるラモンをながめた。みんなで力を合わせて石を持ち上げ、所定の位置に設置している。石工頭が直角定規を手に、石が水平であることを確認した。男たちが石を叩いて固定し、継ぎ目からはみだしたモルタルを取りのぞいていく。

「あの方といつご結婚なさるおつもりですか?」ミルドレッドの問い詰めるような声がした。

「夏が終るころには、ひょっとしたらね」イザベルは彼女を見つめた。「ミカエル祭まで待たせるかも」

ミルドレッドが不服そうな声を発して両手を腰にやったが、その目は茶目っ気たっぷりにきらめいていた。「少なくともお嬢さま、頭巾をかぶるのはおやめになりましたわね。白髪が出はじめたら、頭巾をかぶる時間なんて、いくらでもありますもの」笑みとともにミルドレッドの顔がしわだらけになった。「それに、赤ちゃんをつくる時間も! あの方となら、お嬢さまも子づくりをお楽しみになれそうですから」

「ミルドレッドったら!」イザベルはいさめた。

ミルドレッドがさっと手をふるのを見て、イザベルもつい笑みを浮かべた。

ラモン・ド・セグレイヴとの結婚は、意外に楽しめるかもしれない。

しかし本人には、まだそんなことを告げるつもりはなかった。生まれてはじめて男性から口説かれる機会を、みすみす逃すわけにはいかないのだから。

ミルドレッドとイザベルが階段を上がり、塔の戸口から奥に消えた。ふたりとも、ひとりの若者に見つめられていることには気づいていなかった。若者は、のみの刃をゆっくり研ぎ石に走らせた。ほかにも数枚、研ぐべき刃が待っていた。石工がひとり、若者が研ぎ終えたのみを取りにやってきた。時間のかかる人気のない仕事ではあるが、ここにはだれも知り合いがいないことを考えれば、この中庭に受け入れられただけでも幸運だった。新塔の完成を急ぎたいというラモンの思いがあったからこそ、若者はシスル塔の住人に紛れこむことができたのだ。

若者はひたすら作業をつづけた。重労働のために、陽射しを浴びると指がひりひりしてきた。しかし日の入りを告げる鐘が鳴っても、若者はほかの労働者たちのように夕食をとるための広間には向かわなかった。暗闇に紛れ、森の奥へと進んでいった。

ジャックは夕食の最中だった。料理の匂いが若者の鼻孔をくすぐり、口によだれがたまってきた。

「うまく潜りこんだようだな」ジャックはウサギ肉にむしゃぶりつきながらいった。そのままもぐもぐと咀嚼したのち、先をつづけた。「たいしたものだ。それで、なにがわかった?」

「女主人はまだ結婚しておりません」

ジャックが肉を下ろした。「なによりだ」

「しかし、夏の終わりには結婚を考えていると乳母に話しておりました。セグレイヴ卿は、あくまで心やさしく、辛抱強く女主人を口説くつもりでおります」

「ラモンは昔から女には甘かった」とジャックがいい放った。「神父が花嫁の承諾も必要だというのなら、さんざん飢えさせて苦しめたうえで服従させればいいものを」

彼は袖で口もとを拭った。「とはいえ、やつの甘さがおれにとっては好都合だな」彼はしばし考えこんだあと、ふたたび若者を見据えた。「戻れ」

ジャックは目の前に並べられたパンを引きちぎり、短剣でウサギ肉を切り分けた。それを若者のほうに放る。「あの女相続人を確保した暁には、褒美をくれてやるぞ。それまでは、耳の穴をしっかりかっぽじっておけ」

若者は頭を垂れ、食べものを抱きかかえた。胃がねじれるほどの空腹に、肉を掴む手が震えてしまう。

いま望めるのはせいぜいこの程度のあつかいだ。娼婦の子として生まれた彼にとって、幸運といえばこの世に生を受けたことくらいだった。母親が、彼を堕ろすために毒を飲んでいたことを考えれば。

からだだけは頑丈だ。それが持って生まれた祝福だった。

彼としては、とにかく生きる道を見つけるほかはなく、シスル塔の女主人をおもんぱかる余裕などこれっぽっちもなかった。だれにでも主人はいる。人生とはそういうものだ。あの女主人も自分と同じく、運命が定められている。気高い人々を自分たちの上につくったのは、神なのだから。

神の意志に逆らう者などいない。

「どちらへ？」アンブローズがたずねた。

ラモンはアンブローズに向かってまゆを片方吊り上げてみせた。「おまえよりも見目麗《みめうるわ》しい人と過ごしに行く」

アンブローズがはなをすすり、片手を胸に当てた。「傷つきました、ラモンさま……ものすごく」彼の背後にいた女が、こみ上げる笑いを抑えきれずにいた。「ああ、エイプリル……こっちにきてくれ」

女が上座へとつづく階段を上がってきた。節約のためにすでに数本のろうそくが消されており、広間は薄暗かった。誘惑するには打ってつけの環境だ。アンブローズを見つめる女の視線からして、積極的に誘惑を受け入れるつもりのようだった。

「おまえの心の傷がいかばかりのものか、よくわかったよ」ラモンは椅子を押し下げて立ち上がった。「せいぜい悲しみに浸ることだな、わが友よ」

「そうしましょう」とアンブローズ。「しかし……エイプリルが、なにか持ってきてくれたようです」

エイプリルがひざにちょこんと腰を下ろすと、アンブローズは片手でそのからだを支えてやった。そして麻縄とタールで口が封じられた細首の壺を掲げた。

「蜂蜜酒……女を口説くときの必需品です」

「料理長ったら、なかなかわたそうとしなかったんですよ」とエイプリルがいった。「一生懸命説得したの。あなたがくださった銀貨を見せても、渋々という感じで」

アンブローズは彼女に笑いかけた。「あとできみへの感謝の気持ちを、行動で示そう」

「料理長は、これがなくなっていることをイザベルさまに知られたら大変だ、って心配しているの」

アンブローズはエイプリルをぎゅっと抱きしめ、彼女の肩越しにラモンを見つめた。「イザベルさまは、これがなくなったと知ったら、むしろおよろこびになるのでは」

ラモンは壺を手に取ると、にやりとした。「そうかもしれん」

「ぜひそうであってほしいものです。わずかばかりの金は、貸しということで」

エイプリルがアンブローズの首に鼻をなすりつけた。彼は目を閉じ、満足げな表情を浮かべた。

「それなら、いま一緒にきてもらおうか」とラモンはいった。「金を借りたままでいるのは心苦しいからな」

エイプリルがからだを起こしてアンブローズのひざから下りようとした。しかし彼は腕をぎゅっと締めて彼女を押しとどめ、親指を人さし指の下に押しこんでラモンを軽くからかうしぐさをしてみせた。

ラモンは笑い飛ばし、アンブローズにゆっくりと敬礼したのち、背中を向けて蜂蜜酒を手に階段へ向かった。


イザベルは、ろうそくの火を炉床でつけ直したあと、うっかりつまづいてしまった。つんのめって二回跳ねた拍子に、ろうそくが手から落ちた。シュミーズに火がついてしまわないよう、彼女はさっと飛び退いた。

「家のなかを走るな、という昔からの教えには意味があるんだな」

彼女は顔を上げた。石の床に落ちたため、ろうそくの明かりはか細かった。ラモンが扉を閉めた。従者の姿は見当たらない。

ろうそくがぶつぶついいはじめたので、イザベルは火が消えてしまう前に拾い上げた。ラモンがテーブルに壺を置いた。イザベルはろうそくを燭台に設置し、あきれ顔でその壺を見つめた。

「よく料理長がわたしてくれたわね」

ラモンがにやりと笑いかけた。「おれはきみを口説こうとしている男だぞ、イザベル。巧妙な手口を明かすようなまねはしないさ」彼はナイフで壺の封を切り、栓代わりの縄を解いた。「それに、そんな離れ業をやってのけたのはアンブローズだということを、告白せざるをえなくなる」

イザベルは小さく笑った。「あなたの副官は、誘惑のすべに長けているようね」

ラモンが杯に蜂蜜酒を注ぎ、差しだした。イザベルはベッドに上がって彼の隣に腰を下ろし、それを受け取った。

「アンブローズは、もの笑いの種になるのがどういう気分かも知っている」

蜂蜜酒は濃厚で、甘かった。イザベルは杯の縁越しにラモンと視線を合わせながら、それをじっくり味わった。「夏が終わる前に、わたしももの笑いの種になるかもしれないわ」

ラモンが杯を揺らして酒をまわし、その香りを吸いこんだ。「どんな罪深い秘密をお持ちかな、カモイズの女主人どのは？　おれと関係のあることだと、うれしいのだが」

「ええ、そのとおりよ」

ラモンが目を細めた。「それなら、アンブローズにさんざん悩まされながらも、この酒を手に入れる価値はあったということだな」

「まだ、あなたと結婚するつもりはないわよ」イザベルはそういうと、杯の中身を飲み干した。

ラモンも自分の杯を飲み干し、イザベルと自分の両方にさらに酒を注いだ。「これ以上の注目を求めたがるとは、ずいぶん欲張りな人だ」

イザベルはうなずいた。口もとに、いたずらっぽい笑みを浮かべている。ラモンは杯の縁からそんな彼女をしばらく見つめていた。「あす……」

「あす？」

ラモンはゆっくりと酒をのどに流しこみ、思わせぶりな間を置いた。

「ラモン？」

彼は意地悪くふふっと笑い、イザベルに向けて杯を掲げた。「おれの計画に、乞うご期待というところだな」ラモンは杯を下に置き、彼女の後頭部に手をかけた。「期待していてくれ。おれはきみを手に入れてみせるし、きみも最高に、最高にいい気分を味わえるはずだ」ラモンが口づけした。からだの奥に渇望の炎が上がり、イザベルは思わず彼に手をのばした。

ふと、夏が長すぎるような気がしてきた。

でも、そんな思いは朝がくるまで告げずにいよう。それくらいなら、待てるから。

でも、もうそれ以上は無理だ。


夢のなかで悲鳴が上がった。

イザベルはさっと寝返りを打った。悪夢にうなされたのだろうか。だがラモンがうなりを発してベッドから離れた。

「戦闘準備だ！」彼が鎧戸を開け放ち、家来たちに叫んだ。「戦闘準備せよ！」

扉が勢いよく開いてアンブローズが現れ、ラモンのいる窓際に向かった。黄色と橙の光が夜空を照らし、まるで悪夢のような光景が広がっていた。

「レイバーンでしょうか？」アンブローズがその光景を見ながらたずねた。

「おれの馬を賭けてもいい」ラモンが険しい声で答えた。従者がすっ飛んできて、あたふたと主人に服を着せた。イザベルは身を起こし、上掛けをあごまで引っ張り上げた。窓の向こうで炎が上がり、夜空を明るく照らしていた。悲鳴がそよ風に運ばれ、そこへ中庭に集まった男たちと蹄の音が加わった。

ミルドレッドが息を切らしてやってきた。下着姿で、三つ編みにした長い髪を背中で揺らしている。

「お嬢さま、いらしてください。けがを負った者が……」

だれもかれもが気ぜわしく動きまわっていたが、それでも足りなかった。金切り声が上がるたびに、イザベルは縮み上がった。着替える手がもどかしい。煙の匂いが強まり、ようやくブーツのレースを結んだときにはむかつきをおぼえるほどになっていた。

「おれが出たら扉にかんぬきを下ろすんだ、イザベル」

彼女は恐怖に凍りついた顔でふり返った。唇は動くものの、言葉がなにも出てこない。

「いうとおりにしてくれ」ラモンがやさしく命じた。彼は、シバル塔に乗りつけたときの姿に戻っていた。甲冑を身につけ、見えるのは上げた面頬《めんぼお》の奥にある顔だけだった。「おれ以外の人間、もしくはおれの頭を手にした人間以外は、なかに入れてはならない」

イザベルは胃がねじれるのを感じた。夕食の残りが逆流してくる。すっと息をのみ、落ち着こうと努めた。いまは、情けなく取り乱して彼を混乱させてはならない。ここは背筋をのばし、踏ん張らなければ。


彼の頭を……


「イザベル？」

「ええ。かんぬきを下ろすわ」これほど口にするのがむずかしい言葉はなかった。

ラモンが一度うなずいた。これが自分の任務なのだといいたげな、頑なな表情だった。廊下から鎧ががちゃがちゃと響く音がして、アンブローズが現れた。ラモンが背を向けたとき、イザベルは身を引き裂かれるような思いを味わった。

彼女は別れに耐えきれず、とっさに彼のあとを追った。

「それに……あなたの無事を祈っているわ」

ミルドレッドがイザベルを止めようと手をのばし、服を摑んだ。そのせいで、ラモンがふり返ったとき、服の生地が引きつっていた。その暗い視線が彼女の頭から足先にまで注がれた。目には、よろこびの炎が宿っている。唇がゆがみ、その表情がやわらいだと思ったとき、またしても上がった悲鳴によってその瞬間が吹き飛ばされた。厳しく冷酷な現実が舞い戻る。しかしラモンは、先ほどよりもやさしくうなずきかけてきた。あたかも、感謝をこめるかのように。

「お嬢さま……手が必要です……」ミルドレッドが口ごもった。窓の外から聞こえる音に、びくびくしている。

イザベルは落ち着きを取り戻すと、胸を張った。「わかったわ。手当てをしましょう」

鎧を身につけた男たちが動きまわる音が塔内に満ち、ラモンとアンブローズは階下へ向かった。そのあとにそれぞれの従者がつづいた。夜通し燃やされる数少ないたいまつの明かりが、彼らの鎧にちらちらと反射している。村人たちが先を競うようにぞくぞくと塔内に流れこみ、負傷者を運びこんできた。

大広間は泣き声と血の臭いに満ちていた。ラモンの軍が行進する音が、遠ざかっていった。メイドたちは目を見開き、子どもたちは部屋の隅で身をよせ合っていた。みんな、涙で顔を濡らしている。そして、イザベルの指示を待っていた。彼女は最後の村人が塔内に入るのを見届けた。

遠くから、戦いの火ぶたが切られる音が聞こえてきた。男たちが怒号とともに突進し、剣がぶつかり合う音がする。

それは、ラモンの人生最期の音かもしれない。

「扉にかんぬきを」とイザベルは命じた。いまは個人的な恐怖に浸っている場合ではない。それはほかのだれにしても同じだった。「火を焚いて。湯を沸かして倉庫に運んで……」

するべき作業を命じられ、人々は動きはじめた。

「泣くのはやめなさい。なにもできないなら、わたしたちを守るために出かけていった男たちのために祈りなさい」

子どもたちが袖口で顔を拭い、ひざまずいて手を組んだ。

イザベルも静かに祈りを捧げようとしたところ、すぐに治療かごが腕に押しつけられた。テーブルに横たわる者たちが彼女を見つめていた。苦痛に顔をゆがめ、目に絶望の色を浮かべている。イザベルは胃がうねるようなむかつきをぐっとこらえ、肩を怒らせた。

やかんに勢いよく水が注がれ、火がおこされ、ふいごで石炭に空気が送りこまれると、イザベルは頬に熱気を感じた。扉を閉ざす音が、心臓に冷気を送りこむ。かんぬきを下ろす硬い音が、まるで柩《ひつぎ》を閉める音に聞こえた。それがラモンの柩にならないことを祈った。しかし、その可能性を完全に否定することはできなかった。

「あの悪党、高台に逃げていきました」アンブローズが剣でその場所を示した。炎が、刃に付着した血のりを揺らめかせた。

ラモンは顔を上げたが、ジャックの姿は夜の闇に消えていた。

「ラモンさまに立ち向かおうとすらしないとは」アンブローズが地面につばを吐いた。

「やつの狙いは獲物だけだ」ラモンは村を見まわした。いまや一ダースほどの家が廃墟となってくすぶり、鶏小屋は空っぽで、乳牛は囲いから消えていた。「いまやつの頭にあるのは、それだけなのさ」

ラモンは馬から降り、転がっている男のもとに歩いていった。死体を蹴って仰向けにしながらも、死んだふりをしている場合を考え、剣をずっと構えていた。

死体がごろりと転がり、引き裂かれたのどが露わになった。死体が着ているチュニックには、レイバーンの紋章がついている。「いつもならレイバーンは、家畜だけで満足するような男ではないのだがな」

なにやら不吉な予感がした。それが胸をかき乱し、どんどんふくれ上がっていく。ラモンは背後をふり返り、いまだ暗闇に覆われる高台を見やった。

「わなだ」彼はそう判断した。「馬に乗れ！　塔に戻るぞ！」

男たちが即座に応じた。馬が鼻を鳴らし、男たちは甲冑の音を響かせてふたたび鞍にまたがると、シスル塔を目ざした。護衛と消火活動のために塔に残してきた家来は、ほんの一ダースだけだった。

ラモンはシスル塔への距離を縮めるあいだ、ついつい横道にそれそうになる思いをぐっと食いとめた。ここで統率力を失うわけにはいかない。

しかし彼は、イザベルが意地を張って塔にかんぬきを下ろしていないのではないかと不安でたまらなかった。彼女の気骨は賞賛に値するが、まだ世間知らずなところがあり、レイバーンという男の正体を理解できずにいる。あの男なら、簡単に人をだますだろう。村人たちを斬りつけてまわれば、イザベルが負傷者を招き入れるために扉を開けると踏んでいるのだ。

なんとか間に合えばよいのだが。ジャックなら、彼女を二度取り逃がすようなヘマはしないだろう。

開けた庭のなか、高台にそびえるシスル塔は月光に照らされていた。ひとりの男がよろめくようにして前階段に近づき、苦しげなうめき声を発しながら、けがをした足を引きずりつつ階段を上がっていった。男は扉に倒れこみ、こぶしで扉を叩いた。

「どうか……お助けください、イザベルさま！」

悲痛な叫びだった。月光が男のチュニックにべっとりついた染みをきらめかせる。夜気に、金属のような血の臭いが漂った。

小窓が開き、男に希望を与えた。

「ご慈悲を！」

かんぬきが外される音が響き、ラモンは馬に拍車をかけつつ剣を掲げた。

「だめだ！　扉を開けるな！」ラモンは叫んだ。

塔の両わきでは、ジャックの家来たちが壁にからだを押しつけるようにして突入する機会をうかがっていた。階段上の男がふり返り、迫るラモンと騎士たちの姿にぎょっとした。周囲を見まわし、自分が包囲されていることに気づくと、恐怖の声を発した。

男たちが怒号を発し、剣を掲げて迫りくる敵を迎え撃とうとした。ラモンは馬を方向転換させて倉庫の背後にまわり、目的の人物を見つけた。

「ジャック・レイバーン！」彼は怒鳴り、剣を高々と構えた。

ジャックは副官たちをともなっていた。兜にバロンの位を表す金の冠が飾られている。挑戦を拒むのに名誉な方法などあるわけもなく、ラモンが身をかがめて突進すると、副官たちが馬をわきへよせて道を空けた。

ふたりの剣が大きな音を立ててぶつかった。ラモンはひざで馬を操りつつ、剣を高く掲げて敵めがけてふり下ろした。

「また農民から略奪するつもりか？」ジャックがひょいと身をかがめて刃をよけたとき、ラモンはそう問い詰めた。「馬から降りて、勝負しろ！」

「せいぜい騎士を気取ってろ、セグレイヴ！」とジャックが応じた。「そんなに標的になりたいなら、おまえの首を結婚祝いとして花嫁に贈ってやる！」

「イザベルはわたさん！」

ラモンはもう一度馬をまわしたが、ジャックは退却し、またがる雄馬が全力疾走していくばかりだった。

ラモンと家来たちは、蹄の音を雷鳴のごとく響かせてあとを追った。しかしジャックは森

ている。木々の生い茂った葉に、月光も遮られ

に入りこみ、手下もろとも木立のなかに消え去った。

ラモンは馬を止め、激しい悪態をついた。

「まったくです」隣にいたアンブローズが同意した。「あの悪党め、じっくり策略を練っていたようですね」

「しかしやつの策略は、失敗に終わった」

そう考えると、少しは心が落ち着いた。だが、あの男は必ず戻ってくる。ラモンは庭を横切ったところで、馬から降りた。

「休めるうちに休んでおけ」と男たちに声をかける。「まだ勝負はついていない。見張りを立てて、警戒を怠るな！　さもないと、目をさましたときにはのどをかっ切られているぞ」

ラモンは階段を上がり、先ほどの男の腕を取って引っ張り上げてやった。男はぶるぶると震え、まともに立っていられなかった。

ラモンは扉を強く叩いた。「開けてくれ。敵は追い払った」

小窓が開いた。ラモンが面頬を上げると、内側からくぐもった歓喜の叫びが上がった。うなるような音とともに、太い鎖でかんぬきが持ち上げられる。扉が、きしみ音を上げながら開かれた。

それでも、イザベルの姿を見るまでは安心できなかった。

ようやくその姿を確認したとき、ラモンは危うくひざを突きそうになった。

からだの内側が震えていた。

その原因は、周囲に飛び散る血ではない。自分のもとに、騎士が戻ってきてくれたから。

ラモンが戻ってきてくれたから。

その黒い目に強烈な決意をにじませたラモンが、広間を急ぎ足で横切り、やがてイザベルの姿を見つけた。イザベルも彼を見つめ返した。彼の姿を、堪能するかのように。イザベルは背筋をのばし、手当てしていた患者の前から立ち上がると、ラモンのほうへ引きよせられていった。

わたしの戦士。

副官たちが周囲に群がり、主人の注意を引こうとしていた。イザベルは手当てをしていた男に目を戻したが、心には大きな安堵が押しよせていた。

それに、感謝の念も。

ラモンがいなければ、イザベルたちは手も足も出なかっただろう。

神よ、彼らをお助けください。日が昇り、急襲で焼けた家々をながめるうち、胃がねじれてくるようだった。イザベルはシスル塔の住人と連れだって墓地へ向かい、命を落とした人たちを埋葬した。新たに掘り返された土の匂いに、吐き気がこみ上げてくる。ガブリエル神父がラテン語で祈りの言葉を唱えた。未亡人は涙に暮れ、孤児となった子どもたちは親が眠る墓のわきで途方に暮れるばかりだった。

イザベルは彼らに家を与えることに奔走したものの、ついにひとりの男の子を教会に引きわたさざるをえなくなった。十字軍遠征に大勢の男たちが借りだされているとあっては、もうひとりぶんの口を養う余裕のある家などなかったのだ。教会への奉仕は名誉なことだとはいえ、その男の子から奪うことになる選択肢を思うと、胸が痛くなる。男の子は親指をくわえ、期待に満ちた茶色い目でイザベルを見つめていた。そこに、若い修道士が手を差しだした。

イザベルはうなずき、教会の扉の外に立ちつくした。幼い男の子は修道士を見上げ、やがてその手を取った。修道士は懺悔服を翻すこともなく、男の子を連れて教会を抜けていった。聖なる地位に身を捧げる者だけが通る廊下へと。

その子を飢え死にさせないためには、それが唯一の方法だった。それでも、シスル塔へ戻るとき、イザベルの心は打ち沈んでいた。寝不足のせいで、だれもが疲弊していた。その日は石はひとつも運びこまれなかった。ふたたび急襲された場合に備え、男たちの体力を温存しておく必要があるからだ。

ラモンが前階段に現れた。あいかわらず甲冑を身にまとい、腰から剣を下げている。もう午後も遅い時間で、日も暮れかかっていた。

夜になっても、だれもが必要とする安らぎは訪れなかった。不穏な空気のなか、時間だけが過ぎていく。ラモンに日を向け、そこに固い決意を認めるたびに、イザベルは背筋がぞっとした。

「イザベル」彼がものものしい声でいった。険しい表情を浮かべつつ、副官と家来たちをしたがえて階段を下りてくる。彼はイザベルの前で足を止め、両手をベルトに引っかけた。彼の顔を見つめると、イザベルのうなじがぞくりとした。

「ジャックの目的はきみだ」

イザベルは、のどにこみ上げてきたしこりをごくりとのみこんだ。ジャックを恐れたりすれば、呪われてしまう。あれは、嫌悪されてしかるべき男だ。

「わかっているわ」

ラモンが彼女を見つめた。「きみに護衛をつける」

ふたりの男が主人のもとを離れ、彼女のわきについた。

イザベルは首をふったが、ラモンは有無をいわせずに先をつづけた。「きみが寝室を離れてから、夜、寝るまでのあいだ、ずっとだ」

アンブローズが半分閉じたまぶたの下から彼女を見つめていた。いつものののんきな表情は見当たらない。じっさい、男たち全員が、前夜とはまるでちがう人間に見えた。いつものおふざけは、子ども時代のように過去に置いてきたようだ。

「頼むから聞き分けてくれ、イザベル」ラモンが嘆願するようにいった。「おれだってこんなことはいいたくないんだが、ジャック・レイバーンは狙った獲物をすべて手に入れるまで、あきらめない男だ」

ラモンの視線は険しかった。それを見ると、気分が悪くなってくる。しかしなにより恐ろしかったのは、彼の顔に観念したような厳めしい表情が浮かんでいることだった。イザベル自身、こうなったからには観念するしかない。

「必ずやつの居所を突き止めてみせる」ラモンがきっぱりといった。

彼にその義理はないというのに。

イザベルの心に、そんな思いがぱっと浮かんだ。ラモンは彼女になんの借りもない。いま彼が騎士たちを連れてここから去ったとしても、イザベルには彼をならず者呼ばわりする権利はないのだ。それなのに彼はみなを気づかい、彼女が結婚を拒んでいるにもかかわらず、この土地に新たな塔を建設してくれている。

イザベルにとってなにより恐ろしかったのは、彼の目がジャックへの執念に燃えていることだった。

ふたりが戦い、ラモンが命を落とすようなことがあったら、とても耐えられない。

「あの人を相手にしないで」とイザベルは懇願した。「わたし、護衛から離れないと約束するから。そのうちレイバーンも待つのに疲れて、ほかの獲物をさがすわよ。もっと手に入りやすい獲物を」

「やつのことならわかっているんだ、イザベル」ラモンが重々しい口調でいった。「簡単に疲れるような男じゃない。やつが負けを認める前に、さらに多くの血が流されるだろう。きみの領民を、やつの犠牲にするわけにはいかないんだ、イザベル。それがおれの任務であり、おれの騎士たちの任務でもある。しかしやつはおれのそんな性格を知ったうえで、しつこく攻撃をつづけてくるだろう」

「でもこれは、あなたの戦いではないし――」

ラモンが手で空を斬るしぐさをした。「レイバーンのことはわかっている。力ずくでやめさせないかぎり、やめない男だ。自分の日的をあきらめる前に、あらゆる田畑を破壊しつくす。そうだとわかっていながら、おれが背中を向けられると思うのか？」

「いいえ。あなたはそういう人ではないものね」

あらゆる田畑を。

そんなことは考えるだけでも恐ろしくてたまらないが、いまは現実を直視しなければ。イザベルはラモンの背後に視線を向けた。いまだ煙が宙に漂い、夏の空をどんより覆っている。掘ったばかりの墓や、愛する者を失った人たちの顔は、忘れようにも忘れられない。

わたしのせいよ。口説かれて浮かれていたから、あの人たちが犠牲になったんだわ。まだ若い娘ならそういうことを楽しんでもいいのだろうが、わたしはここの女主人だ。きちんと考えるべき義務がある。同盟を結ぶことで、守るべき領民がいる。

「では、レイバーンの目的を奪いましょう」イザベルはすっと背筋をのばした。「あなたと結婚します」

ラモンは、ほんのわずかに口角を持ち上げただけだった。その黒い目に宿った感謝のきらめきを、イザベルは見て取った。手が差しだされ、彼女は周囲の男たちの小さな承認の声を聞きながら、その手を取った。

「いざ、教会へ」

イザベルは、ラモンが勝ち誇った声を出すのではないかと思っていたが、聞こえてきたのは幸せそうな声だった。

とても耳触りのいい、甘い声。


ガブリエル神父は、神を敬う忠実で生まじめな僕《しもべ》ではあったが、式のあいだはずっと満面の笑みを浮かべていた。と同時に、やはり神父というだけあって、いかにも偉そうにあごを突きだしていた。いままでさんざん結婚をせっついてきた結果、ついにイザベルが折れ、聖なる誓いを守ることができたと得意になっているのかもしれない。

というか、ラモンにせっつかれて折れたのよね……

たしかにそうだが、だからといって恥じることはない。彼女の頭にはだれかが編んだ葉の冠が飾られ、集まったシスル塔の住人は大あわてで洗った顔を夕日に輝かせていた。

ここまで極端な一日を過ごしたのは生まれてはじめてだ、とイザベルは思った。

もう二度とこんな日はお断りだが、後悔はしていなかった。神父が手を掲げ、十字を切った。

「ふたりを夫婦とする」神父が宣言した。「花嫁に口づけを」

ラモンが彼女の手をぎゅっと握りしめ、かがみこんできた。イザベルもその指を握り返した。猜疑《さいぎ》心が幸福感に水を差そうとしたが、無視した。

死を除けば、人生で確実なことなどなにもない。

軽く、短い口づけだった。人々が歓声を上げた。ラモンの家来たちはやったとばかりに雄叫びを上げ、剣で鎖かたびらを叩いて賑やかな音を立てた。

やがてイザベルは、期待を胸に塔へと戻っていった。夕食は質素だったが、ラモンが、祝福のために緑の葉で飾られた上座へイザベルを案内した。だれもが疲れはてていたものの、大広間はお祭り気分に満ちていた。数人の演奏家が腕前を披露し、食事を終えた娘たちが彼らの演奏に合わせてダンスを踊った。子どもたちの笑い声が、思いがけず開催された祝宴を盛り上げた。

みな、ふざけてイザベルのローブを引っ張ったり掴んだりし、取り残されたラモンは杯の縁からそのようすをながめていた。女たちがそんな彼の姿に笑い声を上げると、彼は杯を掲げてみせた。子どもたちがイザベルを囲んで聖歌を歌っているところへ母親たちが突然割って入り、ダンスが終わる前に彼女を階段のほうに引っ張っていった。さっさと寝室に連れていこうという魂胆だ。

イザベルは思わず娘のようなはしゃぎ声を上げたあと、はっとして手で口をふさいだ。

「まあま、イザベルさまの幸せそうなお声を聞くのはいいものですわね」ミルドレッドがイザベルのローブの紐を解きながらいった。部屋にはほかにも四人の女たちがいて、みなうれしそうに、緩んだ衣装をイザベルの頭から脱がしにかかった。彼女たちは証人だった。花嫁が健康体で、病気や悪魔の印がないことを証言する役目だ。

「ええ、わたしもうれしいわ」

「ありがたいことです」と女たちのひとりがいった。

「今夜はぐっすりお休みになれることでしょう」とべつの女が言葉を継いだ。

イザベルの目は冴えきっていた。興奮で全身がぞくぞくし、ふたりの女が彼女のために上掛けを掲げるのを見ると、かっとからだをほてらせた。ベッドに潜りこみ、奇妙な気分をおぼえながら仰向けになった。女たち全員から、おもしろがっているような、意味ありげな視線を向けられ、頬がまっ赤に染まった。

「すてきな花婿さんで、楽しみですこと」ひとりが大胆なことを口にした。「聞いた話じゃ、お召しものの下も、たいそうごりっぱだとか……」

イザベルははっと息をのんだが、今夜は農民も貴婦人も関係ないようだった。いつもの礼儀正しい言葉も、経験豊富な女たちがイザベルの前では口を閉じてまぶたを控え目にはためかせるようなそぶりも、今夜はいっさいない。みな、彼女をからかっては楽しんでいた。もっとも、そんなふうに楽しんでいたのは彼女たちだけではなかった。

階段のあたりから衝突音とうなり声が聞こえたあと、扉が押し開かれ、ラモンがアンブローズに押されるようにして転がりこんできた。ふたりで、熊のように取っ組み合っている。ベッドの前にずらりと並んだ女たちのもとへ、ラモンの副官たちが騒々しく加わった。

「新郎は準備万端ですよ、奥さま！」アンブローズがにたにたしながら告げた。「あとはチュニックを脱がせれば……」

「覚悟しろよ、アンブローズ……」ラモンが吠え、肩をほぐすかのように腕を大きくふりまわした。「やるつもりなら、相手になるぞ」

アンブローズが主人相手に身構えた。どうやらこちらも無礼講のようだ。

「はい、もうそこまで。おふざけは終わりですよ」ミルドレッドが鶴の一声を発した。年の功でその場の主導権を握ったミルドレッドは、両手を腰に当て、男たちの前に立ちはだかった。男たちはにたにた笑っただけで、いわれたとおり姿勢を正すと、一礼した。

ミルドレッドが男たちに向かって、開け放たれた扉を指さした。彼らはラモンに意味ありげな笑みを向けつつ出ていった。イザベルの鼓動が速まった。全身に期待のさざ波が押しよせ、ラモンに吹きこまれたあらゆる熱望が目ざめていく。肌がとてつもなく敏感になり、シュミーズの薄い生地の下で胸がずしりと重くなる。一糸まとわぬ姿になり、ラモンにそのからだを押しつけたくてたまらない。

ついに望みのものが手に入るのだ。イザベルははにかんだ笑みを彼に向けた。ラモンもからだを起こし、女たちに囲まれたイザベルを見て口角を持ち上げた。

「お休みなさい、ご婦人方」ラモンが女たちを下がらせようとした。

ふっと鼻で笑う声がしたので、イザベルはまゆをひそめた。

「ご主人さまのほうこそ、お休みなさいませ」とミルドレッドがいった。彼女はしとやかに一礼すると、扉を指さした。「副官のみなさんとお休みください」

「ふざけるな」ラモンが嚙みついた。自分がひどく乱暴な口をきいたことに気づくと、すぐに言葉を継いだ。「失礼。しかし今夜は、花嫁と過ごすつもりなんだが」

彼がにらみつけても、ミルドレッドは首をふるばかりだった。「いったいどういうことなのか、さっぱりわからないな」

ミルドレッドがやさしくほほえんだ。まるで子どもを相手にするように。イザベルは身をすくませた。あの笑みが意味するところは、いやというほど知っている。これからミルドレッドが口にするのが、自分にとってうれしい言葉であるはずがない。

ぜったいに。

「奥さまは拉致されたあと、まだ月のものを迎えておりません」

ラモンは明らかに驚いたようすで、わずかに身を引いた。「いま、月のものの最中なのか？」

イザベルは屈辱を味わいつつ首をふった。妻に許されるプライバシーがどれほど少ないものか、忘れていた。

ラモンが目をすがめ、全身をこわばらせた。「では、なにが問題だと？」

「奥さまが月のものを迎えるまでお床入りを待たなければ、疑いが生じてしまいます」

ラモンは表情を暗くしてイザベルを鋭く見やり、こぶしを固めた。「まさか、レイバーンのやつに――」

「いいえ」イザベルは首をふって否定した。ジャックに触れられると想像しただけで、身震いしてしまう。「それはないわ」

ラモンが肩の力を抜いた。

「それでも、人は噂します」ミルドレッドは頑としていい張った。ほかの女たちもうなずいた。「ですから、疑われる理由がなくなるまで、お待ちください」

べつの女が毛布を数枚手に入ってきて、イザベルの前に立つ女たちに手わたした。彼女たちは毛布をふるると、部屋の隅に敷いた。

「お願いよ、ミルドレッド」イザベルは懇願した。

しかしミルドレッドは首をふり、ベッドをまわって近づいてきた。彼女は敷かれた毛布の下に入ると、枕に背をもたせかけた。

ラモンは怒りを必死に抑えていた。女たちとミルドレッドを見やったあと、一歩近づいてイザベルをさっと抱き上げた。イザベルがはっと息をのみ、ラモンは満足げなうなりを発して彼女を胸に抱きかかえた。

「そんなことをしても、あたくしたちはあとを追いかけるだけですから、ご主人さま」ラモンが部屋を半分横切ったところで、ミルドレッドが警告を発した。イザベルは身をすくませ、彼のチュニックの襟に指を食いこませた。「あたくしの意見が正しいことは、おわかりのはずですよ。いくらお気に召さなくとも」

イザベルはため息をついた。「ミルドレッドのいうとおりだわ」

ラモンが彼女の耳もとに低い声で訴えた。「おれを拒まないでくれ」

イザベルは彼の顔を手で包みこんで自分のほうに向け、息が触れ合うところまで唇をよせた。「わたしのせいじゃなくて、状況が悪いのよ」

ラモンが彼女のこめかみに鼻をすりよせた。「これほど神とその思し召しを呪いたくなったことはないな」

「同感だわ」

彼はうめくような声を発してイザベルをしばらくぎゅっと抱きよせたあと、方向転換してベッドに戻した。

「乳母よ、おまえのいうとおりにしよう」彼はうなずきつつこわばった声でいった。

ラモンは扉を抜け、アンブローズが使っている部屋に向かった。扉の羽目板に一度だけこぶしを叩きつけたあと、そこを押し開けてなかに入っていった。

「寝床が必要だ。妻のもとから締めだされたのでな」

息をのむ声がして、アンブローズが上掛けから乱れた頭を持ち上げた。

「きみにはほかの寝床を見つけてもらわなければ」ラモンはそういうと、女のために上掛けをめくってやった。

「そんな殺生な」とアンブローズが抗議した。

「文句は妻の乳母にいってくれ」ラモンはアンブローズの相手の女がベッドを離れるのに手を貸したあと、その場所を占領した。「なんなら、あの乳母に挑戦してみろ。おれには太刀打ちできそうにないから」

ミルドレッドはせき払いし、廊下越しにアンブローズを見つめると、枕に向かって身をくねらせてみせた。

「こんなことなら、十字軍遠征に出ていたほうがましだったかもな」

追いだされたメイドはしばらくその場に立ちつくしたあと、服をかき集めて部屋から出ていった。裸足で階段を下りていく、ぺたぺたというやわらかな足音が聞こえた。

イザベルはその娘がうらやましかった。少なくとも彼女なら、みんなの関心を集めることはない。貴婦人は、修道女でいるより厄介な目に遭うことが多いものだ。

「あなたは、わたしに結婚してほしいんだとばかり思っていたのに」イザベルは静かに不平をもらした。

ミルドレッドがうなずき、目を開いた。「もう、ご主人さまにたいする熱いお気持ちが冷めてしまいましたかしら？」

イザベルはぷっと頰をふくらませたが、子どものころと変わらず、ミルドレッドの注意はたいして惹きつけられなかった。「あの人がわたしの理性をすべて吹き飛ばしてしまうのだから、しかたないでしょ」

ミルドレッドが楽しげな声を上げた。目が、顔のしわの下に埋もれている。

イザベルは憤懣やるかたない思いだった。「そんな冷たい態度をとるなんて、あなたらしくないわね、ミルドレッド」

「知恵があるだけですよ」ミルドレッドがイザベルの腕にそっと手を添えた。「年を重ねれば、もう一度人の妻になる機会を拒んではいけない理由が理解できるようになりますよ」

「だから結婚したじゃないの。いまわたしたちを引き裂いているのは、あなただわ」

「お腹が大きくなって、子どもの父親がだれなのか、人に疑われることがないとわかったとき、あたくしに感謝したくなりますとも。年月とともにそんな噂は消えてしまうとお思いでしょうが、そんなことはありません。いざお子さまが結婚するとき、そういう噂が亡霊のようにつきまとうものなんです。なにしろ他人の不幸から利益を得ようとする者は、昔からいくらでもおりますからね」その声からして、ミルドレッドは頑として気を変えるつもりがないらしい。イザベルも、彼女の意志が固いことは充分承知していた。それに、そこには無視できないほどの真実がふくまれているのもたしかだった。

でもとにかく、いまは気に入らない。

これっぽっちも。

ジャックは怒鳴り散らした。若い従者はびくりともしなかった。もう何年も前に、自分の立場を貫くことを学んでいた。臆病な一面をちらりとでも見せれば、もっと痛い目に遭ってしまう。

「あんな女、ラモンにくれてやる。おれはべつの女相続人を見つけるさ」

ジャックはうなずき、肉に手をのばしたが、もぐもぐと咀嚼しながらも悩ましい表情のままだった。ついに、悪態をついた。

彼は椅子の背にもたれかかり、若者をまじまじと見つめた。「シスル塔に戻れ。あそこの状況を知る必要がまた生じるかもしれないからな」

若者は一礼してその場をあとにした。ジャックは短剣をもてあそび、刃先をテーブルに突き立ててくるくるとまわした。

そう、あそこの状況を知る必要が生じるかもしれない。父があの土地をイザベルに与えたままで満足しなければ。あそこはレイバーン一族が手に入れた土地であり、レイバーン一族は決して土地を失ったりしないのだ。

その伝統を破る最初の息子になるつもりはなかった。

少なくとも、あの女の頭のよさには興味を抱きはじめている。もちろん、おれならあの女を屈服させることができる。たんなる女ではないか。女は男が利用するためにいるようなものだ。それでも、尻を追いかけて楽しめるような女との出会いには、昔からそそられたものだ。ジャックはにやりとした。股間がうずいてくる。あの女を奪うまでにせいぜい時間をかけて、この経験を楽しむとするか。

彼は書記官を呼びつけた。書記官は小さな机を持参し、頭を垂れて天幕に入ってきた。

「父上に手紙を書く」

書記官が静かにうなずき、目の前になめらかな紙を広げてインク壺の革の蓋を外した。羽根ペンを掲げ、小さなナイフで先を尖らせてからインク壺に浸し、ジャックの言葉を待った。

7

ミルドレッドのいうとおりだ。

イザベルは客観的に考えようとした。ところがすぐにそんな気持ちは消え失せ、腹が立ってきた。ミルドレッドときたら、思慮深いにもほどがある。

イザベルは両手をぎゅっと握り合わせ、祈りの言葉に集中しようとした。だが、けっきょく目を開いてしまう。

ミルドレッドのせいで頭がおかしくなりそうだった。

礼拝が終わるとイザベルは教会を離れたが、ふたりの女があとをついてきた。ここまで長い七日間は経験したことがなかった。そのまま鷹小屋に行き、グリフィンをさがそうとした。

「乳母どのは、おふたりの結婚に賛成だと思っていましたよ」

顔を上げると、鷹小屋の壁にアンブローズがよりかかっていた。グリフィンは毛を逆立てたが、すぐに落ち着いた。

「そうよ」

「なのに、床入りを止めたのですか？」

イザベルはグリフィンに向かって手袋をはめた手を差しだした。「申しわけないけれど、そんな個人的なことをあなたとお話しするつもりはありません」

アンブローズが腕を組み、ふたたび壁にもたれかかった。金髪の巻き毛のせいで、少年のように見える男だ。しかしその青い目をちらりとでも見れば、そこに少年らしさなどみじんも残っていないことがすぐにわかる。チュニックの下からいかにも硬そうな筋肉がのぞき、たくましい肩は剣術の鍛練を積んできた証だった。名実ともに騎士なのだ。その目の奥深くには、イザベルには推し量ることのできない知識が宿り、それをじっくり見つめでもしたら、震え上がってしまいそうだった。

「みんながそう噂しています、奥さま」

「そうでしょうね」

イザベルは彼をきっと見やった。アンブローズがうめくような声を上げ、からだを起こした。「おれは、自分のベッドを取り戻したいだけです。乳母どのの機嫌を取るにはどうしたらいいか、教えてもらえませんか」

イザベルは笑い声を上げた。「ミルドレッドはもう口説かれるような年じゃないわ、サー・アンブローズ」

彼がいたずらっぽい笑みを浮かべた。「女性に年は関係ありません。押すべきツボさえ心得ていれば」

自信に満ちた声だった。イザベルの心にも、ふといたずら心が芽生えた。この一週間の欲求不満を少しでも解消するのに役立ちそうだ。

「あなた、女たらしよね」

アンブローズが大きく腕を広げ、その細い腰をわずかに折った。だがからだを起こしたとき、ため息をもらした。「しかしながら、あなたの乳母どのはどうもこちらの魅力になびいてくれそうにないのです。となれば、あとは彼女を矢筒に押しこむよりほか、目的を叶える方法はないかと」

「そんなのだめよ」イザベルはいさめたが、彼の目にはからかうような光がきらめいていた。

「ミルドレッドはウズラの卵に目がないの」

アンブローズが顔を輝かせ、なにやら思いついたような目つきをした。「では失礼します。おれも狩りに向かわねば」

彼が鷹小屋を離れると、ミルドレッドが物陰から現れた。

「あたくしの秘密を売ったんですか？」

イザベルはグリフィンを戸口に連れていった。「あなたに人の注目を集めようとしただけよ」彼女はまつげをぱちぱちとはためかせた。「せっかくの機会を逃す手はないでしょう。最近、ある賢い人からそう教わったの」

ミルドレッドは不満げにせき払いしたものの、その唇にはまんざらでもなさそうな小さな笑みが浮かんでいた。

「もう月のものがはじまったことを教えて差し上げればよろしかったのに」

イザベルは目を瞬かせた。「それで、あなたから彼の注目を奪えと？」

ミルドレッドが目をすがめ、イザベルに向かって骨張った指をふった。「時間に破壊されたこのからだにも、まだかつての娘心が残ってるんですよ。あの方の目をあたくしに向けさせるなんて、残酷です。だって、ほんとうはあたくしのことなんて気にもかけていないのが、わかりきっているんですもの。しかも、あんなに見目麗しい殿方だというのに」

「ふうん……」イザベルは乳母に無邪気な顔を向けた。「あなたのせいであの方の床が、ご本人が望むようには……温もっていないようだから……ひょっとして……」

「もうおやめください！」ミルドレッドがエプロンで顔を覆った。「いったいいつから、そんないやらしいことを考えるようになったんです？」

ほんとうね、いつからなの？

「ラモン・ド・セグレイヴが男たちを引き連れてシスル塔に現れて、この状況を楽しみなさいとあなたにいわれたころからだと思うわ」

ミルドレッドがくっくと笑った。「たしかに。でもあのときは、ご自分では認めてらっしゃらなかったのに」

「殿方に口説かれたいと思うのが、それほど大きな罪かしら?」

ミルドレッドが声を立てて笑い、首をふった。「あたくしを相手にする殿方なんて、いやしませんからね」

イザベルは朝日のなかに足を踏みだし、庭を見わたした。ラモンが男たちを訓練している。下着姿で。顔のわきを汗で光らせ、髪をびっしょり濡らしながら、剣さばきの手本を見せている——高く掲げたあと、さっとひとふりして相手の鎖骨から胸へ、さらにはわき腹へと斬りつける動きだ。

残忍だし、野蛮だ。しかしそこに名誉が加わると、イザベルにも抗いきれない魅力が生まれる。

わたしったら、いつからこんなにいやらしくなったの?

ラモン・ド・セグレイヴに口づけされたときから!

「奥方は湯浴みの最中です」

ラモンはうなった。「おれを拷問にかけたいのか、アンブローズ? たいした友だちだな。自分の妻への手出しを禁じられているというのに、その妻がいま素っ裸で浴場にすわっていると教えるとは」

アンブローズがくすりと笑った。「ラモンさまの泣き言を、はじめて聞きました」

ラモンは指の関節をぽきぽき鳴らし、もう片方のてのひらにこぶしを叩きつけた。「いまのおれは欲求不満の塊だぞ、アンブローズ。標的になってくれるというのなら、よろこんで発散させてもらうがな」

「愛しの奥方に、けがの手当てを期待されているとか?」

ラモンはうなったが、ふと動きを止めた。イザベルに看病される光景が頭に浮かんだのだ。「気分転換に、おまえに数発殴らせてやるだけの価値はあるかもな」

アンブローズが鼻を鳴らした。「それは遠慮しておきます」

ラモンは副官に向かって歯をにっとむき出してみせた。

アンブローズが小さく笑った。「ラモンさまは悲しいほど女に不案内なようですね」

「おまえが詳しすぎるんだよ」とラモンは応じた。「だから神父も、おれがなんとかしてやらないとおまえの魂が恐ろしい目に遭う、としつこくいってくるんだろうな。どういうわけで、これまでものにしてきた女について神父に話したりしたんだ?」

「悔い改めるにはどうしたらいいのか、知りたかったからです。自分のもとを訪ねてくる罪人を日々説いて聞かせるのが、あの男の役割でしょう? こっちは神父にきちんとしたがっているというのに、ラモンさまに告げ口されるとは」とアンブローズが切り返した。「しかし……」彼は宙に指を一本突き立てた。「いまはこんな話をしにきたわけではありません。とはいえ、もし奥方がラモンさまをお迎えするための準備を整えているという報告は不要だというのなら、ここはもう口を閉じて、なにもいいません。おれ個人としては、重労働のあとでこの額に浮かぶしょっぱい汗とともに床入りする気にはなれませんが、ひょっとしたら――」

ラモンは浴場を見つめた。なにかあわただしく作業が進められているようには見えない。夕日がわら葺き屋根を照らしているだけだ。「妻が準備を整えていると、なぜわかる?」

アンブローズがみだらな表情を浮かべた。「奥方の目を見ればわかります」

ラモンはアンブローズに怪訝な顔を向けた。

アンブローズが肩をすくめた。「それにふたりのメイドから、先週、奥方の月のものがはじまったと聞いたのです。流し場係のメイドの信頼を勝ち取る価値を、見くびられては困ります」

「ガブリエル神父は反論するだろうな」ラモンはそっけなくいった。「かなりの熱をこめて。聖衣をまとっている者としては」

アンブローズがくっと笑った。「あの男は嫉妬しているんですよ」

「修道士だぞ」

「だからといって、おれがまちがっているとはかぎりません」

ラモンはうなるような声を発した。「神父から、おまえを送りこむためのさらし台をつくれ、といわれそうだ」

アンブローズがふたたび肩をすくめ、教会の扉の左側に設置された演壇を指さした。「あそこにさらされるほうがいいですね」

「そうだな」とラモンは同意した。「あの心やさしき神父が、おまえがどれほど積極的に罰を受けようとしているかを知ったら、即座に切り株を用意させるだろう」

ふと、ミルドレッドが視界に入った。ふたりのメイドを引き連れて浴場に向かっている。彼女はメイドたちにあれこれ指示を出しつつ、両手がふさがっている彼女たちに代わってみずから扉を開いた。メイドのひとりは新しい衣服を、もうひとりはイザベルの銀の櫛を手にしている。ラモンが見つめていることに気づくと、女たちはくすくす笑いながら浴場内に消えていった。

「うれしいよ」ラモンは袖口で額の汗を拭った。

アンブローズがまゆを吊り上げた。「そのわりには、不満げな声ですね。おれがなにかしましたか？」

ラモンはうなったが、その声に迫力はなかった。体内をほとばしる熱気を制御するのに忙しかったのだ。日が暮れる前に片づけておくべき仕事も、さほど重要に思えなくなってきた。いや、そんなものはどうでもいい。アンブローズがくすくす笑って彼の注意を引いた。ラモンは友人をにらみつけたが、アンブローズはますます激しく笑うだけだった。しかし今度ばかりは、ラモンも気にしなかった。ついにイザベルをわがものにできるのなら、ほかのことなどどうでもいい。

わがものに……

「髪を洗うには時間が遅すぎますわよ」ミルドレッドに叱りつけられても、イザベルはなにも答えなかった。「どうしても洗うというのなら、お風邪を召してしまう前に暖炉の近くで乾かしてくださいね」

イザベルは、これほどはつらつとした気分になったことはなかった。

暖炉の前に移動はしたが、寒さなどちっとも感じていなかった。水は気持ちよかったし、体内で燃えさかる熱気を冷ましてくれた。髪に櫛を通し、髪の束を持ち上げて炎に近づけた。

今夜、わたしは妻になる。

では、あしたは？

イザベルは顔をしかめた。このよろこびに水を差すような猜疑心がこみ上げてくるとは、しゃくに障る。どうして、ただ幸せに浸っていられないの？

しかし、そんな問いかけをしてもむなしいだけだった。ラモンはこれからもずっとわたしに心を捧げてくれるだろうか？　それとも、妻の座に据えただけで、たんなるお遊びの相手と片づけられてしまうのかしら？

「おれの妻になるのを、まだためらっているのか？」

イザベルはゆっくりとふり返った。いまの声は、わたしが勝手に想像しただけよね。いまは彼のことで頭がいっぱいだから。起きているときだけでなく、夢のなかまで。

しかし、そこにいるラモンは現実そのものだった。イザベルはからだを震わせた。彼を見つめていると、体内が引き締まってくるようだ。水に濡れた彼の髪が、着ているチュニックの襟を濡らしている。彼女はゆっくりと首をふったが、ふと心許なさをおぼえ、櫛を強く握りしめた。びくびくしている、というほうが近いかもしれない。このあとどう話を進めたらいいのかわからず、ひざに力が入らなかった。

ラモンが目をすがめた。「ならば、どうしてそんなふうに顔をしかめているんだ？」やさしく、誘惑的な声色だった。彼が近づくと、下腹部がぐっと締まってくる。そのぞくぞくする感覚に、かすかな息苦しさをおぼえた。イザベルはなにも考えずに暖炉の前から離れた。ただ反応していただけで、思考は散り散りになっていた。

「答えてくれ」かすかに命令するような声だったが、イザベルの関心を引いたのは、そこにふくまれる欲望の兆しだった。

彼はあまりにも侮りがたく、あまりにもたくましい。その彼がいま求めているのは、イザベルの理性ではなかった。

それでいて、彼の視線が懇願していた。イザベルは四苦八苦しながらも、考えを言葉にしようとした。「わからないの……このあと、どうしたらいいのか」彼女は櫛を下に置き、深く、ゆっくりと呼吸してみたものの、はやる鼓動は簡単には鎮まってくれなかった。「まだ休むには早すぎるけれど……」

「おれも、もう待てない」

ラモンが目の前に立っていた。あとほんの一歩の距離しかない。彼が手をのばし、頬をなでた。「きみはおれを破滅へ導く女だ、イザベル。これまで感じたこともないほどの力で……」

彼の息がイザベルの頬をくすぐった。肌がぞわっと粟立ち、迷いを吹き飛ばした。イザベルも、切望するものを得ようと手をのばした。指先で彼の鎖骨をなぞり、その胸に両手を押しつける。

ラモンが低く響く声を発したので、イザベルは思わず手を引っこめた。しかし彼がからだを押しつけてきたため、ふたたび両手が胸に当たった。

「もっと」と彼がかすれ声でいった。

イザベルの背中が壁に押し当てられたが、ラモンはその場を動こうとせず、彼女のつぎの動きを待った。微弱ながらも常軌を逸した力が体内でらせんを描き、イザベルは、欲する男に手をのばすのがここまで刺激的なのかと、しばし呆然《ぼうぜん》とした。

ロクサナと同じね……

熱気がめらめらと体内を駆け抜け、秘部の頂点が脈打ちはじめた。ラモンの胸をさすり、その感触を堪能する。イザベルのやわらかさと、ラモンの硬さ。ぴったり合うようつくられていることに気づく。彼がふたたびうなりを発したが、今度はイザベルも笑みを浮かべ、まぶたを閉じて彼にしなだれかかった。

「触って」ほとんどささやくような声でいった。そんな大胆なことを口にして、叱られてしまうだろうか。妻は要求しないものだ。それでもイザベルは、ただ服従するだけでは満足できなかった。

ラモンの両手が腰にかかった。触れる十本の指先が熱い。しかしその熱は彼女を燃やすどころか、さらなる欲望をかき立ててその身を震わせた。彼の両手がからだのわきから尻へと下りていき、やがて腿のうしろをぎゅっと摑んだ。

「この三週間、こうすることをひたすら夢見ていた」

ラモンが身をかがめ、彼女の髪に顔を埋めた。吐息でうなじをくすぐったあと、すっと深く息を吸いこみ、手で彼女の乳房を包みこむ。

「きみを愛撫したい、イザベル……」彼がそれぞれの乳房を両手に包み、その重みをたしかめると、イザベルの体内を鋭い悦びが貫いた。「触れたところすべてに、口づけを」

彼がかがみこみ、硬くなった乳首を口にふくんだ。イザベルは息をのんだ。彼がつんと尖った頂の周囲に舌を這わせると、浴場にか細い叫びが響いた。シュミーズの薄い生地に隔てられていることが、もどかしい。

ラモンが顔を上げ、イザベルと視線を絡ませた。「それに、きみにも同じことをしてもらいたい」

イザベルは身をこわばらせた。下唇を噛みしめ、彼の黒い目をまじまじと見つめる。彼は待っている。そう思うと、経験したこともないほど大胆な考えが頭に浮かんだ。

「お望みとあらば」イザベルは甘く、官能的な声でいった。身を乗りだし、彼のひざから胸にかけて、からだを押しつけていく。彼の屹立したものを腹に感じると、欲望の炎が下半身を舐めるように通過した。彼をなかに受け入れたくて、潤いがどんどん増していく。

ラモンが彼女の髪に手を潜りこませ、額と額を合わせた。「きみにすっかり心を奪われてしまった」

「おあいこよ。こちらは、口づけで意志をすっかり奪われてしまったんですもの」

彼が首を傾げてふたたび口づけすると、イザベルの思考が散り散りになった。最初はやさしい口づけだった。そのやわらかな味わいが、体内に悦びのさざ波を立てた。もっと深くつながりたくて、イザベルは唇を開いた。ラモンの髪をわし摑みにすると、彼が舌先で下唇をなぞってきた。

こんなの、あんまりだわ。イザベルは身を震わせた。心臓が狂ったように鼓動している。周囲がぐるぐるまわっているような気がしたが、かまわなかった。でも、ひざに力が入らない。自分の重みに耐えかねるとばかりに。身を横たえ、彼とからだを絡み合わせたい。

ラモンが彼女の腰に腕をまわし、抱きしめる手に力をこめて口づけを深めた。さらに求められ、イザベルはますます熱心に応えた。たがいの舌が触れ、官能的に貪り合う。すべての思考が頭からするりと抜け落ちた。あとに残ったのは欲望のみで、それを鎮めることができるのは、彼の硬い肉体だけ。

イザベルはラモンにからだをこすりつけ、完璧と思えるリズムで腰を動かした。しかし、完璧さにはまだ足りない。

ラモンのチュニックに手をのばし、引っ張り上げようとした。すると彼が口づけを中断して身を引き、ちらりと彼女を見やった。欲望が、その表情を荒々しく変えていた。一瞬、イザベルはその表情をひたと見つめた。じわじわと自信がこみ上げてくる。そう、わたしも彼と同じくらい、相手を昂《たかぶ》らせることができるのだ。これが罪だろうがなんだろうが、彼とふたりで燃え上がろう。

「許してくれ、イザベル。もう待てない」

「わたしも待てない」イザベルはそう打ち明けると、ふたたび彼のチュニックを引っ張り上げようとした。チュニックはふたりのからだに挟まれていた。一刻も早く、彼の素肌を感じたい。

「今夜こそ……おれの価値を証明してみせる。でもまずは、きみがほしい」

彼がほんの一インチだけからだを引き離してくれたおかげで、ようやくチュニックを頭から脱がせることができた。イザベルのほうはラモンにシュミーズを腰まで持ち上げられ、腿をかすめる夜気を感じた。彼女はため息をもらしたが、ラモンが腿のあいだにひざを割り入れてくると、はっと息をのんだ。

ラモンが身をこわばらせ、イザベルのあごをなでて顔を上に向かせた。その目がなにかを問いかけている。彼女の体内をめぐる悦びの波を混乱させるような、懸念の表情だ。

イザベルはひざを持ち上げ、彼の腰に脚を絡みつかせた。以前、メイドがだれにも見られていないと思って廊下でこっそりやっていたのをまねたのだ。彼のものが腿のあいだに滑りこみ、花弁をなでたとたんに、快感の矢が全身を貫いた。

「気持ちいい……」いっきに絶頂の際まで昇りつめたイザベルは、あえぎ声をもらした。

「ああ、ほんとうだ」

ラモンが手をのばし、花弁をさすった。イザベルは身を震わせ、彼の腕を摑んで背中をのけぞらせた。からだを突っ張らずにはいられない。額に玉のような汗が浮かび、彼に腰を押しつけながら小さく息をあえがせる。息を吸うのと同じくらい、そうせずにはいられなかった。

イザベルはもうすっかり濡れていた。彼の指をじっとり潤ませるほどの蜜をあふれさせている。ラモンは濡れそぼった指を彼女のなかに差し入れ、繊細な動きでひだを開いていった。

「ちょうだい」イザベルは懇願するようにいった。欲望を解き放たないかぎり、頭がどうにかなってしまいそうだった。

「きみのなかは狭すぎる」彼が指を秘裂に滑らせ、その上で脈打つ頂へ向けた。「もっと力を抜いて」

ラモンが頂点にある小さなつぼみをさすりながらぐっとのしかかり、腿を持ち上げたまま激しく指を動かしはじめた。イザベルは、抗いたかった。もっと先に進みたかった。彼に満たしてほしかった。しかし、もはや我慢の限界だ。彼に腰を激しく打ちつけ、その手にこすりつけるうち、やがて恍惚感が炸裂し、快楽の波が子宮めがけていっきに突き進んだ。目がくらみ、圧倒されるような感覚だ。周囲がぐるぐる、ぐるぐると回転し、やがてイザベルは快楽の激しい渦にのみこまれていった。

ラモンが彼女を支えていた。彼の肉体が、イザベルの力と慰めの源だ。ここまでだれかに親密さをおぼえたのは、生まれてはじめてだった。イザベルは彼にしがみついた。

それでも、まだ足りなかった。欲望は消えたわけではなく、鎮まっただけだ。彼の肩にもたれていた頭を上げ、その暗い視線を探った。

「あなたの妻にして」ためらいはすべて消え、決意だけが残った。脚を高く掲げ、たくましい肩を抱きしめて腰に絡みつかせる。

「ああ」ラモンがうなり声を発した。いまこの場には、その言葉にならない声がまさにふさわしい。両者のからだがぴったり合わさるのと同じように。それまでイザベルは、男と女がここまで融和できるものとは思っていなかったし、少なくともそれがこれほどの幸福感をもたらすとは、想像したこともなかった。

ラモンがからだを移動させて指を引き抜き、一物を彼女にあてがった。硬かったが、周囲をやわらかな皮膚で覆われているため、彼女の濡れた蜜壺にすんなり受け入れられた。ラモンはそのままじりじりと奥へ身を沈め、彼女の尻に手をまわしてからだを持ち上げた。

イザベルのからだは彼を受け入れはしたものの、内側を広げられるにつれ、引きつっていった。抵抗を感じ、ラモンはためらった。

「思いきり突いて」とイザベルは要求した。「早く」

彼が首をふり、からだを引いた。「辛抱強く、慎重に進めよう、イザベル」

それを聞いてイザベルは驚いたが、じっくり考えている暇はなかった。ラモンがふたたびからだを押しつけ、さらに奥へと突き進みはじめたのだ。イザベルは身をこわばらせた。彼のものが、なかを広げつつ押し入ってくる。

「痛い思いはさせない」彼が耳もとにささやきかけてきた。

「きつくても、痛くはないわ」

しかし、違和感があるのはたしかだった。彼が腰を引き、少し間合いを取ってくれた。ところが彼を欲するイザベルの気持ちが強すぎたため、けっきょくそれは拷問でしかなかった。ふたたび突き上げられたとき、イザベルは腰を持ち上げ、彼のほうに押しだした。

「じっとしててくれ」ラモンが引きつった声でいった。

「そういう妻になると約束したおぼえはないわ」イザベルはにやりとした。「それにあなた、情熱的な夫婦の営みを約束してくれたじゃないの」彼と視線を絡み合わせる。「そういうことが、したくてたまらないの」

「なら、満足させてやろう」彼が宣言した。

彼の力強い肉体が、がぜん目的を持って動きはじめた。腰を引いては突き上げ、彼女のなかを完璧に満たしていく。イザベルは息をのみ、一瞬、違和感をおぼえた。しかしラモンは容赦なかった。彼は一定のリズムで動き、腰を突き上げている。やがてイザベルのなかでふたたび渇望の炎が燃え上がり、数分前に炸裂した恍惚の嵐に向かって進みはじめた。先ほどよりも深く、強烈な快感だ。彼が動くたびに息が押しだされたが、イザベルはさらなる刺激を求めて彼と動きを合わせた。なぜかはわからなかったし、それについて考えたくはなかったが、ラモンに荒々しく突き上げられることがうれしかった。

イザベルとしては、とにかく動きつづけたかった。粉々に砕け散るまで、彼に合わせて腰を掲げ、からだを突っ張ったままでいたい。彼に爪を立て、快感がらせんを描いてからだを駆け抜けるに任せ、全身から最後の息が搾り取られるまで、身をよじらせていたい。もう、どうでもよかった。肉体がすべてを支配しているいま、頭が完全に麻痺しているいまは、なにがどうなろうがかまわない。

「よし……約束を守るぞ、あばずれめ」彼が耳もとでうなるようにいった。「死んだ亭主のことなど忘れさせてやる。そいつはきみにとって、ほんとうの意味で亭主じゃなかったんだ」

ラモンが両手で尻を包みこみ、ぎゅっと握りしめながら激しく突き上げはじめた。胸を上下させて肺に必死に息を送りこんでいる。イザベルの胸に彼の心臓が刻む鼓動が打ちつけられた。彼のものがさらに硬く、太さを増し……やがて炸裂した。ラモンが怒号とともにからだをいきなりこわばらせ、彼女のなかに精を放った。いちばん奥を突かれたまま、イザベルは子宮口に向けて熱くほとばしる精を受け入れた。

ラモンのからだから力が抜けた。息を整えつつも、彼女を強く抱きしめる手は緩めなかった。イザベルはこのままなにも考えず、彼の肩にもたれてその肌の香りを存分に吸いこみながら、眠りに落ちていきたかった。

男の香りをここまで堪能したことはなかった。

「ふたりとも、もう一度湯浴みをしなくてはな。つい衝動的になって、夜まで待ちきれなかったから」

「あなただけのせいじゃないわ、旦那さま」イザベルは脚を下ろしたが、まだひざに力が入らなかった。

ラモンが彼女のあごを手で包み、顔を上向かせた。先ほどの緊張は消え、その表情は緩んでいた。イザベルははじめて、バロンという仮面の奥に隠れていた男の顔を見た気がした。世のなかに疑問を抱き、認められたいと願う男の顔を。イザベルはラモンの首をさすった。恥ずかしかったが、同時に興奮してもいた。

「そんなことはいっていられないかもしれないぞ。なにしろ夫として、せいぜい激しく求めるつもりだからな」

彼の目に浮かんだいたずらっぽいきらめきに、イザベルの心が躍った。はしゃぐような小さな笑い声をうっかりもらしたあと、そんな笑い方をする年齢をとうに過ぎていることに思い当たり、恐ろしくなる。ラモンが黒いまゆを片方吊り上げたかと思うと、彼女をくすぐりはじめた。イザベルははっとして、悲鳴を上げながら彼の指から逃れようとした。

「いやな人！」からだをふたつに折り、彼の腕の下をくぐろうとした。

ラモンにからだを軽々と抱き上げられ、イザベルは息をのんだ。彼はふり返るとそのまま浴槽の前に進み、彼女をざぶんとなかに放りこんだ。

「シュミーズが」イザベルは抗議した。生地が即座に水を吸って肌にぺたりと張りつき、からだのあらゆる曲線が露わになる。

「ミルドレッドがべつのを持ってきてくれるさ。扉のすぐ外をうろついているようだから」

わざとらしいせき払いのあと、ミルドレッドの足音が聞こえた。

「そう……みたいね」イザベルは頬をまっ赤に染めた。

彼女の恥じ入るような表情を見て、ラエンが小さく笑った。彼は浴槽に手を入れて彼女の濡れた下着を摑み、いっきに剝ぎ取った。そしてぐっしょり濡れたシュミーズを、つい先ほど一緒にからだを押しつけ合った窓の枠にぽんと引っかけた。

イザベルはいっそう頬を熱くしたが、笑みも浮かべていた。すでに日が落ちていることに気づいたのだ。これから、楽しい夜が待っている。

せいぜい激しく、ですって？　いまに旦那さまも、妻のほうも負けず劣らず激しいことに気づくはず。

ご主人さまは知りたがるだろう。

それでもドナルドはためらっていた。

シスル・ヒルは住むにはいい場所だし、みな彼を快く受け入れてくれた。たしかに、寝床は馬小屋だ。大広間の床を与えられるほどには、まだ信頼されていないから。しかしそのうち、もっと多くを認めてもらえるようになるかもしれない。

ただし、自分がジャック・レイバーンの手下だとわかれば、話はべつだ。

彼はこみ上げる嫌悪感をぐっとのみこみ、ふたたび闇に紛れてこっそり抜けだすと、森へ向かった。人生はままならないものだ——彼のような者に、好機などみじめなほどめったにめぐってこない。彼はまだほんの六歳のとき、母にはたらきに出された。レイバーンのもとでもっといい暮らしを送らせたいと思ったからだという者もいるだろうが、ほんとうは息子を厄介払いしたかっただけではないか、かといって子どもを溺死させるだけの度胸がなかっただけなのでは、とたびたび疑っていた。それとも、母は息子にたいして多少なりとも愛情を抱いていたのだろうか。

だがほんとうのところは、一生わからない。母は彼の額に口づけをひとつくれたあと、新しいご主人さまのためにしっかりはたらくんだよ、といい残したきりだった。いまでは母の名前すらおぼえていない。母についておぼえていることといえば、朝はひどく機嫌が悪く、起こしてはならないということくらいだった。

自分からジャック・レイバーンを主人に選んだわけではないが、それが神の思し召しだ。だからドナルドは森を抜け、宿営地に向かった。彼がレイバーンの従者だったことをシスル・ヒルの住人に知られれば、打ち首にされるだろう。

その事実が明るみに出ないことをたしかめる方法はなにもない。だから彼としては、主人の天幕に向かい、そこで待つよりほかなかった。天幕のなかから主人の叫び声が聞こえた。主人は、いま女とお楽しみの最中のようだ。

月が上空まで昇っても、天幕の入口は開かなかった。ドナルドは夜気の冷たさを追い払おうと腕をさすり、足を踏みならした。穿いているタイツは薄くてすり切れている。ふと、冬をこの程度の装備で過ごさなければならないのかと不安になった。

「ご主人さまがお待ちよ、ドナルド」

彼は視線を落として主人の情婦のわきを通り過ぎた。いい匂いがした。いやでも鼻孔をくすぐる。しかし、彼女に目を向けるようなまねはできない――主人は嫉妬深い男なのだ。

「報告は？」

ドナルドは顔を上げて主人を見つめた。ジャックは毛皮で裏打ちされた部屋着に身を包んでいた。ドナルドはそのふかふかの毛皮をものほしそうに見つめながら、かたかたと鳴る歯を必死に鎮めようとした。

「ふたりが床入りをしました」

ジャックがまゆをひそめた。「いまごろ？　なぜこんなに時間がかかった？」

「奥方の乳母が、待つようにい張ったのです。奥方が月のものを迎えるまでは、と。そうすれば、赤ん坊があなたさまのものでないことがたしかになりますから」

「このばかものが！」ジャックが吠えた。「もっと早くそれを報告しろ！」

ドナルドはぐっとこらえてその場にとどまった。主人が椅子から勢いよく立ち上がり、彼の口もとを殴りつけた。ドナルドはどさりと倒れこんだが、すぐに起き上がって主人に顔を向けた。

ジャックが罵声を飛ばし、椅子に戻った。「おまえのような娼婦の息子を信じた結果がこれだ。なにが重要でなにが重要でないかも、わからないとはな」

彼は酒杯の中身をのどに流しこむと、ドナルドをねめつけた。「戻れ」

「はい？」ドナルドは疑問を口にするつもりなどなかったのだが、うっかりそう応じてしまった。

「シスル塔に戻れといっているのだ。おれは父上からの指示を待つ」

「かしこまりました」ドナルドは頭を垂れ、天幕をあとにした。なるほど。レイバーンのような男ですら、目上の男から命じられる立場にあるのだ。国王を除けば、主人のいない男などだれもいない。

だれも。

8

新しい塔の建設はみるみるうちに進んでいった。

ラモンの家来たちは起重機をつくって活用していた――ふたりの男が巨大な車輪のなかに入り、重い石を持ち上げる仕組みだ。石が宙高く持ち上げられては塔の壁に設置される光景を、ガブリエル神父がたびたび見物しにやってきた。神に仕える男とはいえ、その起重機を使って新しい教会を建設したいという願望をその目にちらつかせているのが、イザベルにもよくわかった。

そのうちにね。

本格的な夏が訪れ、湿地に花々が咲き乱れるようになった。イザベルは熱心に花を愛でた。足取りも軽く、スキップしたくなるくらいだ。草ものび、道を示すものは踏みならされた土の跡だけになった。ガチョウはいまごろ子育てのまっ最中だろう。幼い雛はあっという間に成長する。いまに湿地は、子どもたちに餌の取り方を教える母鳥でいっぱいになり、父鳥のほうはふたたびオス同士でつるみはじめるのだ。

イザベルは陽気な鼻歌を歌いながら鷹小屋に入っていった。ところがグリフィンの姿が見当たらず、いっきに高揚感がしぼんでいった。小屋から出たところで、ラモンの家来のひとりがグリフィンを腕に止めて去ろうとしているのが目に入った。

塔の建設現場にラモンがいたので、イザベルはそちらに向かった。作業現場に入ろうとしたところで、男たちのひとりがしきりに腕をふって彼女を引き止めようとした。

「待て」ラモンがこぶしを宙に突き上げた。男たちがなにごとかと目を上げ、作業が中断された。

「塔に戻ってくれ」

つい先日、ふざけて彼女をくすぐった男は、シスル塔に乗りつけて結婚を宣言した男の陰に消えていた。そこにはわずかながらの弱さも、やさしささすらもなく、あるのは目的意識だけだった。イザベルからすれば自分の所有物だと思っていたことすべてを、彼が取り仕切っていた。

「どうしてあなたの家来がグリフィンを連れだしたの？」とイザベルはたずねた。

「狩りに連れだす必要があるからだ。きみが湿地に出かける危険を冒すことはできない」

ラモンが彼女のひじに手を添えて、いとも簡単にくるりと方向転換させた。彼のほうが格段に力が強いことを、あらためて実感させられる。イザベルは彼の手をふりほどき、その拍子によろめいた。

「いまではわたしに指図するようになったの？」ラモンが支えようと手を差しだしてきたので、彼女はさっと背筋をのばした。「結婚すると、そういうことになるのかしら？」

ラモンが男たちに手で合図を送り、作業を再開させた。起動機内の男たちが力をこめると車輪がうなりを上げ、縄が石の重みを受けてぴんと張った。職人がモルタルをのばし、こすれるような音をあたりに響かせながら、金槌《かなづち》で石の塊を所定の位置に設置する。

「きみの身の安全にかんしては、こちらのいうとおりにしてくれ、イザベル」と彼がいった。

「わたし、もう長いことシスル塔を取り仕切ってきたのよ」

ラモンが彼女と作業場のあいだに立った。「しかしふたりで力を合わせれば、もっと頑強な場所にできる」

「わたしがなにもかもあなたに屈服すれば、ということよね」かっと怒りが燃え上がったが、イザベルにはどうすることもできなかった。

「湿地には行くな。それだけはいうとおりにしてくれ」

「あなた、約束したはずで……」

「約束は守っている」彼の目が怒りとともにきらめいた。「きみを絶頂に導き、つねに床を温めておくという約束は。きみの土地を守るため、おれの家来は血を流しているんだぞ」彼はそこで深く息を吸いこみ、いくぶん口調をやわらげた。「ばかなまねをする自由を約束したおぼえはない」

「でも、だれかの所有物にはなりたくないというわたしの気持ちを、理解してくれたはずでしょ」

ラモンの表情がやわらいだが、ほんの一瞬だけだった。「きみのことは、妻として大切にしているつもりだ。また湿地でジャックの手下に捕まるかもしれないとわかっていながら、それを許せば、きみの財産だけが目当ての夫ということになってしまう。きみを思いやっているからこそ、こんなことをいっているんだ」たしかに彼のいうとおりだが、イザベルとしては聞き入れたくなかった。ラモンの表情がこわばった。「おれはきみを守る。たとえきみが気まぐれを起こしたとしても。無情だといわれてもかまわない。しかし、これがおれなりのきみへの思いやりの示し方だ」

庭に立ちつくすイザベルを残し、ラモンは去っていった。イザベルはあとを追いかけて反論したかったが、逆にくるりときびすを返して逃げるように塔へ戻っていった。それでも、みずから囚《とら》われの身になったことにふと気づき、ふり返ってあたりの畑を見わたした。麦の穂がさざ波を立てている。収穫の時期が近づけば、茶色い穂が金色に輝きはじめる。新塔はいまや三階までできあがり、過去三年にわたって資金を投じて切りださせた石が、有効に使われていた。この光景を見れば、だれもが未来は明るいと口にすることだろう。

しかしイザベルの目には、否定された自由しか見えていなかった。

「さあ、なかに入って、文句をいうのはそこまでですよ」ミルドレッドがいった。当然、彼女はいつも近くにいる。

イザベルはふり返り、ミルドレッドをにらみつけた。「お説教はやめて」

ミルドレッドが腰にさっと両手を当てた。「もちろんお説教しますとも。少なくとも、旦那さまがあなたのお相手をなさるまではね。でも、旦那さまに責められるのは、おきらいではないでしょうに」

たしかに。

ぞくぞくとした感覚がからだを突き抜け、その奥底に隠れていた渇望を刺激した。まさか自分がここまでみだらな女だとは、想像したこともなかった。それでも、もっと大きな存在になりたかった。夫の種を受け止める器以上の存在に。

イザベルは足音を響かせて塔内に戻り、傷ついた自尊心を癒やそうとした。

そうよ、もっと大きな存在になってみせる。

なにか手を打たなくては。

「おれはちっともおかしいとは思わないがな、アンブローズ」とラモンはいった。

アンブローズがのどを詰まらせて笑い転げていた。通路の石壁にもたれかかっている。

「いやいや、おかしいですよ。こりゃ傑作だ！」

ラモンは、かんぬきが下ろされたイザベルの寝室の扉をもう一度叩きたいという衝動に抗った。扉の外にいる護衛が、かんぬきを上げてくれと妻を説得しようとするラモンから目を背け、階段のほうをひたと見据えている。

しかし護衛の唇は、白くなるほどぎゅっと結ばれていた。ラモンは怒りがむらむらとこみ上げてくるのを感じた。アンブローズがくっくと小さく笑いながら目もとを拭った。

ラモンは彼をふり返った。「いつまでそんなふうにおもしろがっているんだか。またおまえと同じベッドで寝なきゃならんというのにな」

アンブローズが顔をしかめて背筋をのばし、閉ざされた扉を見つめた。

ラモンは友人の顔に恐怖が浮かぶさまを見つめながらふくみ笑いをもらし、廊下を横切ってベッドに身を横たえた。そこにアンブローズが加わり、天井を見つめた。

「奥方の手綱をしっかり握るつもりはあるのでしょうか？」とアンブローズがたずねた。

ラモンは小さく笑い、威嚇するようにいった。「負けを受け入れるつもりなど、さらさらないさ」

ぜったいに。

イザベルは意地を張っていた。

ベッドでじっとしていられず、下りて部屋を行ったりきたりした。足の裏に当たる石床の冷たさに、ぶるっと身を震わせる。それもまた、ラモンを恋しく思う気持ちを募らせる一因だった。

こんなに短いあいだに、どうしてここまであの人を頼るようになってしまったのだろう？

意気地なしね……

そのとおりだった。夫は、彼女のそんな弱味につけこんでいるのだ。ならば、大なしで過ごすことを学べばいい。イザベルは扉に下ろしたかんぬきを見て、うなずいた。

そうよ。自分の意志を相手に押しつける権利があるのは、ラモンだけではないはず。わたしにだって、できる。

あとはただ、ベッドがこれほど孤独な場所に思えなくなればありがたいのだが。

しかし願いというのは、たいてい叶わないものだ。それはよくわかっていた。


「部屋から締めだしたそうよ……」

「まさか！」

翌朝、イザベルはあごをつんと上げたまま教会に足を踏み入れた。数人ぶんではすまない数の視線が彼女に注がれたのち、礼拝がはじまった。イザベルはなんとか堪え忍んだ。全員の注意が神父ではなく自分とラモンに向けられていることを、意識しながらも。一方のラモンは、家来たちと通路の反対側に立っていた。

最後の祈りの言葉を唱えるころには、不安が押しよせてきた。

このあとの行動いかんで、結婚相手の男がどういう人間かがはっきりするはず……

まあ、それも悪くはない。真実がわかるのだから。イザベルはくるりと方向転換したものの、ラモンがうしろをふり返ることなくさっさと教会から出ていくのを見ると、口をあんぐりと開けた。

「なんてお顔を」ミルドレッドが小声でいさめた。「ご自分で扉にかんぬきを下ろしておきながら、そんなみじめな顔をなさるとは」

「わたしを無視するなんて――」

「しーっ」ミルドレッドがイザベルのわき腹を突いて先に進むよううながした。ラモンの家来たちを除く全員がまだ教会内に残っており、イザベルが出ていくのを待っていた。

イザベルはのどかな表情を顔に貼りつけつつ、足早に教会から出ていった。彼女がアーチ型の戸口を抜けた瞬間、いっせいにささやき声がはじまった。

ここで動揺してなるものですか。

イザベルは足を速めてミルドレッドを置いてきぼりにした。するべき仕事はたくさんある。頭を忙しく回転させるためにも、仕事に没頭することにした。前夜、みずから拒んだ快楽については、考えたくもない。自由の代償なのだから。ジャックも、結婚したとなれば、もはやわたしを求めたりはしないはず。

その日はそんなぐあいに過ぎていき、いまや建設作業の騒音が日常的なものになっていた。

ところが、いきなりその音がやみ、イザベルは顔を上げた。庭は静まり返っていた。起重機のうなりひとつ聞こえない。彼女はエプロンで両手を拭い、塔の戸口に向かった。日中の熱気も弱まりはじめ、そよ風がひんやりとした夜の空気を吹きつけてくる。地平線上の太陽が、名残惜しげに空を橙と深紅に染めていた。

新塔はえんじ色だった。まだ風雨にさらされていないため、石の色が鮮やかなままなのだ。イザベルは額に手をかざし、塔を見上げた。あまりの静寂に、うなじの毛が逆立った。なにもかも、あった場所にそのまま置かれているが、ラモンの家来はただのひとりも見当たらない。まるで、この世から消えてしまったかのように。

からだが震え、胃がねじれた。

背後で小さな足音がした。ローブを翻してさっとふり返ると、ラモンがのしかかるようにして立っていた。

「おや、ここにいるのは⁉」と彼がいった。「褒美のようだ！」

ラモンがイザベルの腰を摑んで持ち上げ、肩にひょいと担ぎ上げた。

「ラモン！」

塔の背後から家来たちの笑い声がした。主人に激励を飛ばす者もいる。イザベルはばか騒ぎする男たちをちらりとふり返った。ラモンはそんな彼女を抱えたまま階段を下り、馬の背に放り投げた。

「宿営地へ！」

「なにをするの？」その問いかけが彼の耳に届いたかどうかも定かではなかった。たくましい雄馬が一歩進むたびに、からだがぽんぽん弾んでしまう。頭に痛みを感じたと思ったら、髪が解け、顔のまわりに跳ねかかった。

ラモンはシスル塔の周囲を大きくまわり、全員にその姿を見せつけたのち、家来たちが寝起きする宿営地に向かった。天幕が見えたところでイザベルは彼に腰帯を掴まれ、家来に手わたされた。あたふたと髪をうしろに押しやると、目の前にアンブローズがいた。

「恩に着るよ」ラモンがふたたび彼女をひょいと持ち上げ、肩に担いだ。

「ラモン……」

彼女の抗議は無視され、ラモンが天幕の入口を押し開けてなかに入った。ようやく下ろされたものの、安堵したのは束の間だった。目の前に、鎖と太い首輪が装備された鋼鉄の長い棒があった。イザベルは身を震わせた。

「なにをするつもり？」鎖からあとずさりしながらそうたずねた。のどにその首輪がはめられているような気がして、思わず首をさすりたくなる気持ちをぐっとこらえる。

「なんのために、こんなことを？」

ラモンはベッドのまんなかにごろりと仰向けになり、彼女をまじまじと見つめた。「おれがきみより戦争というものをよく理解していることを、証明するためさ。あれできみを拘束するのは、じつに容易なことだ」

「だから、自分のいうことを聞けといいたいのね」彼のいうとおりだとわかっていながらも、イザベルはついいそう突っかかった。天幕の外から、男たちの声がする。逃げ場はどこにもない。

ラモンがブーツを履いた足を交差させ、横柄な笑みを浮かべた。「いまは、おれの気まぐれに合わせるほかないだろうな。いっておくが、好色な気まぐれだぞ」

イザベルは腕を組んだ。「あなたとそのベッドに入るつもりはありませんから」

「きみの麗しいからだを堪能したいと思ったら、ベッドなどいらないことはすでに証明ずみだろう」

イザベルは、からだの奥がざわめくのを感じた。なにも感じてなるものかと思いながらも、ことラモンが相手となると、なぜかからだが勝手に反応し、渇望を抑えることができなくなってしまう。

「こんなのばかげているわ、ラモン。塔に戻りましょう」

ラモンの表情が変わり、真顔になった。「いやだ」

「でも、まさか――」

「おれを止められるものは、なにもない」

新たな感覚が体内を駆け抜けた。痛みだ。それが心臓のどまんなかに陣取り、恐怖ととももに拡大し、彼女の心を引き裂きはじめた。

ラモンがため息をつき、ベッドから転がるようにして下りた。ふたりのあいだの距離を縮め、イザベルのあごを包みこむ。「きみを怖がらせても、おれはうれしくもなんともない」

イザベルはあざけるような声を発して身を引いた。「そういいながら、わたしを拉致して、鎖を見せつけたの？　これが、あなたの思いやりを示す方法なの？」

彼の目が警戒の色を発した。「そうだ。隙を見せればジャックにどんな目に遭わされるか、それを教えておこうと思ってな」

険しい声だった。その言葉に罪悪感をおぼえ、胸をちくりと刺されたことが、イザベルには悔しかった。「自分の生き方を変えろといわれて、わたしがよろこぶとは思わないで」腹が立ってしかたがなかった。

「しかしきみだって、おれと同じくらい結婚には積極的だったじゃないか、イザベル」

彼がイザベルの腰に腕をまわし、彼女の抵抗をものともせずにぎゅっと引きよせた。

このままではとろけてしまう。イザベルにはそれがわかっていた。

彼女は両手でラモンの胸を押しやろうとした。「わたし自身を見失いたくないの」

ラモンが彼女を強く抱きよせ、腰の曲線をなでつけた。軽く触れただけだったが、そのやさしい手つきが、彼女の心に感情の矢を放った。

「おれのほうは、きみの影響を恐れていないとでも思うのかい？」

イザベルは啞然とした。彼の目をのぞきこみ、そこに意外なものを発見した。

不安だ。

「男の人は――」

「きみが相手となれば、恐ろしくもなるさ」と彼が吐き捨てるようにいった。「きみの身が危ないと考えるだけで、耐えられなくなる」彼が首輪を指さした。「あれをここに置いたのは、きみにあの重みを感じてほしかったからだ。しかし、あれをきみにつけるだけの度胸は、おれにはない。それほど、いまのおれは弱い。きみに厳しい教訓を与えることすら、できないのだからな」

ジャックなら、わたしがどう感じようと気にもかけないに決まっている。

もう傷はとっくに癒えているというのに、いきなり手首がひりひりしてきた。思わず手首をさすると、ラモンもそれに気づいたようだ。彼女に顔を戻し、そのからだを腕に抱きよせた。

「どうしても塔を離れなければならないときは、護衛を連れていってくれ」

「そんなの、人材の無駄よ」

彼の胸の奥からうめき声が響いた。

「もちろん、あなたにもそんなことはわかっているのよね」とイザベルはいった。事実を認めたくはなかったものの、認めないわけにはいかなかった。罪悪感が身を引き裂き、腹立ちの理由を吹き飛ばした。

「扉にかんぬきをかけたりして、悪かったわ。どうしてあんなことをしたのか、自分でもわからない……ただ……怖かったの、わたし……」

涙がこみ上げてきて、のどが詰まった。ラモンが背中をゆっくりと、やさしくさすってくれた。

顔を上げると、彼が見つめていた。「おれのせいで自分を見失うんじゃないかと、怖かったのか？」

こちらをばかにしているような声ではなかった。この瞬間を彼が共有してくれたのは、驚きだった。

「ええ」イザベルは小声で答えた。「どうしても、前の夫とのことを思いだしてしまうの。あなたと彼がまるっきりちがうことは、わかっているのに」

「おれも同じことで苦しんでいるから、つらいのはわかる」ラモンが頰をなでた。「きみが石を切りだしておいてくれて、よかったよ。なにしろ、おれはもう、きみが前の亭主と使っていた部屋で眠るつもりはないから」

「わたしがこんなふうに感じているからといって、部屋のせいにしないで」

ラモンが彼女を抱き上げ、あやすようにしながらベッドに運んだ。

「それでも、新たな場所でふたりの生活をはじめるのが、おたがいにとっていちばんだ」

「あなたの天幕で、とか？」

イザベルはベッドにぽんと下ろされた。旅に携帯する簡易寝台のため、小さいうえに低かった。彼女の体重を受けてベッドの縄がうなりを上げ、ローブがめくれて腿までが露わになる。とっさに裾を下ろしかけたが、露わになった脚がラモンの目を惹きつけているのを見て、その衝動を抑えた。

「なかなかいいながめだ」

ロクサナの記憶がよみがえった。

イザベルは脚を動かし、片脚をゆっくりともう片方の脚に滑らせ、暗さを増すラモンの表情をながめた。こんなふうに見つめられるのは、すごくいい気分だ。こちらの動き一つひとつを、ラモンの目が熱心に追いかけてくる。しかしふと彼が顔を上げ、視線を合わせてきた。

一瞬、その黒い目にもどかしさが浮かんだ。イザベルは、なにかが体内に押しよせてくるのを感じた。やがて、それが期待であることに気づく。しかし今回、主導権を握るのはイザベルのほうだ。

「こうするのが……公平というものよね」

ラモンが顔をしかめたが、イザベルはごろりと寝返りを打ってひざまずいた。いま着ているローブは紐ではなく腰帯でとめるタイプだった。彼女は腰帯を解き、わきへ放った。

「どういう魂胆だ、イザベル？」

彼女は緩めたローブをすでに脱ぎかけていたが、その手を止めた。「あなたを誘惑しようとしているのよ、旦那さま。あなたがわたしに……鈍感でいてほしいというのなら、話はべつだけれど」

彼女はふたたびぱたりと仰向けになった。縄がきしみ、服がからだの上にはらりとかかる。

「このほうがよくて？」

ラモンが彼女の足首を摑み、ベッドの上で引きずった。服を残したままずるずると動かしたので、最後には腿のいちばん上までが露わになった。

「このほうがずっといい」彼がうなるようにいった。

イザベルは不安になって身をよじったが、彼にローブを押し上げられ、恥丘に夜気を感じた。

「ラモン……」ささやくようにいいながら、体内で揺らめく興奮を感じていた。「なにを……するの……」

「そうだな……」ラモンは大胆にも彼女の恥丘を愛撫し、そこに生い茂る巻き毛をなでた。

「今夜は、きみを味わうつもりだ」

イザベルは目を見開いたが、それが恐怖からなのか、よろこびからなのかは、定かでなかった。取り乱すほどの欲求の渦が、下腹部を突き抜けていく。官能を刺激する突起が脈打ち、秘所のあらゆるところがいきなり敏感になる。

ラモンの吐息が花弁にかかると、イザベルは身を震わせた。悲鳴を上げてからだをねじり、逃れようとしたが、彼に片手で腹を押さえられた。

「きみのよがり声が聞きたい」ラモンがそうつぶやきながら割れ目を一本の指でさすり、潤いを誘った。「おれの愛撫で極みに導いてやる」

どこか気取った、高慢な口調ではあったが、それがいっそうイザベルを昂らせた。こんなことは望んでいなかった、と思いつつも、こみ上げる快感を否定することはできなかった。

しきりに身をよじらせるイザベルの花弁を、ラモンがふたたびもてあそびはじめた。イザベルは突き抜ける快感に圧倒されていったんは目を閉じたものの、彼の息が秘所にかかるのを感じ、ぱっと大きく見開いた。

「まさか本気で……」

「本気さ」ラモンはそう宣言すると、彼女を舐め上げた。

イザベルはふたたび叫び声を上げた。秘裂に触れる彼の舌の感触があまりに強烈で、とても声を押しとどめてはいられなかった。下腹でなにかがねじれ、搾り取られていく。からだじゅうの筋肉が引きつったが、いっきに絶頂に駆け上がることはできなかった。

ラモンはそうやって彼女をぎりぎりまで追いつめたまま、長々と舐め上げ、さらに熱をこめて愛撫した。イザベルは身をよじらせたり突っ張ったりをくり返した。あともう少しで、達しそうだ。

「もうじらすのはやめて」イザベルはそう訴え、目を開いて彼をにらみつけた。と、息をのんだ。彼の目が、自尊心と所有欲で燃え立っている。ラモンは彼女をひたと見つめたまま、頭を下ろして恥丘の頂点に口をつけた。秘部に吸いつき、舌で官能のつぼみを刺激する。その動きにイザベルはいっきに上昇した。からだをぴんと突っ張り、炸裂し、子宮へと押しよせてくる快楽を存分に味わった。からだじゅうが燃やしつくされていくようだ。

至福の悦びだった。

イザベルは思うままに身をゆだね、満ち足りた気分で恍惚の波にさらわれていった。ようやく解放されたあとは、胸を激しく上下させ、動くこともできないほどぐったりとしていた。ラモンが立ち上がり、一物を彼女の押し広げた秘部にあてがった。イザベルは重いまぶたを持ち上げた。彼自身をうっとりと見つめる――太く、うね立ったものを。唇を舐めた。ふと、まだもの足りないことに気づく。

最初のひと突きで、イザベルのそんな渇望がやわらげられた。彼の腰に腿を巻きつけ、動きに合わせて下半身を持ち上げる。もはや考える余裕などなく、あるのは衝動だけだ。ふたりして水のようにゆらゆら揺れ、イザベルは激しく、速く突かれるたびに、あえぎ声をもらした。

もっと、速く。

もっと、激しく。

「もっと」イザベルは食いしばった歯のあいだから要求した。

「ああ」しゃがれ声が返ってくる。「満足させてやる」

ラモンの顔が引き締まり、やがて獰猛になった。そこにあるのはむき出しの意欲だ。激しく何度も突き上げられ、イザベルが崖っぷちへよろめき進んだそのとき、彼のものが放出を開始した。熱い精を受けて、イザベルはふたたびらせんを描くように快楽に溺れていった。下腹部の壁が彼の肉を締めあげ、その精を最後の一滴まで搾り取る。

「ああ、神よ！」ラモンが吠え、最後に何度か腰を激しく打ちつけた。そのあとがくんと前に倒れこみ、イザベルの上にのしかかる寸前に手で体重を支えた。ベッドが揺れると同時に、マットレスを支える縄が不気味なうなりを上げる。やがてラモンが隣に寝そべり、イザベルを抱きよせた。

イザベルはからだをもぞもぞさせた。ラモンが彼女の頭を自分の肩に押しつけ、腰にまわした腕で固定した。

「きみとくっついていたい、イザベル。理由は訊かないでくれ。きみを奪うのと同じくらい、そうしたくてたまらないんだ」

イザベルも同感だった。

そこに理性などなかった。イザベルはからだをずらして彼の胸に頭を預けた。彼の胸の鼓動を聞いていると、不思議と満ち足りた気分になる。体内をほんのりと満たす感覚とは、またべつのものだ。それは、胸が温もるような満足感だった。

これまで、そんな気持ちになったことはなかった。

「軍の宿営地に行ってらしたんでしょう？」翌朝、イザベルが塔に戻ると、ミルドレッドがからかうようにいった。「それなら、戦士のなかに女がいたらどうなるか、もうおわかりですよね？」

イザベルは顔を赤らめたが、したり顔でほほえんだ。するとミルドレッドまでが頬を染め、さっと手で払うしぐさをした。「なにもおっしゃらないで。もはや手の届かない若者のお楽しみをネタにからかわれるには、あたくしはもう年がいきすぎてますから。それでも、結婚をお勧めしたこと、うれしく思ってくださいますよね」

「うれしいわ」

じっさい、そのとおりだった。

しかしその日、イザベルは夫が家来に自分を見張らせていることに気づいた。思わずむっとしたものの、最終的には、塔内に閉じこもったままでいるか、護衛をつけるかのどちらかしかないという事実を受け入れることにした。それでも、主導権はこちらが握り、指示を出す立場にいたい。そこで彼女は、胸を張って庭を横切っていった。と、アンブローズが行く手を遮った。

「ここは危険です、奥さま」

「あなたをさがしていたの」

彼が頭を傾げ、高い位置から彼女を見下ろした。「なにかご用で?」

「わたしを監視している人たちは、あなたの命令にしたがうはずよね」

彼はまゆを片方吊り上げただけだった。「おれ自身、奥さまの身の安全を確保するようにという命令にしたがっているだけですが」

その態度からして、どうやらイザベルに同情する気はなさそうだった。

「あの人たちの時間を無駄にしているわ。ここはひとつ、取り決めをしましょう」

アンブローズがベルトに両手を引っかけた。「ご主人の信頼を裏切らない、という条件でなら」

「毎朝、グリフィンを飛ばしたいの。護衛をひとりつけてくれれば、あとはずっと塔内で過ごすと約束するわ」

アンブローズが一瞬考えこんだ。「約束してくれますか?」

「ええ」

彼が手を掲げると、家来がふたり近づいてきた。「あす、奥さまの鷹狩りに護衛をひとりつけろ。きょうの任務は終えてよろしい」

ふたりはほっとした顔をすると、訓練の場に戻っていった。

「失望させないでくださいよ。あなたのことを好きになりはじめているのですから」とアンブローズが警告した。

「約束は守るわ」

じっさいそのつもりだった。すでに肩の荷が軽くなった気分だ。ラモンは男たちを半分に分け、片や訓練に、片や新塔の建設作業に取り組ませていた。イザベルのあとをつけまわしていたふたりの男は、嬉々として綿入りのチュニックを身につけ、剣術の訓練に加わるべく向かっていた。

いまや新塔は三階まで完成していた。イザベルは頭をのけぞらせ、てっぺんを見ようと額に手をかざした。

「おれの部下を丸めこんだのか？」ラモンの声がした。

「人材を無駄にしないよう、わたしなりに考えたまでのことよ」とイザベルは応じた。「でも監視をつける前に、わたしにひと言相談してくれてもよかったのに」

ラモンが彼女を見下ろした。彼のほうがいかにからだが大きいか、あらためて実感させられる。イザベルはときおり、そのことをつい失念するようになっていた。

それが、信頼というものだ。

そう思うと、つい口もとが緩んでくる。

「きみの安全を確保することにかんしては、議論の余地はない、イザベル」

「でも、取り決めをするのはごく簡単なことなのよ」と彼女も負けていなかった。「アンブローズが、毎朝わたしに護衛をつけてくれる。その代わり、あとはずっと塔内にいると約束したの」

「きみはそれでいいのか?」

イザベルはうなずいた。

「ならば、許可しよう」

彼女のむっとした表情を見て、ラモンが目を細めた。

「頼むよ、イザベル。他意はないんだ。おれは、ずっと命令する立場にいた。きみも同じだったから、おれに指図されるのが気に入らないのさ」

イザベルは笑い声を上げた。しかしすぐに口を閉じた。近くに大勢がいたからだ。「わたしたち、おたがい人に指図するのに慣れているようね」

「そうだな」彼が塔を指さした。「あれが、そんなおれたちの成果だよ」

「すばらしいわ」

イザベルはうららかな気分になってきた。ふと、それが心の平穏というだけでなく、幸福感であることに気づく。

そういう気分なら、大歓迎だ。

ジャックは書記官を怒鳴りつけた。書記官は手をわななかせ、読み上げていた手紙の隅をしわくちゃにしていた。

「申しわけございません、ご主人さま。しかし、お父上がこう書いてらっしゃるのです」

「そんなことはわかっておる！」ジャックは吠えた。「失せろ」

書記官はあたふたと書き物机を集め、よろめくような足取りで天幕をあとにした。

ラモン・ド・セグレイヴのやつめ！

しかしいくら彼を呪ったところで、必要なものは手に入らない。父はあの土地を求めており、必ず奪えとせっついてきた。

こうなったからには、カモイズのイザベルには、いま一度、未亡人になってもらうよりほかあるまい。

少なくとも、父の命令のその部分だけは、楽しめそうだ。

9

収穫の時期は忙しい。

シスル塔の住人全員があわただしく収穫物を運びこんでは、傷む前に冬に備えて貯蔵していった。室《むろ》の手入れもあるし、麦酒《ビール》の醸造作業もある。麦や果物を貯蔵しようにも、すべての倉庫がすでに満杯だった。日が短くなってきて、みずからグリフィンを飛ばしている時間的余裕がなくなると、さすがのイザベルも鷹狩りを護衛に任せざるをえなくなった。ラモンが家来を畑に送りこみ、燕麦《えんばく》を運ぶのを手伝わせ、雪が降りはじめる前に屋外便所を掘らせた。

秋雨の時期に入っても、するべき作業はたくさんあった。最後の根野菜が運びこまれるころには、日はすっかり短くなり、厚着の季節になっていた。長い冬に入ると、塔の住人は縫いものをして過ごし、村人たちは鎖かたびらづくりに精を出すことになる。

「奥さま」

ラモンの従者トマスが、午後の早い時間に厨房に入ってきた。「ご主人さまがお呼びです」

トマスはひょろりとしていたが、彼女よりもはるかに上背があった。夏のあいだに、うんと背がのびたようだ。

イザベルは両手を拭い、髪をなでつけたあと、庭に出た。空はどんよりとして薄暗く、夜になる前にたっぷり雨が降りそうな気配がする。空気は冷たかったが、それがかえって心地よかった。リンゴ酒を醸造させていたために、厨房内がむし暑かったのだ。

ラモンが待っていた。庭はしんと静まり返っている。彼の家来たちが立ったりすわったりしながら、新塔を見上げていた。ラモンがふり返り、彼女に手を差しだした。

「おれたちの新居を見るかい？」

イザベルは息をのんだ。「完成したの？」

ラモンがうなずいた。「まさかこんな離れ業ができるとは思わなかったんだが、きみがあらかじめたっぷり石を切りだしておいてくれたおかげで――」

「あなたの家来が作業を手伝ってくれたおかげでもあるわ」イザベルはそういって彼と手をつないだ。

「建物自体は完成したが、厨房はまだ作業が必要だ」

ラモンに案内されて階段を上がると、イザベルの胸がとくんと鳴った。

「ここをおれたちの城塞の主塔にしよう、イザベル」

その広々とした丸い塔は、難攻不落のつくりになっていた。近くにいい木材がなくとも、投石機を持ちこむ敵が襲ってこないともかぎらないのだ。前階段のいちばん上に立つと、シスル塔が新塔と一直線に並んでいるのがわかった。シスル塔のほうは三分の一の大きさで、新塔を見ようと人々がぞろぞろと出てきていた。みな、興奮に顔を輝かせている。

戸口は巨大だった。見上げると、アーチの頂点にくさび石がはめこまれていた。ラモンがいきなり彼女を抱き上げ、家来たちがやんやの歓声を上げた。

「ラモンったら」イザベルは小声でいさめた。

ラモンはウインクし、妻となった女性をはじめて建物内に運びこんだ。一階部分は巨大な大広間だった。その半分がすでにテーブルで埋まっている。ラモンが聖地から持ち帰ったもののようだった。十字軍遠征の土産だ。

つぎにラモンは彼女を室内階段へ案内した。シスル塔よりも広々とした階段だった。ふたりしてそのらせん階段を上がり、二階に到達した。空中にはまだ粉塵《ふんじん》が舞い、塗り立てのモルタルの香りが漂っていた。開け放たれた窓から、そよ風が入ってくる。しっかりとはめこまれた石は、何世代にもわたって受け継がれてゆくだろう。

二階は四つの部屋に分かれており、どれもまだがらんとしていたが、いくらでも使い道がありそうだった。もうひとつ階段を上がると、三階だ。階段を上がりきった小さな踊り場の前に、両開きの扉があった。

「おれたちの部屋だ」とラモンが告げ、扉の片方を開いた。下のほうから、彼らにつづいて建物に入ってくる人々の足音や興奮した声が聞こえてきた。子どもたちの笑い声が響くなか、ラモンが彼女を部屋に招き入れた。

「領主さまのお部屋ね」イザベルは部屋の巨大さに圧倒された。

「おれたちの部屋だ」

イザベルはなんというべきかよくわからずに彼をちらりと見たが、自信たっぷりの目で見つめ返され、胸が熱くなった。

「男どもと過ごす時間には、もう飽き飽きだ。これからは、ここがおれたちの神聖な場所となる」

部屋はふたつの区画に分かれていた。入って三分の一ほど進んだところに、アーチ型の戸口がふたつ開いた壁が設置されていた。椅子と書き物机を備えたサイドテーブルが、ラモンの天幕からすでに運びこまれていた。イザベルの荷物もあった。数少ない高級服用の衣装簞《だん》笥《す》が設置され、銀の櫛と、絹のリボンを収めた小簞笥もある。

石の床は掃除が行き届き、高級絨毯は敷かれていなかった。それを見て、イザベルはうれしくなった。それはすなわち、ラモンは家来たちが泥にまみれてはたらいている一方で、自分だけ居心地のいい場所に腰を下ろしているような男ではないことの証だ。

「冬になったら、テーブルをつくらせよう。ここでふたりだけで食事をしたくなったときのために」

イザベルの驚いた表情を見て、ラモンが笑い声を上げた。

「笑わなくてもいいでしょう」

ラモンの口もとは緩んだままだった。「いいじゃないか。結婚生活は義務づくしでなければいけないなんて、だれがいった？　おれがきみとの労働を楽しんではいけない法が、あるのか？」彼が隣の部屋に顔を向けた。「おれたちのためにつくらせたベッドで、せいぜい楽しませてもらうつもりなんだ」

壁の向こうは寝室になっていた。そこにでんと置かれた巨大なベッドを見て、イザベルは息をのんだ。

「あれは、なに？」驚くほどの大きさだ。

「きみをたっぷり楽しむためのベッドさ」

ラモンがふたたびイザベルを抱き上げ、ベッドに運んだ。つづいて彼もベッドに上がったので、イザベルは目を見開いた。

「まさか、いま……」

彼が首に鼻をすりよせ、熱い口づけをくれた。イザベルの肌に悦びのさざ波が走った。

「もう、仕事を完成させただろ？」

ラモンが彼女の両手を取り、それぞれに口づけした。

「その褒美として、きみにやさしく触れてもらうというのは、どうだろう？」

「褒美はこちらが与えるものであり、あなたの下に組み敷かれることではないわ、旦那さま」

ラモンが飢えた視線を向けた。「おれの褒美なのだから、おれの好きなように受け取る」

イザベルは一本の指で彼の唇を軽く叩いた。熱気が体内を駆けめぐり、つい大胆になる。「わたしの気まぐれに任せるだけの辛抱がないなんて、残念だわ……ちょっと思いついたことがあったんだけど……でも、あなたがだめだというのなら、話しても無駄ね」落胆を声ににじませる。

ラモンの表情が暗くなった。「またおれを疑うのか……」彼はイザベルの上から転がるようにして下りると、巨大なベッドのまんなかに仰向けになった。「じゃあ、きみの気まぐれとやらに任せようじゃないか……あばずれめ」

あばずれなどといわれてよろこぶのはおかしなものだが、じっさいイザベルはうきうきしてきた。からだを起こし、どんなことをしようかしらと頭をめぐらせながら、それを待ち構える大男をつくづくながめた。こんな状況は生まれてはじめてだった。なんといっても、妻は夫にしたがうものとされているのだから。

しかし、ロクサナはちがった。

イザベルは、あのエキゾチックな女がジャックを激しく乱したときのことを思い返した。するとそれまで心に秘めていたことすら認めるだけの度胸がなかった考えが、つぎからつぎへと浮かんできた。

イザベルはひざ立ちになり、指で自分の腰帯をたどっていった。ラモンの視線が、その動きを追いかける。腰帯をほどき、背後に落とした。ローブが緩んだので、引っ張り上げて頭から脱ぎ捨てた。ラモンの姿が視界から遮られたとき、のどの奥で息が詰まった。

彼、待っているの？

体内で期待がうねり、彼を受け入れることでしか鎮めようのない渇望がわき起こる。でも、もしかすると……今夜、上になるのはわたしのほうかも。

ローブをわきに放ったときには、頬がまっ赤に染まっていた。意を決してシュミーズに手をのばし、なめらかな動きで床に落とした。

あわてないで。ロクサナのゆったりとした動きを思いだして……

「なんと、きみは夢のように美しい女だ」ラモンがうなった。彼女の裸体を目で追ううち、その表情がこわばってくる。彼が起き上がろうとした。

「待って」イザベルは、やさしいながらもきっぱりとした口調でいった。ラモンが動きを止めた。

「きみがほしくてたまらないんだ、イザベル」

イザベルは深々と息を吸いこみ、吐きだしたのち、這うようにしてラモンに近づいていった。彼は仰向けのままからだから力を抜いたが、表情はこわばったままだった。

「わたしもあなたがほしくてたまらない……でも、いつも言葉だけでこと足りるとはかぎらないわ。わたしに……させてほしいの」イザベルは彼の腿に手を置き、脚の上を滑らせながらどんどん上へ……上へと進め……やがて腰のあたりに触れた。

「おお」彼女の指先が一物をかすめると、ラモンが声を上げた。

彼はあごを食いしばり、目を閉じた。イザベルの下腹部で興奮の炎が燃え上がり、乳首が硬くなったが、自分の欲望はあとまわしだ。いつもこちらがされているように、彼をとことん乱してみたい――その思いで頭がいっぱいだった。

そんなのは、横柄というものかしら？　でも、べつにいいわ。

「あなたも叫んでしまうかしら、わたしのように……」

ラモンがびくっとして目を見開いた。「だめだ――」

イザベルは彼のものを摑み、その言葉を遮った。彼の服の下で、硬く、脈打っている。

「だめ？」そっと問いかけ、荒くなる彼の息づかいに耳を澄ましながら上下にさすっていく。

「あなた、あばずれがお望みだったはずでは」

彼のチュニックをはらりとめくり、タイツを押し下げた。彼自身が勢いよく飛びだした。欲望にふくれ上がっている。「あばずれは、望みどおりのことをしてよろこぶものよ」

「捕らえるまではな」と彼が自信たっぷりの声で警告した。

「あら、それじゃあ……」イザベルはごろりと仰向けになった。驚くほど大きなベッドなので、充分なスペースがある。「ここに寝転がって、祈っているだけにしようかしら……あなたは服従をお望みのようだから」

ラモンががばっと横を向き、彼女を見つめた。「おれをもてあそんでいるな」

イザベルも寝返りを打ち、たがいに面と向かった。ここまで奔放な態度をとったのははじめてなので、緊張で胃がかき乱されたが、いままで男性相手にこれほど楽しんだことはないというのも事実だった。「あばずれって、人をもてあそぶものじゃない？」

イザベルはそこで息を止め、ここまで大胆になった自分を彼がどう思うか待った。

ラモンは笑い飛ばし、チュニックを引きちぎるようにして脱いだ。「まったくだ」ベッドから下りてタイツをいっきに引き下ろして足から抜いた。「こんなふうに戯れるのがこれほど楽しいとは思わなかったので、少々面食らってはいるがな」

「こういうの……めずらしいわよね」イザベルは荒い息づかいでいった。「でも、気に入ったわ」

一瞬、イザベルは心をさらけだしすぎた気がした。しかしふたりの視線が絡み合ったとき、彼の目にも同じ欲求が浮かんでいるのがわかった。

「おれもだよ、イザベル」

じっとしたまま、裸の胸を隠さずにいるのは、決して簡単ではなかった。しかしその光景を堪能する彼の黒い目にきらめく欲望が、報いだった。なんてうぬぼれの強い女なの、わたし――ふとそう思い、目をしばたたいた。

「きみは美しい。おれがきみの完璧な美を愛でるからといって、罪だと思わないでくれ」

ラモンが這うようにしてベッドに戻り、仰向けになった。さあどうだ、とばかりの視線を向けてくる。イザベルの心臓が早鐘を打ちはじめた。

わたしにその度胸がある？

あるわ……

彼女は震えながらも手をのばし、彼のものを包みこんだ。ラモンがすっと息を吸いこみ、悦びに表情を引き締めた。自信をつけたイザベルは、さらに大胆な炎を燃え上がらせた。わたしがされたように、彼をさんざん乱してみたい。

かつてロクサナの目のなかに見た強さと同じものを、心から求めていた。相手を支配したいからではなく、ラモンと同等になりたいからだ。せめて、寝室の扉が閉まっているあいだだけでも。

彼のものを指でなぞり、その絹のようになめらかな感触を堪能する。

「そんなふうに触られると、どうしようもなくなってくる」険しい口調ながら、そこには悦びもふくまれていた。イザベル自身、彼の唇に教えられた、ねじれるような、燃えさかるような悦びだ。

あのときの自分と同じくらい、彼を楽しませたい。

イザベルはかがみこみ、彼のものにそっと口づけした。

ラモンがうなるように罰当たりな言葉を口にした。

イザベルはぎょっとして彼を見つめた。その表情に、思わず惹きつけられる。野蛮とも表現できそうな表情だ。

ふたたびかがみこみ、彼のものを舐め上げた。舌先を、軽く、ゆっくりと這わせていく。ラモンがびくんとして、シーツをわし摑みにした。

自分も同じ反応をしたことを思いだす。能力を認められた気分だ。それに、興奮する。これまで経験したどんなことより、親密な行為だった。

イザベルはふたたび舐め上げた。手でしごきつつ、頂点に舌を這わせてみる。ラモンの息づかいが荒い。イザベルが彼のものを口にすっかり収めると、その息づかいがさらに激しくなってきた。こうすれば、裏側に好きに舌を走らせることができる。イザベルは、彼にされたことをまねようとした。

ラモンがからだを痙攣させ、ふたたび悪態をついた。腰を彼女の口に向かって突き上げ、自分のものをさらに奥へ押しやろうとする。

「そこまで！」いきなりフモンが吠えてすばやく起き上がり、彼女の肩を押しやった。

「いいえ、まだよ」イザベルは脚を持ち上げて彼にまたがった。「きょうはわたしが上になる」

彼が顔をこわばらせた。その隙にイザベルは上に覆いかぶさった。からだが震えていたが、不安に決意を鈍らされてなるものかと意を決した。

彼と同等にならなければ。

夜の営みにかんしては、彼の上をいってみせる。

からだを下げていくと、彼のものが秘裂に当たった。

とにかく、彼がほしい。

だから、奪うつもり。

「あばずれめ」ラモンが小声で責めた。彼はイザベルの腰を手で包み、自分の股間に導いた。

「そうよ」彼女はそう認めたあと、いったん腰を上げ、つづいてぐっと下ろした。

快感がからだを突き抜け、肺から息が押しだされた。その状態で腰を持ち上げては下ろすことをくり返しつつ、リズムを摑んでいった。

「きみのせいで、もうどうにかなってしまいそうだ」

腰を上下させるたびに悦びが高まり、彼の言葉も耳に入らなくなっていった。「わたしが仰向けになったほうがいい？」

ラモンがにやりと笑いかけた。「このままがいい」腰を摑む彼の手に力がこもり、イザベルをぐっと押し下げた。彼女のなかにすっかりくわえこまれると、ラモンは低いうなりを発した。「だが、ここも、ほしい……」

ラモンが手をのばし、イザベルの乳房を包みこんだ。「ふくよかで、じつにうまそうだ」

彼が背中を丸めてわずかに起き上がり、片方の乳首を唇で吸った。焼けつくような快感が走り、イザベルはどんどん昇りつめていった。腰をより速く、激しく動かし、崖っぷちに突き進もうと、彼の腰を摑んだ。ラモンも背中をベッドに戻し、からだを叩きつけてくるイザベルに合わせて腰を突き上げ、唇をゆがめた。

「そうだ、美しいイザベル……このままいっきにいかせてくれ……」

イザベルがそれを望んでいるとかいないとか、もはやそういう問題ではなかった。とにかく、そうせずにはいられなかった。

もう、ほかにはなにも考えられなかった。完全に主導権を握り、心奪われ、夢中になっている。つぎのひと突きほど、なにかを切実に求めたことはなかった。いま体内で炸裂しつつある快感以上のものを、求めたことはない。硬い肉で貫かれ、その動きを通じて駆け上がってくる快楽にのみこまれていく。と、悦びが炸裂し、そのあまりの激しさにイザベルは叫び声を上げた。

ラモンがうなり、さらに数回突き上げてから放出するまでのあいだ、彼女の腰をひたすら強く摑んでいた。彼の精が注ぎこまれるのを感じながら、イザベルはすっと息を吸いこんだ。その熱い飛沫が新たな悦びのさざ波を立てている。彼のものを締めつけ、放たれた精を搾り取っていく。ラモンの上に倒れこんだときのイザベルは、もはやほかのことなどいっさい考えられなくなっていた。

なにひとつ。

「愛しいイザベル、目をさまして、口づけを」

イザベルは寝返りを打ってのびをした。ここまで深く眠ったのは、はじめてのような気がする。動くにしたがって上掛けがするするとからだから滑り落ち、ラモンが手をのばして引っ張り上げてくれた。

視界がはっきりしてくると、トマスが主人の世話をしていることに気づいた。

彼女は上掛けをがばっと摑み、おもしろそうに目をきらめかせる夫に向かって顔をしかめてみせた。彼がかがみこみ、イザベルがつんと尖らせた唇に口づけした。

「ここも完成したことだし、鹿狩りに出かけてくるよ」それを聞いて、口によだれがたまってくる。

イザベルは笑みを浮かべた。「肉料理は大歓迎よ」

鹿狩りは、貴族もしくは王族だけに許される行為だ。イザベルは慎重に上掛けをあごまで引っ張り上げたまま、からだを起こした。控えの間から軽く鼻を鳴らす音がした。

「アンブローズ・サンマルタンね」イザベルは小声でいさめた。

夫の友人が楽しげな顔をのぞかせたあと、背中を向けた。彼は鎖かたびらを早朝の陽射しにきらめかせながら、床を踏みならしてみせた。

「さっさと寝室から出てください、ラモンさま！　ぐずぐずしたい気持ちはわかりますが、もう朝なのですから」

ラモンがため息をもらした。彼はイザベルにウインクすると、部屋を横切って友人のもとへ行った。ふたりが去ると、ミルドレッドが大騒ぎしながら部屋に入ってきた。

「なんてすてきな塔でしょう！」乳母が大声を出してイザベルにシュミーズを手わたした。「すごく広々していて。旦那さまのご家来のみなさんですでにいっぱいなんですけれど、それでもまだ余裕があるんですのよ。旦那さまが、もっと石を切りだすために、ご家来の三分の一を送りこみました。来年には、ほんものの城塞ができあがっていることでしょうね」

上機嫌なのはミルドレッドだけではなかった。だれもが陽気に見えた。階段を下りていくときも、さらに多くの笑顔が目についた。作業する女たちは、鼻歌まで歌っている。

まだ収穫の最中ということもあり、半分だけ仕上がった新しい厨房を機能させる作業が急ぎ進められていた。煮こんだり、醸造したりする仕事が残っているのだ。イザベルは大きな炉床のひとつを、鹿肉を炙るために確保しておくことにした。子どもたちは期待を胸に、唇を舐めはじめた。そういうごちそうにありつける機会は収穫祭だけで、それはまだ一か月も先だった。子どもたちは塔の前階段に腰かけ、ラモンたちの帰りを待ちわびた。

「彼はバロンですぞ、レイバーン卿」家来たちは昔から忠実だったが、ジャックがたっぷり報酬を支払っているからというのがその唯一の理由だった。

「しかしあいつが生きているかぎり、目当てのものを手に入れることができない」

それでも家来たちはためらっていた。彼の背後にいる男たちも顔をしかめている。

「おれがあの未亡人と結婚すれば、新しい塔も手に入り、おれに忠誠を尽くす者はさらに金を手にできる。それに、あそこの女どもにムスコを慰めてもらえるぞ。あいつらの亭主は、十字軍遠征からまず戻ってこないはずだからな」とジャックは告げた。「なぜおれがこんなところにいると思う？　リチャードには十字軍でせいぜい頑張ってもらえばいいさ。おれたちが賢くもここに残っているのは、略奪品があるからだ」

家来たちがにやにやしはじめた。

「しかしあの女には、まず未亡人になってもらわないと」ジャックはその言葉の意味を家来たちの頭に浸透させた。みな、すぐにこの計画の利点に気づき、二手に分かれて森を抜けていった。ジャックも加わった。ラモン・ド・セグレイヴのからだに剣をふるうのが、楽しみでならない。

父上を落胆させるような結果には、しないつもりだ。

日が沈むと、幼い子どもたちが塔の前階段に腰を落ち着けた。みな興奮に浮き足立ち、男たちの姿が見えはしまいか、炙る鹿肉はまだかと、道に目をこらしていた。

「見えた！」ついに声が上がった。みな立ち上がり、やんやと手を打ち鳴らし、興奮に顔を輝かせた。ところがそのあと拍手が途絶え、イザベルの背筋に冷たいものが走った。彼女は塔から飛びだし、庭へと戻ってくる馬の背にラモンの姿をさがした。あたりに生々しい血の臭いが満ちたが、鹿肉は見当たらなかった。

恐怖がイザベルを貫いた。けが人はいないかと男たち一人ひとりに目をやるあいだ、時間がやけにゆっくりと感じられる。

ラモンがうなり声を上げながら、馬の背から滑るように降りた。家来たちがいっせいに駆けより、隊の仲間が馬から降りるのに手を貸した。

「レイバーンのやつが、待ち伏せしてやがった」とアンブローズがいい放った。

家来たちが悪態をつき、こぞって地面につばを吐いた。

ラモンが片手を上げ、「待て」と怒鳴った。みな、即座に口を閉じた。イザベルはその場に凍りついた。夫の指が血に赤く染まっている。

彼の血だ。

「報復は禁じる」ラモンがきっぱりといった。

彼は一瞬その場に立ちつくしたあと、塔をふり返った。その亡霊のような白い顔を見て、イザベルの隣にいたミルドレッドが息をのんだ。イザベルは唇を噛みしめ、涙をこらえた。

ここは気を強く持たなければ。

ラモンがよろめきながら彼女に近づいてきた。階段を一段も上がることができないとわかると、ようやくアンブローズの手を借りた。彼のタイツは血でぬらぬらと光り、太腿にはまだ矢が刺さったままだった。

「奥さま?」アンブローズが懇願するように声をかけた。

その声が、ショックでその場に凍りついていたイザベルをはっとわれに返らせた。「厨房へ」彼女はそう指示し、くるりと背を向けて通り道にいる者たちに道を空けさせた。「ミルドレッド?」

「いま、まいります」ミルドレッドがそう応じ、アンブローズがラモンに肩を貸して新しい広間を抜けていった。

「この広間をここまで広くしようといったのは、どこのどいつだ?」ラモンが不平をこぼした。

「ラモンさまですよ」とアンブローズが答えた。

彼らが入っていくと、厨房で作業していた女たちがいっせいに悲鳴を上げ、ラモンが運ばれる前にあたふたと長い作業台を片づけはじめた。しかしラモンは鼻を鳴らし、そこに横たわるのを拒んだ。彼は台の端に腰かけ、脚をのばした。

「こんちくしょう」矢を摑みながら、そうつぶやく。

「引っ張ってはだめ」とイザベルが制した。彼の手をさっと両手で押さえこむ。「筋肉が切れてしまうわ」

「ここは奥さまにお任せくださいい、旦那さま」とミルドレッドが忠告した。「手当ての方法は、あたくしがしっかり教えこんでおりますんで」

「このいまいましい矢が脚から抜けるのであれば、なんでもいい」

ミルドレッドが台にかごを置いた。イザベルはそこから巻かれた麻布を取りだし、結び目を解いた。布を広げると、ポケットにいくつか小さなナイフが入っていた。そのうちの一本を手に取り、それで彼のタイツを切り裂いた。

「さっさとやってくれ……」とラモンがいった。

「まずは準備を整えないと……」イザベルはそういって、なだめるように彼の脚をさすった。

「そうしないと、大量に出血してしまうわ」

彼女は震えるからだを必死に抑えこんだ。

ミルドレッドが、かごから取りだした粉末を沸騰した湯に混ぜた。鎮痛作用のあるヤナギの樹皮だ。つづいて、止血のためにキノコから採った粉末を広げた。

そのあとミルドレッドは炉から鍋を取り、台に置いた。べつの女が蜜蠟のろうそくをテーブルに設置して火をつけたが、その甘い香りを楽しんでいる余裕はなかった。イザベルは麻布から長い銀の針を取りだし、ろうそくの火にかざした。熱が冷めたところで、ふたたび麻布に戻した。

意識を集中させなければ。

でも、なかなかできない。

なぜ自分がここまで動揺しているのか、その理由について考えている暇はなかった。傷口の手当てをしたのは、これがはじめてではないというのに。

ナイフを手に取り、それも火にかざした。刃がすっかり熱くなったところで、彼女はラモンに向き直った。

胃が締めつけられるようだ。

アンブローズがラモンに腕を絡ませていた。ミルドレッドがラモンの歯に革を嚙ませようとしたが、彼は拒んだ。彼はイザベルににやりと笑いかけた。はじめて会ったときのような、横柄で、高飛車な顔つきだ。

「きみの腕を信じているよ、イザベル」

ああ、神さま……

イザベル本人は、自信がなかった。そんなのはおかしい。これまで、もっとひどい傷の手当てをしたこともあるというのに。しかしラモンの血を見ると、のどに胆汁がこみ上げてくる。

もうそこまで！　あなたはこの塔の女主人なのよ……

彼女はごくりとつばを飲みこみ、矢を見つめた。無理やり引き抜くより、切開して取りのぞくほうがいい。傷口なら縫うことができるから。彼女はナイフの柄を摑み、作業に取りかかった。額に玉の汗を浮かべて取り組んだ結果、無事に矢を取りのぞくことができた。ミルドレッドが先ほどつくった溶液を手わたしてくれたので、傷口に注いだ。

ラモンはすっと息を吸いこんだが、動きはしなかった。

「こうすれば、熱病にかからずにすむわ」と彼女は説明した。

「たしか前の亭主は、熱病で亡くなったのでは？」アンブローズがからかうようにいった。

イザベルは彼をにらみつけた。「あの人は、わたしが用意した薬をことごとく拒否したの。神頼みするだけだった」

「愚かな」ミルドレッドがふんと鼻を鳴らしていった。「神は、森に薬となる植物をたっぷり与えてくださったというのに。それをあたくしたち人間に利用させないのなら、どうしてそんなことをなさったというのかしら？　剣づくりの名人に、金属を鍛えるなというようなものでしょう？」彼女はしたり顔でかごのなかをのぞきこみ、満足げな笑みを浮かべた。

イザベルは傷口を縫いはじめた。しっかりと傷口が閉じるよう、深く縫い進めることだけに意識を集中させた。時間はじりじりと過ぎ、その遅さにイザベルは身を引き裂かれる思いがした。

傷口を縫うのに、こんなに時間がかかってしまうなんて！

ようやく終えると、イザベルは額と顔のわきを拭った。傷口には、長い麻布を巻きつけておいた。アンブローズがその場を離れ、できたての強いリンゴ酒を並々と注いだ酒杯を手に戻ってきた。

ラモンはうめきながらそれを飲んだあと、立ち上がった。

「休んでいないと」

夫は反論しかけたものの、脚が体重を支えきれなかった。「レイバーンのやつ、卑怯な」

彼はけっきょく作業台の端に腰を戻した。

イザベルは説明を求めて彼を見つめたが、ラモンはリンゴ酒をごくごくとあおるばかりだった。そこで彼女は、アンブローズに問いかけるような視線を向けた。

「あの悪党、攻撃を通告する前に矢を放ってきたんです。待ち伏せですよ。卑怯者のすることです」アンブローズが怒り交じりの険しい口調で答えた。「報復に向かわせてください」

ラモンが酒杯を下ろした。「やられたのは、おれの脚だ」

イザベルは、のどがからからに渇き、両手がふたたび震えてくるのを感じた。

彼の脚……つまり、報復する権利は彼にあるのだ。

収穫祭が近づき、塔の住人はだれもが胸躍らせるようになっていた。ただし、イザベルだけはべつだった。

子どもたちはふたたび塔の前階段にすわりこみ、道に目をこらしはじめた。いまは行商人の到着を待ちわびているのだ。夜になると冷えこみ、雨が降ってばかりいるようになった。最後の収穫物が運びこまれたあと、男たちは背の高いはしごを登り、きたるべき冬に備えて屋根の修復作業に取りかかった。年配者たちは早朝に川辺へ下り、氷の張りぐあいをたしかめた。畑には、翌年、家畜に与える干し草がうずたかく積まれている。

イザベルは、鎧戸の修理を点検したり、石鹸づくりを監督したりといった仕事に没頭しようとした。しかし、いつしか思いは脚の傷が癒えつつある夫へと戻ってしまう。夫はいままではずいぶん歩きまわれるようになり、その快復ぶりには心から感謝してしかるべきだった。

しかしイザベルは、ふたたび戦いに出かけられるほどに快復したら彼がなにをするだろうと思うと、恐ろしくてたまらなかった。そしてある朝、鎧の音で目をさましたとき、恐れていたことが現実になりつつあるのを知った。

トマスが腰かけに乗っかり、夫の鎧に肩当てをつけているところだった。イザベルは嫌悪感をのみこみ、ベッドから起き上がった。

従者が任務を終えるようすを見守るうち、それまでの充足感が急速に砕け散っていった。

「旦那さま、どこかへお出かけなの？」

ラモンがふり返った。髪は鎖かたびらのフードの下に隠れていた。トマスが兜を手にしている。ラモンが従者に手ぶりで扉のほうを示した。

若者が立ち去ると、イザベルはシュミーズ姿でアーチ戸まで進んだ。

「どうした、イザベル？」

彼女は下唇を噛み、恐怖心を隠そうとした。「関心を持ってはいけないの？」

鋭く強烈な彼の黒い目が、イザベルの視線に突き刺さった。「関心を持ったという程度ではないようだが」

イザベルはため息をもらした。「傷は治ったのだから、もういいじゃないの。どうして、殺される機会をもう一度差しださなければならないの？」

彼女の声は震えていた。もはや感情を隠しきれなかった。

ラモンの顔に不可解な表情が浮かんだあと、やわらいだ。

「心配してくれるのか」

イザベルは心を見透かされた気がしたが、なにもいえなかった。否定したら、うそをつくことになってしまう。彼女は床に目を落とした。ラモンが近づいてくる足音がした。そのやわらかな足音が、彼女の感情をせき止めていたダムを少しずつ崩壊させていった。イザベルはすばやく瞬きし、泣き崩れまいとした。

こんなふうに感じるなんて、どうかしている。それでも、気持ちを否定することはできなかった。

ラモンにあごを包みこまれた。彼の肌の匂いが鼻孔を満たす。イザベルはどうしようもなく彼がほしくなり、ぶるっと身を震わせた。情熱よりも、はるかに深いところでラモンを求めていた。いまや、彼に心をすっかり奪われていた。

ラモンが彼女のあごを持ち上げ、目と目を合わせた。その黒い目には権威と力強さがみなぎっていたが、イザベルの骨にまで斬りこんできたのは、そこに浮かぶ決意だった。

「おれのことを心配してくれるのか？」彼がやさしくたずねた。

「あなたを危険な目に遭わせたくないの」心の吐露だった。魂から出てきた言葉だ。

「おれは騎士だ。だから、危険だからといって尻ごみするわけにはいかない」揺るぎなく、力強い口調だった。イザベルは彼のそういうところがなにより好きなのだが、それは同時に不安をかき立てられる要因でもあった。

「あなたが報復のために馬で出かけていくのが、いいことだとは思えないの」

ラモンの表情がふたたび慎重になった。「そうするのに正当な理由があれば、そんな心配そうな顔をしないでくれるのか？」

イザベルは彼の目を探り、そこに自分と同じくらいの思いやりがあるかどうかをさがそうとした。もし彼のほうはそれほどでもないとわかれば、それに耐えられる自信がなかった。

「それは無理でしょうけれど、でも、とやかくいうようなことはしないわ。あなたは臆病者ではないという証なのだから」

彼がゆっくりと笑みを広げた。「女に反論されてうれしく思う日がこようとは、思わなかったよ」

「わたしも、あなたの命が危険にさらされることを心配する日がくるとは思わなかったわ」

しかしじっさい、心配だった。

ラモンが引き下がった。「きちんとしたあつかいを受けた女が満足するのは、当然だ」

「あなたのほうは、満足していないの?」

「この結婚には、非常に満足している」その口調には熱がこもっていた。彼が負傷してからというもの、ずっと失われていた炎が感じられる。

しかしそれは肉欲であり、イザベルの情熱はもっと深いところに根ざすようになっていた。

「そういう意味ではなくて」

ここは口を閉じておくべきなのだ。彼をそそのかしてはならない。いまは彼女のもろい一面が表に出てしまっている。ラモンが顔に浮かべた不可解な表情のせいで、その一面がひどく傷ついていた。

「男と女はちがう」と彼がいった。

やさしさから出た言葉だろうが、イザベルは針のように突き刺さる拒絶を感じた。身をこわばらせると、ラモンが表情を硬くした。名誉ある男であるがゆえに、うそをつくことはできないのだ。たとえ、彼女の心の傷を癒やすためだとしても。イザベルはその場から逃げだしたくなり、くるりと背を向けた。しかしベッドが視界に入ると、もうだめだった。目から涙が二粒こぼれ落ちた。

　ラモンが短いため息をついたあと、近づいてきた。イザベルがふり返る間もなく、彼の両腕がからだに巻きついてきた。鎧の硬さが、彼にとって自分は肉欲の対象であり、心を許した相手ではないことを痛感させた。

「報復に出かけるわけじゃない。収穫祭の段取りを決めに行くだけだ。鎧を身につけたのは、卑怯者のジャックのせいで、祭りのあいだ傷の手当てをして過ごしたくはないというだけのことだ」

　イザベルは安堵のあまり身を震わせた。彼の前でも、それを隠しきれなかった。ラモンがそんな彼女の腕をさすり、耳に温かな吐息を吹きかけた。

「きみに気にかけてもらってうれしいよ、イザベル」

　でも、あなたはわたしのことを気にかけてくれないのね。こちらから、あなたにそれを求める権利はない。愛は、頭のおかしな者だけが抱くものなのだから。

　それでもラモンが立ち去ったあと、イザベルは告白に応えてもらえなかったことに、いつしか泣き崩れていた。

　どうやら彼女の結婚生活には、いまだ心の傷がつきまとっているようだ。

10

収穫祭はよろこびの時だ。

イザベルもにこやかに過ごそうとはしたものの、なかなか笑みを浮かべることができなかった。

わたしは求めすぎるのよ。欲張りだわ。

たしかにそうだ。それでも彼女は、ラモンが口にしなかったことが、気になってならなかった。

ほんとうなら、夫婦の寝床が温もっているだけでもありがたく思うべきだった。もう、寝室の外に夫の足音が聞こえはしまいかと怯えることもない。ラモンが隣に寝ているとなれば、今年の冬はいままでよりはるかに心地よく過ごせるはずだ。

「あらまあ、きょうはもっとしゃれたお召しものにしなくては」ミルドレッドが部屋に入るなりいった。彼女は腰帯に吊した鍵の束から一本取り、衣装箪笥の鍵穴に差しこんだ。メイドがふたりついてきて、箪笥の蓋を開けるのに手を貸した。蝶番《ちょうつがい》が悲鳴を上げる。

「鳶色《とびいろ》のがよろしいでしょう」とミルドレッドがいった。

メイドが鳶色のローブを掲げ、満足げにほほえんだ。イザベルが両腕を上げると、メイドたちがローブを着せようとしたが、胸のあたりでつっかえてしまった。引っ張ってトゲようとしたものの、窮屈だった。

「今度の結婚はうまくいっているようですわね」ミルドレッドはそう感想を述べたあと、手ぶりでメイドにローブを脱がせるよう指示した。ミルドレッドはほかのローブをさがそうとはせず、イザベルにひたと視線を据え、しばらく彼女のからだをつぶさに観察していた。

メイドたちがべつのローブを手に戻ってきた。今度のはすんなり入った。イザベルの目の色よりほんの少し深い青のローブだ。紐を結んでもらったあと、イザベルは、この冬のあいだに一着か二着、新しいローブをつくろうと決めた。胸が大きくなったようだが、ラモンの注目を浴びているからにちがいない。

塔内はがらんとしていた。みな、収穫祭に出かけたのだ。祭りではごちそうがふるまわれ、数々のお楽しみが提供される。ダンスの音楽が奏でられるほか、旅芸人の技も披露される。幼い女の子が数人、前階段でイザベルを待っていた。麦の茎と乾燥させた花でつくった花冠を手にしている。きゃっきゃとはしゃぎながらそれをイザベルの頭にのせると、競うように彼女の手やローブを摑み、庭を抜けて祭りの会場へと引っ張っていった。

誘うような音楽が流れていた。修道士の多くも祭りに参加し、秋の名残を楽しんでいた。

なかには、そんな快楽主義的な場への参加を拒んで教会から出ようとしない修道士もいたが、参加した者はいかにも楽しげにチーズや菓子を売る露天商に近づいていった。

みな、まっ赤に色づいた木の葉と果実の花冠をかぶっている。長くのびたダンスの列が、太鼓やフルートの陽気な旋律に合わせて、やがて巨大な円を描いた。娘たちがくるくるとターンを決めるたびにロープがひざまでまくれ上がり、ラモンの男たちがしきりにはやし立てた。大勢が同じリズムに合わせて足を踏みならし、そのすさまじさときたら、大地を揺るがすほどだった。

たしかに、多少、快楽主義の気味はある。

少なくとも、肉感的だ。

それでも、わくわくする。

地面に炉が掘られ、そこで鹿二頭と猪一頭が炙られていた。料理人が焼けた肉を切り落としては、配っている。収穫祭の日は、領主がその忠誠心への感謝の印として領民に料理をふるまうことになっている。みな、リンゴ酒やビールをいつも以上にあおり、準備に費やした時間と労力をせいぜい取り戻そうとする。幼い男の子たちが料理人の近くにすわりこみ、ふくれた腹をさすりながら、だれがいちばん大きなゲップができるかを競っていた。

暴飲暴食の場だ。その日は日の出から日の入りまで、お楽しみだけに費やされる。娘たちは麻布の頭巾を塔に置きっぱなしにして髪を下ろしていた。未亡人ですら、かぶりものもせずに陽気に踊っている。

だれもが興奮し、肉を炙る匂いが、どんなみじめな顔にも笑みを誘っていた。

この冬、なにが起きるかはだれにもわからない。

イザベルはリンゴ酒入りの器を受け取ったものの、その匂いを嗅ぐと鼻にしわをよせた。胃がむかむかしてきたので、すぐに器をわきへ置いた。

「お飲みにならないので？」とアンブローズがたずねた。

「ええ」

彼がにやりとしてイザベルが放棄した器を手に取り、中身をのどに流しこんだ。「では、いただきます！」

イザベルは笑みを浮かべると、ふたりの女の子と一緒に、訓練した犬を二頭連れた芸人を見物に行った。女たちとのダンスも楽しんだが、午後になるころには、独身女性がこぞってラモンの家来と腕を組んで消えていた。旅芸人たちもほぼ仕事を終え、住人から小銭を稼いだいま、順番に炙り肉を味見している。

しかし丘のふもとでは、男たちがあいかわらず騒いでいた。歓声が何度か聞こえたあと、なにかがぶつかる音が響きわたった。ミルドレッドがしきりに引き離そうとしたが、イザベルは、なにをしているのかと男たちの一団に目をこらした。

「奥さまの行くところではありません」とミルドレッドがいさめた。

雄叫びが聞こえた。より集まった男たちは、なにかを熱心に見物しているようだ。

イザベルは男たちのもとに行こうとしたが、ミルドレッドに行く手を遮られた。

「あの人たちは格闘技をやっているんです。淑女の見るようなものではありません」

「格闘技？」

またしても歓声が上がり、男たちの輪がさっと左右に開いたと思ったら、そこからふたりの男が転がりでた。地面で取っ組み合っている。裸の胸をさらし、うなり声を発しながら、素手で相手を引き裂こうとしている。

片方は、ラモンだった。

ラモンがよろめきながら立ち上がり、宙に腕を高く突き上げて勝利を宣言した。イザベルはかっとして腰に両手を当てた。彼は男たちの輪を一周しきったところで、イザベルの姿に気づいた。彼が足を止めると、家来たちが顔を上げて彼女を見つめた。

イザベルの姿に気づくや、ヤジが飛んだ。笑い声が高まり、やがて地面で笑い転げる者まで出てきた。

「奥方がご立腹だ！」

「ご機嫌を取らないと、そっぽを向かれちまいますぜ！」

「女を不機嫌にすると、アソコの使い道がなくなりますぞ！」

「耕すべき畑は、いくらでもありますよ！」

ミルドレッドがイザベルの腕を引っ張った。イザベルはついにぷいとあごを上げ、男たちに背中を向けた。

たんなる酔っ払いだ。

男たちはあいかわらず冗談を飛ばし合っていた。イザベルがふり返ると、夫がこちらに向かっていた。愛馬に飛びのり、一目散に迫ってくる。イザベルはきゃっと悲鳴を上げてあとずさりし、ロープの前を摑んで走りだした。それを見た男たちは大よろこびだ。

ほんの少し走ったところで、ラモンにすくい上げられた。男たちがやったとばかりに雄叫びを上げる。

「下ろして！」

「やだね」彼がそういってイザベルを裸の胸に抱きよせ、馬の首に向かってかがみこんだ。

「おれのあばずれを奪わなければ」

「あなた、臭うわよ」イザベルはからかうようにいった。

ラモンは汗まみれで、土の匂いが染みついていたが、その肌の香りには思わずうっとりさせられた。イザベルの下腹部が欲望に引き締まり、そこに彼を受け入れたくなってくる。

「おれを裸にしたければ、愛しい妻よ……ひと言そういってくれるだけでいい」イザベルは地面に下ろされ、気づくと浴場の前にいた。ローブの乱れを直すやいなや、ラモンにふたたび肩に担ぎ上げられた。戸口は低く、ラモンは彼女を抱えたまま通るにはかがまなければならなかった。

「きみのためなら、よろこんでおれの一物を解き放とうじゃないか」

ふたたび下ろされたとき、イザベルは彼の息にリンゴ酒を嗅ぎとった。彼は、それまで見せたこともない幸せそうな笑みを浮かべている。目は腫れ、あごには黒っぽい痣が浮かんでいるというのに。

「こんな乱暴なまねをして、わたしが感動するとでも思うの?」

ラモンが歯をむき出しにして大きな笑みを浮かべた。「おれが絶頂に導いたときは、感動してるよな」

「いいかげんにして」イザベルは腰に両手を当てた。「あなたの乱暴なお楽しみにつき合うのはお断りよ」

イザベルはその場をあとにしようとしたが、彼に引き止められた。

「背中を流せ」

元夫と同じ命令口調だ。イザベルはさらに一歩戸口に向かった。

「わが妻よ」とラモンが食い下がった。「背中を流してくれ」

イザベルはふり返った。むかっ腹が立ったが、足を止めた。悔しいけれど、そういう命令にはしたがうようしつけられてきたから。

ラモンの顔に傲慢さは浮かんでいなかった。そのうれしそうな目のきらめきが、イザベルの琴線に触れた。

しかしその顔をよくよく見たとき、ふたたび怒りが燃え上がった。目もとは腫れてまぶたが垂れ下がり、あごには少なくとも痣が三つ浮かんでいる。彼がにやりと笑いかけたとき、歯に血がついているのが見えた。

「まるで子どもじゃないの」イザベルは足を踏みならすようにして水桶に向かい、浴槽に水を流しこんだ。「どうして危険なまねをするの？　年を取れば、すぐに歯がなくなってしまうわ」

「祭りを祝っているだけじゃないか」ラモンが腕を曲げると筋肉がこんもり盛り上がり、イザベルの体内に熱気を送りこんだ。

「祝っていたんじゃなくて、戦ってたんでしょう」彼女は咎めるようにいった。

ラモンが肩をすくめた。「戦うのは好きだ」

「あら、戦うのが好きなのね？」イザベルはたたみかけるように言葉を継いだ。「そうですか、ならいわせてもらいますけどね、わたしだって、毎朝、鷹を飛ばすのが好きよ。なのに、結婚生活をうまく送るためにも、自分の身を危険にさらさないよう説いたのは、あなたでしょう。なんなら、あなたが喧嘩騒ぎを起こさないよう、わたしの乳母を見張りにつけましょうか？」

彼が目にうっすら涙を浮かべるほど激しく笑い転げた。

イザベルは怒り心頭に発していた。ラモンがにやにやしながら開いているほうの目で彼女を見つめた。浴槽に近づき、そこに頭を突っこむと、さっとのけぞって水しぶきを浴場じゅうに飛ばした。

「きみに心配してもらって、うれしいよ」

「心配しているんじゃないわ」イザベルはそういい張りながらやかんを掲げ、浴槽に湯を注ぎ入れた。まだ沸騰してはいなかったが、この野蛮人には生温《ぬる》い風呂がふさわしい。

「しているじゃないか」ラモンがチュニックを頭から脱ぎ捨てながらいった。そのままじゃぶんと浴槽に浸かる。「認めろよ」

「あなたが自分の愚かさを認めるまではいやよ」首筋がやけに熱く、胸のあたりが窮屈でならない。

「きみの腿で締めつけてほしくてたまらないことは認めよう」

イザベルははっとして、彼の背中をこすろうと用意していた麻布を放り投げた。「あなた、酔っ払ってるのね」

「きみの甘い魅力に酔いしれてるのさ」とラモンはいった。

「もうここまでよ」とイザベル。「あとは従者にお世話してもらえばいいわ」

イザベルは、わけのわからない感情の荒波に揉まれ、あがいていた。ふり返って戸口をさがそうとしたが、背後でひゅっと音がしたと思うと、ラモンに摑みかかられていた。

「やめて！」

「おれよりきみのほうが頭を冷やす必要がありそうだぞ、イザベル！」

ラモンが悲鳴を上げるイザベルを浴槽に放りこんだ。「服が――」

「こうなったからには、脱ぐしかないな」彼がローブの紐を引っ張った。

「やめて、ラモン」

彼は聞く耳持たずで、ローブの紐を引っ張りつづけた。イザベルは彼の手から逃れようとしたが、浴槽の湯をじゃばじゃば床にこぼすばかりだった。逃れようとするたび、湯が巨大な波となって浴槽の縁を乗り越えてしまうのだ。夫は容赦なくローブのあちこちを引っ張り、やがて報償とばかりに掲げてみせた。

イザベルは浴槽のなかに隠れようと、身を低くしてひざを突いた。「恥ずかしいと思わないの？」

「きみが相手なのに？」目の前に立つラモンは、素肌をさらしたまま、たじろぐことすらしなかった。「いいや。はっきりいわせてもらうぞ。きみのほうこそどうなんだ。おれに抱かれているときのきみは、ひどく恥知らずになるじゃないか」

イザベルはてのひらで湯をすくい取り、彼に浴びせかけた。「いやな人」

ラモンは気にもせず、その黒い瞳を彼女の乳房に向けた。「きみはいい胸をしている」

イザベルははっと身をこわばらせた。ジャックが同じようなことをいっていたのを思いだしたのだ。そのときの記憶がよみがえると同時に当時の恐怖が呼びさまされ、涙があふれてきた。せき止めようがなかった。大粒の涙が頰をぽろぽろとこぼれ落ち、イザベルはこみ上げる嗚咽《おえつ》を必死にこらえようとした。

ラモンが大きく目を見開いた。

今度こそ、ラモンに疎まれてしまう。めそめそする女を相手にしたがる男など、いないのだから。そう思うと余計に泣けてきた。自制心のなさが恥ずかしくて、イザベルは顔を背けた。

「もう放っておいて」と彼女はつぶやいた。

「いやだ」ラモンが彼女を抱き上げ、腕のなかに包みこんだ。「悪かった」彼はこめかみに口づけしながらいった。「いままで、おれのことを愛してくれる女なんて、いなかったから」

イザベルは彼の腕をすり抜けた。「愛しているだなんて――」

しかし、ラモンを愛していることはまちがいなかった。

それがわかっているだけに、偽りの言葉が唇で引っかかったのだ。最後までいえなかったのは、彼の表情を見てまた泣きたくなったから。そこには希望と欲求が満ちていた。まさか彼に求められるとは思っていなかった、ふたつの感情だ。

「ええ……そうね」

ラモンが小さく笑い、ふたたびイザベルに腕をまわした。今度は、麻布でくるんでくれた。

「心配させて悪かった。男は戦うものだ。それしか知らずに生きてきた。許してくれ」ラモンが髪に顔を埋め、深々と息を吸いこんだ。「おれが謝る相手は、きみ以外にはひとりもない」

それは愛の告白とはちがう。

思いやりだ。

そう考えても、イザベルの傷ついた心は慰められなかった。

欲張りだわ……

たしかにそうだが、どうしようもない。心のどこかでつい期待の炎が上がってしまい、それがあまりに強烈なために、どうにかなってしまいそうなのだ。ラモンが愛を返してくれなかったら、その燃えさかる炎にのみこまれてしまうのではないかと恐ろしかった。

いまの結婚は、以前とはちがう種類の拷問だった。もしかすると、教会の教えのとおりなのかもしれない――現世に誠の幸せなどないのかも。かすかな光があるだけで。

そこでイザベルは、いま目の前にある機会に乗じることにした。

からだをすりよせて彼の胸をさすり、その硬い感触を楽しんだ。ラモンが満足げな低い声を発し、乳房を手で包みこんできた。一方イザベルは、彼の硬く屹立したものを手探りした。

それをなで、てっぺんを指でなぞり、精が詰まった袋までたどっていく。

「きみはほんもののあばずれだな、イザベル……なんて激しい女なんだ」ラモンがうなじを手で包みこみ、口づけした。その激しさが、イザベルの体内になにかを放った。先ほどまでの怒りが、彼の唇の感触を味わううちに情熱へと姿を変えていく。

思考が散り散りに飛んでいったが、引き止めようとはしなかった。

ところがラモンがさっと身を離し、下着をすべて脱ぎ捨てた。「おれはたしかに汗臭い」

ラモンは大急ぎでからだを洗いはじめた。そのあわただしい動きのせいで、浴槽の縁に湯がびしゃびしゃかかっては跳ねた。

「ラモンったら」イザベルは小さく笑いながらいさめた。

彼が少年を思わせるような顔を向けた。「きみの注目を浴びたいと必死なのに、だめなのかい？　きみをよろこばせたくてたまらない。それは一種の褒め言葉だぞ」

イザベルはふたたび笑い声を上げたが、今回はそこに官能的な響きが加わっていた。ラモンの表情が変わり、興奮に輝く目で彼女を魅了した。イザベルは、自分でも持っているとは気づかなかった自信がわいてきた。

「じゃあ、どうかしら……」彼女はラモンに近づいた。「どうせもう床はびしょびしょだし」

「イザベル」ラモンが、彼女を自分の一物に導きながらうなるようにいった。「きみはまちがいなく、人もうらやむ褒美だな」

ラモンの硬くなったものをとらえると、悦びが全身を貫き、イザベルは息をのんだ。

これほどひとつの行為を楽しめるなんて、不思議だ。

その理由はわからなかったし、それについてつくづく考えたいとも思わなかった。唇からもれるのはやわらかなあえぎ声だけで、イザベルはからだを安定させようと彼の肩に手をのばした。

「そうだ、美しいイザベル……望みのものを手に入れろ」

「そうするわ」こんなにはっきり要求を口にするとは自分でも驚きだが、それが本心だった。

「あなたがほしくてたまらないの、ラモン」

そんな邪な告白をしたことに、イザベルは上機嫌になった。彼の上に覆いかぶさり、左右に両ひざを突いてからだを下ろしていく。動くペースが速くなるにつれ、浴槽の縁から湯がざぶざぶとこぼれ落ちた。

「おれもきみがほしくてたまらない」その口調には、野蛮さがにじんでいた。そう聞こえただけでなく、感じることができた。肌がちりちりと刺激され、粟立ち、乳首が硬くなる。

「あなたが必要なの」

ラモンが表情を険しくし、ざぶんという音とともにイザベルを抱えたまま立ち上がった。そのあと彼女のからだをくるりと裏返し、浴槽にひざを突かせ、押さえつけた。

「もう我慢できない」ラモンが背後からふたたび深々と貫き、両手でその腰をがっしり摑んだ。

イザベルは息をのみ、からだを安定させようと浴槽の縁に手を突っ張った。突き上げられるたび、床に湯がこぼれ落ちる。しかし同時に、悦びが矢となって体内を貫いていく。心臓の激しい鼓動に合わせようと、あえぐように呼吸した。ラモンが激しく腰を打ちつけて野蛮なリズムを刻みつつ、一物を彼女に出し入れしている。

「もっと」イザベルは要求した。「もっと！」

「ああ、望みを叶えてやる」彼が耳もとでうめくようにいい、さらに速く、激しく、突き上げはじめた。彼女の腰を高く掲げて水面から出し、立ち上がって脚の力も利用しようとする。イザベルは浴槽の縁に両手を突っ張ったまま、突かれるたびにさらに腰を押しだしていた。彼に向かってからだをぴんと張る。あらゆる筋肉が引き締まり、彼のリズムに合わせたいという欲望以外のものは、すべて情熱に燃やしつくされていた。

さらに大きさを増した彼のものを、イザベルの内部が締めつけた。ラモンがうなる。「まだだ……まだ！」

絶頂の波がいっきに押しよせ、イザベルは声を出すこともできなかった。目もくらむような快感だ。雷鳴のごとく炸裂し、全身を駆け抜けていく。背骨が折れそうなほどからだを弓なりに反らせたが、かまわなかった。とにかく、ラモンのものをくわえこみ、締めつけていたい。

ラモンが彼女の名前を叫びながら精を放った。熱い精が子宮に新たな満足の波を送りこむ。やがてふたりともひざを下ろし、ラモンが彼女の背中にぐったりともたれた。

「こんなふうにおれをひざまずかせるとはな」と彼がつぶやいた。「だがきみが一緒なら、どうでもいい」

イザベルも、ラモンが一緒ならどうでもいいと思えることがいくつかあった。

ラモンさえ、一緒にいてくれるなら。

翌朝、アンブローズも日の下にクマをつくっていた。テーブルについた彼のもとへ、メイドたちがあれこれ世話を焼きにきた。みな舌打ちし、鎮静作用のある湿布を当てがっている。片やアンブローズはその機会に乗じてメイドたちの胸の谷間を愛でていた。ラモンの唇は裂け、傷口に黒っぽいかさぶたができていた。ラモンがアンブローズの前を通り過ぎるとき、ふたりはたがいににやけ顔を向けた。下座につく家来たちも、にやにやしながらテーブルを叩いている。

男って……

騎士って……

イザベルとしては、少々うんざりだった。

じっさい、胃のあたりがむかむかした。そっぽを向いても、胃のむかつきはおさまりそうになかった。湯気を立てる粥が目の前に置かれると、その匂いが鼻についた。

イザベルは椅子を押すようにして席を立ち、こみ上げる吐き気をこらえながら厠《かわや》に走っていった。なにも入っていない胃が、ひっくり返りそうになる。発作がおさまったころには汗びっしょりになり、髪の生え際が黒っぽくなっていた。

「イザベル？」ラモンのやさしい声がした。

彼女はうめき声を上げた。「こんなところ、見なくてもいいでしょう」

しかし夫は引き下がらなかった。イザベルの肩を包みこみ、明るいところまで連れていった。ラモンの黒い視線が、彼女の顔と、震える下唇に注がれる。

「ベッドに戻るんだ」ラモンは彼女を抱きかかえた。「きみを熱病で失うなんて、ごめんだからな」

「熱っぽくはないわ」

説得しても無駄だった。ラモンは彼女を広間から階段へと運んでいった。人々が行く手からさっと飛び退き、彼のブーツが石床で立てるつかつかという音が響きわたる。みな椅子から立ち上がり、目を見開いてその光景を見守っていた。

「下ろして」イザベルは懇願した。

しかしラモンは彼女をきっとにらみつけた。「きみを失うわけにはいかない」

彼は声を引きつらせ、寝室まで運びきるころには息を荒くしていた。もっとも本人は、心拍数の速さには気づいてもいないようだが。イザベルを無事ベッドに横たえるまで、彼は足を止めようとしなかった。そのあと彼女のあごまで上掛けを引っ張り上げ、肩のまわりに押しこめた。

そのときになってはじめて、イザベルは彼の黒い目に懸念の表情が浮かんでいるのに気づいた。ラモンは彼女の額をさすり、やさしい手つきで髪を押し戻してくれた。

「きみを失うわけにはいかないんだ」

「あらまあ」ミルドレッドがむっとしたようすで戸口に現れた。「そんなことをおっしゃる必要はありませんよ、旦那さま」

ラモンが立ち上がった。「薬のかごはどうした？」彼は問い詰めるようにいった。「妻は治療が必要だ」

「大丈夫よ」イザベルはそう反論すると、上掛けを押しやり、ベッドのわきに両脚を下ろそうとした。「熱はないもの」

ラモンが彼女のひざを抱えて脚をベッドに戻した。「休むんだ、イザベル。監視役をつけてもいいんだぞ」

彼はふり返り、従者のトマスをにらみつけた。「薬のかごを持ってこい」

「はい、ご主人さま」若者が即座にそう応じた。彼がさっと戸口に消えたあと、ミルドレッドが深々と息を吸いこんでから反論した。

「あたくしのかごには、奥さまの患《わずら》いを治すものは入っておりません」とミルドレッドはいった。

ラモンがからだをこわばらせた。「ならば、なにが必要かいってみろ。手に入れるから」

ミルドレッドが腰に両手を当てた。「必要なのは、時間だけですわ」彼女は手をさっと払って彼をベッドから遠ざけた。「起きてください、奥さま。まだ時間はたっぷりありますからね、赤ん坊が生まれるまでは」

「赤ん坊？」ラモンがささやくような声でたずねた。

イザベルは起き上がろうとしたが、ひざに力が入りそうになかった。

「そうですよ」ミルドレッドがうなずいた。「きのう、ローブがきつくなったのを見て、そうじゃないかと思ったんです。まずは胸が大きくなりますからね」彼女はラモンをふり返った。「旦那さまの種が根づいたんですわ。ご結婚から、もう二月半になりますもの。それだけの時間が過ぎたとなれば、まずまちがいないでしょう」

たしかに、イザベルはあれ以来、月のものを迎えていなかった。

ラモンが笑みを浮かべた。顔がぱっと明るくなり、まっ黒な瞳さえきらきらと輝きはじめた。彼は雄叫びを上げ、イザベルを抱き上げた。彼女のからだを何度かくるくるまわしたあと、床に下ろした。ブーツのかかとを引きずるような音がして、家来たちが部屋の扉の前に集まった。アンブローズが彼らを押し分けて進みでたが、主人の顔に笑みが浮かんでいるのを見ると、はたと足を止めた。

「子どもが生まれるぞ！」ラモンが宣言した。「鐘を鳴らせ！」

階段の上がちょっとした騒動になり、間もなく教会の鐘が幸せな音を奏ではじめた。ラモンはイザベルの手を取り、窓際に連れていった。鎧戸が開け放たれ、雨の匂いがした。それでも人々は建物から庭に出て、歓声を上げていた。

ラモンはイザベルを階下から庭へと運んでいった。このときばかりは、だれもが日々の労苦を忘れ、音楽家たちが奏でる旋律が庭に響きわたった。

庭では、ドナルドも祝宴に加わっていた。

参加するよりほか、選択肢はなかった。だれもが踊っていた。だれかに手を摑まれ、輪に引っ張りこまれた。しかし本心では、それに抗いたくはなかった。これほど幸せな場に参加するのははじめてであり、いい気分だった。

いや、いいどころではない。この気持ちを正確にはなんと表現したものか、わからないくらいだ。しかし自分の任務を思いだすと、すぐに胃がねじれてきた。

うれしくもなんともない任務について、歌うことなどできるものだろうか？　彼はジャック・レイバーンに仕える誓いを立てていたが、本心では、ここシスル塔にとどまりたいと願っていた。ここの生活はちがう。それまで知っていた生活とは、まるっきりちがっている。

それでも、自分は誓いを立てた任務を背負っている。

ほんとうの意味で、男にあるのは名誉だけだ。地位は奪われるかもしれないし、金は盗まれることもあれば、簡単に使い果たしてしまうこともある。残るは名誉のみ。そしてドナルドは、バロン・レイバーンへの奉仕を厳粛に誓ったのだった。

あの誓いを守らなければ、神に知られ、天国に入れてもらえないだろう。そういう罪は、決して許されることがないのだから。

ドナルドは心がずしりと重くなったが、それでも肩を怒らせ、暗くなるとこっそり抜けだした。いまや森を抜ける道も、すっかり通い慣れていた。もう曲がり角の暗がりにきても、悪魔からお守りくださいとびくびくしながら祈りの言葉を唱えることもなくなった。深い闇を何度も抜けてきたが、子どものころからさんざん脅かされてきたように、悪魔が姿を現すことは一度もなかった。

邪悪さを感じるのは、レイバーンの宿営地を暗がりからながめるときだけだった。そこには神の威厳など感じられなかった。シスル塔の雰囲気とは、まったくちがう。焚き火を囲む男たちは、風呂に入らないために、煙以上に強い体臭を漂よわせている。狩った動物の腐った死骸が、森との境に放置されたままだ。ざっと見ても、ひげを剃っている者はひとりもいない。

それに、秩序もなにもなかった。男たちは表でも平気で娼婦を抱き、ことにおよびながら野獣のようなうなり声を発している。彼らが相手にするのは、下層民のなかでも最下層に位置する憐れな女たちだ。顔は焚き火の煤で黒くなり、地面に押し倒されてばかりいるためにローブのうしろが汚れている。彼女たちは無言で苦しみ、震える手と絶望的な顔で食べものを受け取るや、暗がりへ引きこもってはメス犬のようにがつがつと食べていた。

ここに神がいないことは、まちがいない。

それでもこれはドナルドに課せられた任務だ。罪を犯したくないがために、彼は沈む心で男たちのあいだを進み、入口にジャック・レイバーンの旗が翻る、宿営地の中心にある天幕へ向かった。


その夜、ラモンは眠りにつかなかった。

イザベルは床に入ってからほんの数時間で目をさましたが、隣に夫の姿はなかった。暗闇がいつもより冷たく感じられたが、迫りくる冬のせいとは思えなかった。

それとも、冬のせい?

夫婦生活に春はこないの?

涙がこみ上げてきたので、拭った。

ばかなことばかりいって。ラモンはほかのだれより、あなたに愛情を見せているじゃないの……

それはほんとうだった。

イザベルは、感情の波にさらわれて絶望の淵に落ちてしまう自分が情けなかった。お腹をさすってみても、まだほんの少しもふくらみは感じられない。やわらかく、少しずん胴になった程度だ。胸が痛かった。それだけはまちがいない。シュミーズの胸のあたりがきつくて、イザベルは生地を引っ張ってみた。

妻が妊娠すると、床をべつにする夫はたくさんいる。わかってはいたが、腹立たしかった。じつのところ、胸に刺すような痛みも感じていた。傷心のあまり、じっと横になっていられなかった。イザベルはベッドを離れて控えの間に行き、ラモンが机の前にいるかどうかをたしかめた。

いなかった。足の裏に当たる床は冷たく、部屋全体が不自然なほど大きく感じられた。涙がこみ上げてきたので、瞬きして押しとどめた。

もうやめなさい。まだそれほど遅い時間ではないのだし。

たしかにそうだった。ラモンはまだ広間にいるのかもしれない。仲間の騎士たちと楽しんでいるのかも。彼がそうしたいのなら、好きにさせておかなければ。

廊下で足音がしたと思ったら、扉が開いた。イザベルは目をしばたたかせた。自分の思いが彼を呼びよせたのか、はたまた夢を見ているだけなのか。肝心なのは、ラモンがそこにいるという事実だった。なめらかな、真夜中のような漆黒の髪をした彼が。

とてもたくましい人。あらゆるところが、その性格にいたるまでが、力強かった。

「寝てなきゃだめだろう、イザベル」

彼女は肩をすくめ、彼につづいてトマスが入ってきて脱衣の手伝いをはじめると、暗がりまで引っこんだ。腕を組んだとき、胸がシュミーズに押しつけられた。ラモンがこちらを見つめている。気づかれたくないことに気づかれたのはたしかだ。それでも今夜は、彼が理解を示してくれているのがせめてもの救いだった。

「お休み、トマス」

従者はそう声をかけられると、一礼してから引き下がった。扉のすぐ外、階段前に設置された寝台が、彼の寝床だった。

「体力をつけなきゃならないんだから」とラモンがいった。

「寝たわ。でも目をさましたら、あなたがいなかったから」イザベルは下唇を噛んだ。「べつに、あなたがいなければいけないというわけではないんだけど。ただ――」

ラモンが彼女を抱き上げてベッドまで運び、端に腰かけてタイツを脱いだ。

「あいつらが、祝杯を上げようとうるさくいってきたものだから……何度も、何度も」ラモンはベッドにごろりと横たわり、イザベルを抱きよせた。「あすの朝は、頭が割れそうに痛むだろうな」

イザベルははしゃいだ笑い声を上げ、そんな自制心のなさにはっとした。ラモンがおかしそうに笑って彼女の額に口づけした。

「アンブローズのやつ、おれを引き止めては楽しんでいた。いつの日か、やつに仕返しするときが楽しみだ」

イザベルは彼の腕に手を滑らせ、その存在感に身を震わせた。

ラモンがもぞもぞと頭を上げた。「どうして震えている?」

彼女はその質問を無視しようとした。愚かな娘を演じただけでも、充分情けないのだから。

ラモンが彼女のあごを包んで顔を持ち上げた。イザベルはため息をもらし、目を開けた。

暗闇のなかで彼の目はほとんど見えなかったが、その視線は感じられた。

「あなたがここにいてくれて、うれしい」

「それで?」ラモンは彼女がそれ以上いわずにいると、先をうながした。「話をぐずぐず引きのばすつもりなら、おれたちふたりとも、朝には頭ががんがんすることになるぞ。きみはなにかひどく悩んでいる。それがなにかわからなければ、こちらは眠ることもできない」

イザベルは目をすがめたが、すぐに肩の力を抜いた。彼がこちらの思いに気づいてくれたと思うと、胸が熱くなる。その悩みの中身を突き止めるまで、彼が追及をやめないとしても。

「妊娠したから、あなたが床をべつにするつもりじゃないかと思っていたの」そう口にしたあと、うしろめたさをおぼえた。彼の返事を待つあいだ、彼女の言葉が宙に浮いていた。

「ここはふたりの部屋だ、イザベル。部屋を分けるなど、ありえない」

「べつにわたしは、そうなっても文句をいうわけでは――」

「そんなことをいわれると、傷つくよ」

イザベルは目を見開いた。「そうなの？」ささやき程度の声だったが、魂からの言葉に感じられた——世間の常識に囚われない、本心からの声。

「男の人って、たいてい——」と彼女はいいかけた。

「世間一般で考えられているような男の生き方には、充分したがっているつもりだ。しかしこの件にかんしては、自分の思うとおりにする」とラモンが遮った。彼はイザベルの頬をかすめたあと、横たわり、ふたたび彼女を抱きよせた。「ここ以外にいたい場所などない。正直にいえば、きみが隣にいる必要があるんだ」

それはひとつの告白だった。彼の心臓の音を子守歌に眠りに落ちながら、イザベルはその言葉をしみじみ味わった。

それで充分だった。

充分のはず。

男が女のように愛することはないのだから。

ジャックは憤怒《ふんぬ》に駆られていた。悪態をつき、さらにドナルドを殴りつけたが、少年は間もなく意識を失って地面に崩れ落ちた。

「いまいましい！」ジャックは声を荒らげ、失神した少年につばを吐きかけた。

彼はうろうろと天幕内を行ったりきたりしながら、ロクサナに目を向けた。そちらにもがなり立てたが、彼女のほうは目に恐怖を浮かべることもなく、彼をまっすぐ見つめ返してきた。「失せろ、女。いまはおまえのからだに慰められている場合ではない」

「わたくしには、ご主人さまが必要とする知識があります」

ジャックはワインをごくごくとのどに流しこみ、袖で口もとを拭った。「頭を使うのはやめろ、ロクサナ。おれがそばに置きたいのは、おまえのからだだけだ。身のほどをわきまえない女に用はない。口を閉じておけ」彼が悪意をたっぷりこめて警告した。

それでもロクサナは縮み上がらなかった。それまで見せたこともないほどの自信をみなぎらせ、前に歩みでた。

「ご主人さまに、女の知識を授けて差し上げたいのです」彼女は小さくのどを鳴らした。「ハーレムでは、ほかの女に主人の息子を産ませないことが肝心です。そうやって、妻の座を奪われまいとするのです。母からその方法を教わりました」

ジャックは酒杯を口もとに掲げようとしたところで手を止めた。「おまえは市場で買った女だ。もっと世わたりがうまければ、ありふれた奴隷市場に出されることはなかったはずだぞ」

「わたくしは、ご主人さまが床をともにしたほかの女たちのように、退屈でしょうか？」彼女がよどみなく問いかけた。「それとも、母に仕込まれたわたしの技に、お気づきでしょうか？　ありふれた技ではございません」

彼はゆっくりとワインをあおった。「たしかに、おまえに退屈したことはないがな」

ロクサナが笑みを浮かべた。彼の無味乾燥な感想を褒め言葉と取ったのだ。ジャックとしては、ロクサナを慰みもの以上の存在にするつもりは毛頭なかったが、彼女がなにを口にするのか聞いてみたかった。それまでは気づかなかった輝きが、女の目に宿っていた。それに女のなかには、悪巧みに長けている者がいる。この世を支配しているのは男だが、女にも利用価値があることを忘れる男は愚か者だけだ。あるいは、男が眠りに落ちたとき、きわめて危険になる女がいることを忘れるのは。彼はロクサナを自分の天幕から引きずりださせようかと考えた。そのほうが安全かもしれない。なにしろ、この女は思っていた以上に頭がいいようだから。しかし彼女の目には自信がみなぎっているのも事実で、それがたんなるホラなのか事実なのか、たしかめたかった。

「おれにとって、なにか価値のあることを知っていると？」

「母にも敵がおりました。そのうちのひとりが、母に赤ん坊の命と妻の座を奪われたことを恨み、わたくしを盗んで売り飛ばしたのです」ロクサナが手を掲げ、てのひらを開いて小さな革の袋を差しだした。液体を入れておけるよう蠟が塗られており、口はきっちり締まっていた。「しかしその女が赤ん坊を失ったことに変わりはありません。これのおかげで」

ロクサナが天幕のなかを横切った。神話に登場する妖婦のように、身にまとったローブが小さなさざ波を立てた。例によってジャックは欲望をかき立てられたが、きょうばかりはこの女への警戒心を緩めてはいけないような気がした。

彼女がジャックの手を持ち上げ、そこに革袋を置き、てのひらに包みこませたうえで、指の背に口づけした。彼を見つめたとき、その目に良心の呵責はなく、あるのは賞賛だけだった。

「材料はどこで手に入れた？」とジャックはたずねた。酒杯を下に置きながら、これまでこの天幕に見張りをつけなかった自分の愚かさにふと気づく。「それを手に入れるための金はどうした？」

ロクサナが化粧品と私物を収めている小さな収納箱を指さした。「材料はすべて、ご主人さまの許可なしに身ごもらないための薬と同じです。効き目を強くしただけなのです。早い時期に飲ませれば、赤ん坊を流すことができます」

呪術か。

ジャックはあごひげをさすりながら、お気に入りの女をまじまじと見つめた。そう、たしかにこの女はお気に入りだ。慰みものにして、遊ぶだけの女。しかし、思っていた以上に賢い女のようだ。

「わたくしなら、ご主人さまのご子息を産んでみせます」ロクサナが目を輝かせながらいった。「強い息子たちを。ご要望とあらば、娘が生まれたときには首を絞めてみせます」

真に迫る言葉だった。そのときはじめて、ジャックは目の前の女の冷酷さに気づいた。彼はその小さな革袋を指にぶら下げた。「これはどう使えば効くのだ?」

彼女が瞬きし、落胆を隠そうとした。

「飲みものに混ぜるのです。ただし、それをすべて飲み干す必要があります」

ジャックは革袋をてのひらに収め、うなずいた。「これが効き目を発揮したら、おまえの提案について考えてみよう」

うそだった。

しかしそんなことはどうでもいい。この女はキリスト教徒ではないのだから。この女ののどをかき切ったとしても、だれも咎めはしない。家来たちはこの女について、こそこそと陰口を叩いている——が、やつらにどう思われようが気にしなかった。主人はこのおれなのだ。

ロクサナが笑みを浮かべた。その黒い目がよろこびに輝いている。彼女は寝室に引き下がり、戸口に立ってローブの前を開いた。指で平らな腹をなぞっていく。「丈夫な息子を産んでみせます、ご主人さま。ご要望にすべてお応えいたします。だれよりも忠実な妻になってみせます」

ジャックはふたたびうなじがぞくりとするのを感じた。今度こそ、この天幕に毒ヘビがいることを確信した。

そろそろこの女を始末しなければ。

しかし、いまこのてのひらのなかにある革袋は、必要だ。

だからきょうのところは、生かしておこう。

なんと邪悪な。

ドナルドは、手のなかにある革袋に肌を焼かれているような気がした。袋をまじまじと見つめながら、どうしたらいいのか、と苦悶する。善と悪の境目があいまいになってきた。いままでの人生で学んできたことに、いきなり疑問がわいてくる。

主人に疑問を抱くのは、神に疑問を抱くのと同じこと。

何度そう聞かされてきただろう？

数えきれないほどだ。なにしろ教会の教えなのだから。バロンの地位は神意によって与えられる。玉座に就く者が神に選ばれるのと同じだ。そして自分は、同じ理由で従者となった。それに疑問を差し挟むなど、神の思し召しにつばを吐きかけるようなものではないか。

革袋がてのひらをひりひりと刺激した。

シスル塔に近づくと、ドナルドは新塔に目を向けた。日中に飛び交った祝いの言葉が、こだましているようだ。ところがいま、そこにはその幸せを奪う闇があり、そしてこの自分こそが、罪のない魂をかっさらうために送りこまれた悪魔にほかならない。

どうして？　ドナルドは、騎士として宣誓する価値のある人間になりたかった。従者なら、だれしもそう願っている。忠誠心と献身があればこそ、彼もいずれ騎士にふさわしい強靭《きょうじん》な肉体と意志を持つことができるはずだ。

ところが今夜、その忠誠心が揺らぎはじめていた。

これは天から与えられた試練なのだろうか？

主人にしたがうべきか？　それともこの革袋を捨て、二度とふたたび森に入らずにいるべきか？

そうしたかった。

一歩踏みだすごとに苦悩が心に突き刺さり、ドナルドをそそのかした。彼の罪悪感を布告するかのように、星の光が革袋を照らした。そこで袋の革紐を首にかけ、チュニックの内側に隠すことにした。

ここはじっくり考えなければ。良心の警告に耳を傾ける必要がある。主人の命令に反する正当な理由を、なにか見つけなければ。問題は、自分にそんなことができるのかどうかわからないことだった。

その場合は、任務を果たさなければならない。

「なにをしておいでですの？」乳母が恐れおののくような顔をした。イザベルは驚いてミルドレッドを見上げた。

「縫いものよ。するといったでしょう」

ミルドレッドが女ふたりをしたがえてあたふたと部屋に入ってきた。「あたくしがうかがっているのは、なにを縫っているのかということです」

ミルドレッドがイザベルの手から生地を引ったくり、頭をふった。「赤ん坊のものをつくってはいけません。そんなことをしたら悪魔に知られて、洗礼を受けさせる前に魂を盗まれてしまいます」

女ふたりもそうだとばかりにうなずき、胸の前で十字を切った。

「帽子をひとつつくるだけよ」とイザベルは抗議した。「ほかの女の人につくっているふりをすればいいじゃないの」

ミルドレッドは縫い目を解くのに忙しかった。「危険を冒すわけにはいきません」

「それがいちばんですよ」女の片方が同意した。「前の旦那さまが熱病にかかったことを考えれば、悲運をそそのかさずにおくのが賢明というものですわ」

「赤ん坊が洗礼を受けるまでお待ちください」ミルドレッドが追い打ちをかけた。「やきもきすることはありません。みんなが必要なものをあれこれ贈ってくれますから」

イザベルとしては反論したかったが、彼女自身、たしかにそう教えられて育ってきた。迷信よね？　おそらくは。でも、伝統に敬意を払わず、危険を冒すだけの価値がある？　ない。

お腹の赤ん坊は、ラモンをべつにすれば、すでにイザベルの人生のなかでも、なにより大切な存在になっていた。まだ動くことこそないが、さまざまなかたちでその存在が感じられる——イザベルは悲しげな笑みを浮かべた。たとえば、いまは粥以外のものは胃が受けつけないという事実に。その粥ですら、少しずつ、しかもお昼過ぎにしか受けつけないのだ。

「たしかにそのとおりね」

ミルドレッドがしたり顔でうなずいた。ふたりの女が、ラモンが部屋に設置したテーブルに新しい麻布を広げた。ミルドレッドが裁縫箱から寸法を測るためのリボンを取りだした。

「さあ、お立ちになって、寸法を測らせてくださいな」

「これから成長するぶんをちゃんと考慮に入れてちょうだいね」イザベルは立ち上がりながらいった。

ミルドレッドが顔をしわだらけにして明るい笑みを浮かべた。「ええ、そうしますとも、奥さま。よろこんで」

ジャックは天幕のなかを落ち着きなく歩きまわっていた。

時間がたちすぎている。数日が一週間に、それが二週間になっても、ドナルドは戻ってこない。ロクサナはそんな彼のようすを見つめていたが、口は閉じていた。彼女は主人のベッドの足もと近くにある大きなクッションまで引き下がり、待っていた。一週間前、ジャックは軽率な発言をしたとして彼女を殴りつけていた。以来、ロクサナは押し黙ったままだった。

この女はなにか知っている。あのぎらつく目を見ればそうとわかるが、主人はこのおれだ。

ふり返ったとき、テーブルに置かれた父の手紙が目に入った。

「どれくらいだ？」彼はロクサナに顔を向けた。「あの調合薬が効き目を発揮するのは？」

「飲みさえすれば、すぐに効き目が表れます、ご主人さま。数時間もたたずに」

ジャックはうなった。

「すぐにも実行に移さないと、もはや赤ん坊の成長を止める手立てがなくなってしまいます」とロクサナが言葉を継いだ。

ジャックは足を止め、悪態をついた。「ならば、こちらの期待をあの小僧にわからせる必要があるな。あるいは、おれ自身が手を打つか」


間もなく雪の季節になる。

氷雨が降り、夜は凍えるほどに冷えこみ、午後になるまで寒気は緩まなかった。足を一歩踏みだすごとに氷のように冷たい泥が靴に入りこみ、ジャックはうなり声を発した。農民に身をやつす必要があったので、いかにも金持ちに見えるブーツは天幕に置いてきたのだ。履き古した靴とチュニックでは、ちっともからだが温まらなかった。きこりのフードが少しは役に立ってくれたが、どちらかといえば、これは顔を隠すための道具だった。丸腰だと素っ裸にされた気分になる。しかし剣は騎士の印だ。セグレイヴの手下は、騎士を塔に近づけようとはしないだろう。

靴に入りこむ冷たい泥を感じ、ジャックは歯ぎしりした。背中を丸め、いかにも重い足取りを装う。人々は、追い越していくジャックのことをとくに気にとめるようすもなく、ちらりと好奇の視線を送っただけで、どこか暖の取れる場所にそそくさと去っていった。彼は新塔の周囲をめぐり、人目を避けてフードを目深にかぶった。少なくともセグレイヴは、領地をみごとに改善したようだ。それに、イザベルに身ごもる能力があることも、証明してくれた。

彼が厨房に到達するころには、天候がさらに悪化していた。

ジャックは運が向いてきたことにほくそ笑んだ。厨房に残っていた数少ない人間は、雨がみぞれに変わったために、散り散りに去っていった。身を切るような風が吹きつけ、彼はだれにも気づかれることなくシスル塔への侵入に成功した。隅の貯蔵庫に身を落ち着け、目的を達成する機会を提供してくれる夜の闇を待ち受けた。


「坊や、ちょっとおいで」

ドナルドが顔を上げると、厨房の料理人のひとりが手招きしていた。

「今夜は雪になるよ」しわくちゃの老いぼれ女ではあったが、顔にやさしげな笑みを浮かべている。彼女がもう一度手招きした。「冬を乗り越えられるよう、あんた専用の寝床を見つけてあげるよ。あんた、それだけのはたらきをしたからね」

ドナルドは、いつしか笑みを浮かべていた。達成感のようなものがからだを突き抜け、彼はうなずくと、自分専用の床として使っていた巻布をかき集めた。料理人が先に立ち、旧塔の通路を進んだ。貯蔵室には長い冬に備えて食糧がびっしり蓄えられていた。

「いいかい」と料理人が釘を刺した。「あんたなら貯蔵品に手をつけたりしないって、信じてるからね。なにかあったら、このあたしが奥さまや料理長に叱られちまうんだから」

「自分の立場なら心得てるよ。おれ、盗人《ぬすっと》じゃないさ。母親が貧乏だったってだけで。神さまのことは畏《おそ》れている」ドナルドはそう約束したあと、それが心からの言葉であることに気づいた。チュニックの内側に、毒薬入りの小さな革袋が感じられる。まるでそこから火が出てチュニックに穴を開け、みんなに見られてしまうような気がしてきた。

今夜、これは森に埋めてしまおう。深い穴のなか、だれにも見つからないような場所に。そして神に赦しを乞うのだ。バロン・レイバーンへの誓いを破ったことにたいして。もはや、カモイズのレディに毒を盛るつもりはなかった。

これからは彼女に仕えるつもりだった。もう騎士になることはできないかもしれないが、彼女の杯に毒を盛るくらいなら、そのほうがましだ。少なくとも、農民としてなら、善良に生きていけるかもしれない。

「ここだよ」料理人が足を止め、部屋の側面につくられたひと組の石の寝台を見つめた。上の階を支えるアーチのすぐ下につくられた寝台だ。「すごく暖かいってわけにはいかないけどね」

「庭とくらべりゃ、うんと暖かいさ」彼は陽気な声でいった。

彼女がうなずいた。「そうだね。余分なチュニックがあるかどうか見てくるよ。あんたのはぼろぼろだから。着古したチュニックでも、少しは暖かくなるだろうさ」

「ありがたいよ」

心からそう思った。

料理人がなにか思いだしたのか、表情をやわらげた。「あたしには息子がひとりいてね。いまごろ、あんたくらいの年になってたはずさ。けど、十字軍遠征に行っちまってから、もう季節が八回めぐってきたよ。以来、息子からも亭主からも、なんの便りもないのさ」

彼女がにこりとした拍子に、歯の隙間が露わになった。「寒くなると、両手が痛んでね。だから水を運ぶのを手伝ってくれりゃ、この場所をあんたのために確保してやるよ。もう冬だし、石職人の連中も、さほどあんたを必要としなくなるだろうからね。雪が降るときが、いちばん手が痛むんだよ」

「好きなだけ水を運んできてやるさ」ドナルドは即座に約束した。「いつでも、好きなときに」

「いい子だね」うれしさのあまり彼女の声がひび割れたのを聞き、ドナルドは胃がねじれるのを感じた。

この自分をそばに置くことを、これほどよろこんでくれた人ははじめてだった。

料理人は足を引きずるようにして通路を去っていった。

ドナルドはそのうしろ姿を見送ったあと、彼女が用意してくれた寝床を見て口もとを緩めた。石の表面に手を滑らせてみる。長年使われてきたもののようだが、おかげで表面はなめらかだった。腰を下ろし、服の隙間から入りこんでくる風から逃れられたことに、ほっと胸をなで下ろした。つま先も、ここ数日ではじめて凍えずにすみそうだ。巻布を寝床に敷き、ひざを突いてここまで導いてくれた神に感謝の祈りを捧げた。

ひざに当たる石の床は硬かったが、両手を絡み合わせて意識を集中させた。

と、力強い手で口を覆われた。

「あの女の赤ん坊が流れることを祈っているんならいいんだがな」ドナルドは抵抗を試みたが、ジャックのほうがはるかに力が強かった。ここまで力が強いとは、悪魔にちがいない。

ドナルドは彼に向かって腕をふりまわしてみたが、無駄なあがきだった。

「毒薬を盛ったのはいつだ?」

ジャックの手が口から離れると、ドナルドは息を求めてあえいだ。と、のどにひんやりとした金属が感じられた。

「大きな声を出したら、のどをかっ切るからな」

ドナルドはごくりとつばを飲みこんだ。「はい」

ジャックが顔をしかめた。「はい……だけか？」

ドナルドは首をふり、「ご主人さま」とつけ加えるのを拒んだ。

「おまえ、寝返ったな」

ジャックがうなり、目をすがめて凶悪な表情を浮かべた。「おまえなんぞ、おれがいなけりゃ虫けらも同然だ。ここはすべて、おれのものになるんだからな」

ジャックはドナルドのチュニックを上から探り、小袋のふくらみを見つけるとうなり声を発した。ぼろぼろの襟から手を突っこみ、革袋を引っ張りだす。

「おれを裏切ったことをいまに後悔するぞ」

ジャックは短剣を高く掲げたが、くるりと手首を返してドナルドのこめかみに柄を叩きつけた。少年はぐったり倒れこんだ。ジャックはそのからだを持ち上げ、寝台に放り投げた。殺したい気持ちは山々だったが、たんに殺すだけではもの足りなかった。シスル塔の主人になった暁には、庭で磔の刑に処し、凍え死んでいくようすを人日にさらしてやろう。自分にしたがわなければこういう目に遭うという見せしめだ。ジャックは左右を確認してから貯蔵室をあとにし、厨房へ向かった。フードを目深にかぶり、よたよたとした足取りで進む。足を引きずりながら人の前を通り過ぎたが、もはや相手の目をごまかしているかどうかなど、気にしなかった。いま肝心なのは、獲物を手に入れることだ。

そろそろ、父上の自慢の息子にならなければ。

夕食が終わりかけたころ、最初の雪が舞いはじめた。

子どもたちがうれしそうな声を上げ、雪遊びをしようと表に出ていった。イザベルは新塔の前階段に立ち、月明かりがあたりの風景を銀色に変えていくさまをながめた。羽毛のような雪片が、はらはらと左右に舞いながら地面に落ちていく。

「季節が変わったな」ラモンが隣に立った。

「陛下のおそばにいたときのことが恋しい?」

「これっぽっちも」ラモンがうなった。「帆布の天幕では、北風は遮れない」彼は新塔を見上げた。「一緒に建てたこの場所で、せいぜい楽しませてもらうよ」

「あなたの家来が建てたものよ、旦那さま」

彼がイザベルの手を握った。「しかし、そこに命を吹きこむのはきみだ」

彼女はにこりとした。「わたしひとりじゃないわ」

テーブルには、いまでは男女のカップルが何組かついていた。ラモンの男たちが、女たちと肩を並べてすわっているのだ。神父は見て見ぬふりをしていた。十字軍に遠征していった男たちのほとんどが二度と戻ってこないことは、だれもが知っていた。教会の教えには背いているのかもしれないが、しかたのないことでもある。人は、手にしているものだけで生きていかねばならないのだから。

風がひゅうと吹きつけたので、ふたりはあわてて暖かな塔内に戻っていった。陽気にきらめく数本のろうそくに照らされながら、彼らは夕食の残りを平らげた。イザベルの酒杯がふたたび満たされた。のどが渇いていたわけではないが、彼女はそれに手をのばした。ビールを無駄にしてはもったいないからだ。今夜の雪は歓迎だが、間もなく長い冬が重荷となり、だれもが春と新しい収穫を待ちわびるようになる。なにもかも、分量を考えて慎重に消費し、新しい穀物が育つぎりぎりまで、いまある貯蔵品で食いつないでいかなければならない。そのころには、みんないまよりやせ細っているはずだ。

イザベルはビールをのどに流しこんだ。少し苦みを感じ、鼻にしわをよせる。お腹に赤ん坊がいるためか、ここのところ味覚が変わっていた。肉を炙る匂いが鼻につき、厠に駆けていって胃の中身を戻したくなるかと思えば、まるで子どものように牛乳が飲みたくなる。ビールを飲み干したあとは、かき乱される胃を無視した。赤ん坊には栄養が必要なのだから。

なにか大切な仕事があったはずだ。

ドナルドは寝返りを打ち、目を開けようとしたが、できなかった。頭がずきずきして、意識を取り戻すのがあまり魅力的には思えなかった。

それでも、なにかが心に引っかかっていた。

なにか重要なことが。

ふと、もうろうとする頭にジャック・レイバーンの顔が浮かんできた。邪悪な意志が放つ光が、ドナルドをまどろみから引き戻した。彼は頭を抱えつつも、床にのっそり起き上がった。激痛のためになかなか立ち上がることができなかったが、よろめくようにして壁際に行き、それを支えに立ち上がった。

知らせなければ……奥さまに警告しなければ。

「まあ、なんてこと」女料理人が声を上げた。「どうしたの、坊や？」

ドナルドがよろよろと厨房に入っていくと、夜の片づけをしていたメイドたちが彼の顔を流れる血に気づき、騒ぎはじめた。

「こっちにおいで。手当てしてあげるから」

「ご主人さまが……ご主人さまが、ここに」

女たちが彼を取り囲み、腰かけにすわるよううながした。

「いいや、ご主人さまは新塔のほうにおいでだよ」

料理人が濡れた布をこめかみに当てた。激痛が走り、ドナルドは意識を失いそうになる。

「レイバーンさまが、ここに」

料理人が彼の頭から手を上げた。「いまなんて？」

ドナルドは立ち上がったが、ひざに力が入らなかった。「バロン・レイバーンがここにいるんだ……」チュニックを叩いて手探りしたとき、ドナルドは恐怖の波に襲われた。「奥さまに毒を盛るつもりだ。赤ん坊を殺すために。セグレイヴさまにお伝えしなければ」

11

だれかが教会の鐘を鳴らしている。

イザベルは寝返りを打ったが、まだあたりは暗かった。痛みを感じ、唇を嚙みしめる。からだの奥からわき起こる痛みに、思わずからだを丸めた。

部屋の扉が勢いよく叩かれた直後、だれかが押し入ってきた。「ラモンさま！」

アンブローズは控えの間で足を止めることなく壁を越え、寝室まで入りこんできた。ラモンが立ち上がり、剣を手にしたが、すぐに相手がだれか気づいた。

「レイバーンがシスル塔に侵入しました」

イザベルは目をしばたたかせた。頭がなかなかまわらない。

「見つけたら串刺しにしてやる」とラモンが吠えた。

「ここにいてください」アンブローズがいい張った。「やつは、奥さまに毒を盛ろうと企んでいたそうです」

ラモンが彼女を見やった。「イザベル？」

イザベルは答えようとしたが、口がからからに乾き、唇を動かすことしかできなかった。

ミルドレッドが部屋に入ってきた。ラモンはイザベルをベッドから抱き起こした。

「これをすぐに飲んで……胃の中身を吐きだしてください」ミルドレッドが強い口調でいった。

ミルドレッドの調合薬はおぞましい味がしたが、のどの渇きは癒やされた。ラモンがイザベルの首を片手で包みこみ、からだを支えた。

「さあ」ミルドレッドがなだめるようにいった。

イザベルは胃に鋭い差しこみを感じ、うっとうめいた。すばやくかがみこみ、嘔吐《おうと》する。それがどれくらいつづいたのか、自分では見当もつかなかったが、これほどの痛みを感じたのは生まれてはじめてだった。全身の筋肉がこわばり、からだの内側が燃えるように熱い。ラモンが抱きよせ、顔から髪を払ってくれた。なんとか彼と目を合わせることはできたものの、そこに安らぎは見いだせなかった。あったのは、見る者を焼きつくさんばかりの、燃え上がる憤怒の情だけだった。

「赤ん坊が助かるかどうかはわかりません」とミルドレッドがいった。

イザベルは恐怖に襲われてミルドレッドを見つめた。乳母の目は涙で潤んでいた。「小僧がいうには、悪魔の化身レイバーンは東洋の女を囲っていて、その女が赤ん坊を殺す毒を調合したそうです」

ミルドレッドの頬を涙がこぼれ落ちた。イザベルも泣きたかったが、もう体内に水分は一滴も残っていなかった。

「あの悪党、殺してやる」ラモンが毒づいた。「法律がなんだ、バロン評議会がなんだ」

「でも……ご自分の……立場が……危うく……」

「これがおれのことなら、我慢もする。しかしきみのこととなれば、あの野郎ののどを、この手で絞めずにはいられない」彼は歯をむき出しにして、復讐に目を燃え上がらせた。「愛しているよ」

ラモンが顔をなでてくれた。イザベルはその手を摑み、頬に強く押し当てた。

「ほかのバロンに……殺されてしまうかも……あなたがバロンの命を奪えば。だから……やめて」イザベルは懇願した。

ラモンが身をかがめ、彼女の手の甲に口づけした。「これだけは承知できない、愛するイザベル。きみを傷つけられて、黙っているわけにはいかないんだ」

彼が離れていったとき、イザベルはからだから引きはがされていくような気がしてならなかった。ラモンは剣を摑んで男たちに呼びかけ、控えの間を抜けて去っていった。イザベルはからだを丸め、子宮が赤ん坊を守ってくれることを祈った。赤ん坊を失うわけにはいかない。

ぜったいに。

彼は血を求めていた。

男たちをしたがえて夜の闇を抜けながら、ラモンは怒りを煮えたぎらせていた。ジャックは宿営地を何度か移動させていたが、地面にその痕跡が残っていた。新たに雪が降ったおかげで、現在の寝床は容易に突き止められた。

ジャックがちょうど宿営地に戻ったところで、ラモンたち一行が追いついた。

「レイバーン！」きこりのフードとつましい衣服に目をとめると、ラモンは怒鳴り散らした。「目的を達成するためとあらば、じつにこざかしいまねをする男だな」

ジャックの家来たちが寝床から飛び起き、主人を援護しようと駆けよってきた。ラモンはジャックに剣を突きつけた。「殺してやる」

ジャックは笑い飛ばし、両手を大きく広げた。「いまおれを攻撃すれば、バロン評議会に処刑されるだけだぞ。なにしろこっちは丸腰なんだからな！」

「おまえの従者から、おれの妻に毒を盛ったと聞いた」ラモンはいい放った。「そんな不名誉な行いをするやつには、不名誉な死がふさわしい」

「娼婦が産んだチビのいったことだろう？」ジャックが地面につばを吐いた。「おれの副官たちの言葉こそ、真実になる。おまえが丸腰のおれを斬りつけた、とな。どちらの証言のほうが重視されると思う？」

「やつのいうとおりですよ」アンブローズがラモンの肩を摑み、引き戻した。「逆ならどんなにいいかとは思いますが」

「剣を取れ、レイバーン！」ラモンは命じた。「決闘だ」

ジャックが首をふった。「お断りだ。おまえの跡取りが母親の子宮から流れ落ちたと聞くまでは、死ぬつもりはない」

アンブローズがうなった。「おまえには名誉というものがないのか」

「ないね」ジャックがこともなげに答えると、家来たちが愉快そうに鼻を鳴らした。「名誉より儲けだ。それはこいつらも同じさ。おれは昔から策略を練るほうが得意だった。だからこそ、こいつらもおれについてくる。だからこそこいつらは、おまえがおれの宿営地で丸腰のおれを斬り殺したと誓うのさ。殺せるものなら殺してみろ。バロン評議会を待たずとも、春には吊し首だぞ」

ラモンはさらに頭に血が上るのを感じたが、ここは冷静になる必要があった。性急な行動は過ちにつながりがちだ。過ちは命を奪いかねない。まだ若い従者だったころ、仕えていた主人にそう教わった。戦場で、幾度となくその言葉が真実であることをこの目で見てきた。ラモンは、命を失わないためにも必死に自制心をかき集めた。いまの彼には、かつてないほど失うものが多いのだ。

「おまえに決闘を申しこむ、バロン・レイバーン。競技場で」

「どうしておれが受けると思う?」

「男は、臆病者にはしたがわないからだ。臆病者は、充分な見返りがあると思えば、家来をも犠牲にする」ラモンは、朝の空気を突き抜けるほど明瞭な声でそう告げた。「あす、姿を現さなければ、おまえは臆病者ということになる。となれば、おまえの家来たちも、自分の主人は臆病者で、いつかおまえに売り飛ばされる危険があるとわかるだろう」

ジャックは自信たっぷりの横柄な態度を崩さなかったが、背後にいる家来たちの顔からは笑みが消えていた。たがいに顔を見合わせ、からだをこわばらせている。

ラモンは、ジャックのうしろにいる男たちを見つめた。「それに、もしこなかったらこの宿営地で眠る男どもをひとり残らず斬り殺してやる。女に毒を盛るような臆病者に仕える男には、そういう死に方がふさわしい。おれの決闘を受けるも、逃げるも勝手だ。しかしまた近くをうろつくようなことがあれば、必ず見つけだすからおぼえておけ」

「ばかめが!」ラモンが馬を方向転換させて去っていくと、ジャックはほざいた。「つぎに放つ矢で墓場に送りこんだ暁には、おまえの女と好きなだけやらせてもらうからな!」

ジャックとしては、だれが待っていようと、のこのこ競技場に出かけて勇敢さを証明するつもりなど毛頭なかった。そんなことをするのは、騎士道に精進して日々を無駄に費やす愚か者のすることだ。自分には追求すべき利益がある。

ふり返ると、家来たちが見つめていた。押し黙ったまま、ジャックですらふり切れないほど強烈な視線を向けている。自分の天幕に戻るころには、さすがのジャックも、ラモンの挑戦を退けるのはそう簡単ではなさそうだと悟っていた。椅子に腰を下ろし、もうなにも考えまいとした。指を鳴らすと、ロクサナが酒杯を運んできた。

ラモン・ド・セグレイヴの挑戦など、受けてなるものか。

しかし一時間もしないうちに、副官たちが問い詰めにきた。

「みな、知りたがっておるのですが——」

「おれが競技場でセグレイヴと決闘するかどうかを、か？」ジャックは椅子の上からあざ笑うようにいった。「なぜそんなことをせねばならん？　そんなことをしても、なんの得にもならないじゃないか」

「それでは、この土地を離れるので？」二番目の副官がたずねた。「ここにとどまっていれば、雪のせいでやつに簡単に居所を知られてしまいます」

「父上が、カモイズのイザベルと結婚するよう命じているのだ」ジャックは立ち上がった。

「息子として、一族の土地を失うような不面目なまねはできん」

「ならば、セグレイヴと決闘してください」副官がにべもなくいった。「そこでやつを殺せば、未亡人は閣下のものとなります」

「おれに指図するな」

副官の目が細くなった。「わたしは、臆病者に仕えるつもりも、寝ているあいだに殺されるつもりもありません。閣下はやつの妻に毒を盛ったのです。ですから、やつの申し出は正当です。閣下が決闘を受けなければ、われわれへの報いも正当化されてしまいます」

ジャックの心が、はじめて不安にかき乱された。「これまで、おまえらにいくら稼がせてやったと思ってるんだ？」

「そのために、こちらは命を危険にさらしてきました」副官がきっぱりと答えた。「それに、死んでしまっては金の使いようもありません」

副官の態度に恐怖はみじんも感じられなかった。だからこそ、ジャックは彼を選んだのだ。ところがいま、これまで美点に思えたそんな資質に首を絞められつつある。

「ならば」ジャックは鋭い口調でいい返した。「あす、競技場でやつを殺したあと、夜までに不忠の罪でおまえらを吊し首にしてやる」

ふたりの副官は顔を背けなかった。ジャックは、父と最後に顔を合わせて以来はじめて、首筋にひんやりしたものを感じた。ふたりの男が天幕から去ると、ジャックはふたたびすわりこんだ。

なるようになればいい。

酒杯を持ち上げ、中身をごくごくと飲み干した。

セグレイヴは大男だ。それはつまり、動きがのろいことを意味する。

競技場でやつを殺し、やつの家来どもに、仕えるべき強い男はどちらか見せつけてやろうじゃないか。あすの夜には、おれは塔内で眠りに落ちていることだろう。ベッドの近くにラモン・ド・セグレイヴの頭を飾って。

そう考えると愉快な気分になってきた。ロクサナが調合した毒は失敗したとしても、斬首された夫の首を見れば、効果てきめんにちがいない。

「やつはロンドンに向かうかもしれません」とアンブローズがいった。

ラモンは彼にうなずきかけた。「行かせればいいさ」

アンブローズが険しい顔をした。「おれだったら、何人か引き連れて道端であのげす野郎を待ち伏せしますが」

ラモンは庭を横切る途中で馬を止めた。「だめだ」庭を見わたし、開け放たれた敷地と建物を確認する。「おれたち全員が、ここにいる必要がある。城壁を建設するまでは、この塔の安全を確保しなければ。守ってもらえると期待している人たちのことを忘れてはならない」

アンブローズが、ふたつの塔と、庭を動きまわる人々を見わたした。日が昇っても、あいかわらず雪が降っていた。いまやこのふたつの塔が、人々の生活の中心となっていた。食べものに毒が盛られれば、その全員が死んでしまう。

「わかりました」とアンブローズも同意した。「見張りを置きます」

それを聞いて、本来ならラモンはもっとよろこんでしかるべきだった。しかし、行動が遅すぎたのではないかという気持ちが拭いきれなかった。彼は新塔を見上げた。堂々たるみごとな建物ではあったが、イザベルが失われれば、こんなものはなんの意味もなくなってしまう。

完全に。


ラモンは夜明けとともに起きて教会に行った。イザベルも一緒に行きたかったが、からだがいうことを聞かなかった。つぎに目をさましたのは、トマスが夫の甲冑を運びこむ音がしたときだった。金属がぶつかり合う耳障りな音を聞くと、頭がおかしくなってしまいそうだ。

「止めないでくれ」ラモンが決意の視線を向けてきた。

「どうかお気をつけて……」イザベルは気丈な声を出そうとしたが、出てきたのはしゃがれ声だった。まだのどがひりひりする。彼女はそれを隠そうとした。夫には、幸せな顔しか見せたくなかった。

唇の両わきがひび割れているような気がした。

「無理はするな」ラモンが声色をやわらげたが、そんな声を聞くと、イザベルは頭ごなしに命じられる以上に不愉快になった。

「わたしなら大丈夫だから」とイザベルは反論した。「でも、国王陛下が……陛下が、あなたを処刑させてしまうかも。ほかのバロンに刃向かった罪で」

「そんなことはしないさ。こちらには証言がある」

「まだほんの子どもの証言でしょう。あの子には、主人に命じられた以上、ほかに選択肢がなかったのよ」

ラモンがベッドの端に腰かけ、手で彼女の唇を覆った。目的を確信するような目をしている。はじめてシスル塔に乗りつけたときの男の顔だ。

「あいつにも選択肢はあった」有無をいわさない、きっぱりとした口調だった。「おれのもとにくるという選択肢もあったんだ。男ならだれしも、仕える人間より自分の名誉のほうが重要だという事実を受け入れなくてはならない。偽りにたいする審判の日には、だれしも贖《あがな》う必要があるのと同じだ。あの少年は自分なりに選択したのだから、それを贖わなければならない。あいつのことは、主人よりも一日だけ長く生かしておくつもりだが、それ以上はだめだ」

ラモンが彼女の頬に口づけし、立ち上がった。従者が、鎖かたびらの下につける綿入りの下着を用意して待っていた。ラモンはぞっとするほどの集中力で動いていた。そのからだから、決意のほどが見て取れる。

「ジャックに名誉はないわ」と彼女はいった。

従者が籠手を装着すると、ラモンは指を屈伸させた。「だからこそ、やつと決闘しなければならない。その権利があるのはバロンだけだ」

「あなたを失うなんて、耐えられない」

ラモンが手で合図して従者を下がらせた。「庭で待っていろ」

従者と彼の助手が残りの道具をかき集め、それを持って部屋から出ていった。ラモンがふたたび近づき、隣に腰を下ろしてイザベルの頬に指を滑らせた。

「おれもきみを失うなど、耐えられない。ジャックが生きているかぎり、やつはいつまでもきみを標的にするだろう。この脅威に立ち向かわずにいたら、おれはきみにふさわしい男ではなくなってしまう。おれのために祈ってくれ。理解してほしい。だが、おれに臆病者になれとはいわないでくれ。きみは、臆病者のことなど愛せないはずだ」

この人は、あなたの愛にふさわしい人間になろうとしている……

彼の目を見ればそれがわかった。イザベル自身の欲求と同じぐらい強烈な思いだ。密かな願望が叶えられたことを知り、イザベルはしばし息を凍りつかせた。

「ええ、あなたは臆病者なんかじゃないし、臆病者になることなんてありえない」彼女はこみ上げてくる涙を瞬きで散らした。「わたし、あなたの妻でいるのが誇らしいわ。なにより、このままあなたの妻でいられることを願ってる。急襲されて傷を負わされたとき、あなたは手出ししないでいてくれた。だから今度もそうしてほしいの。ふたりで穏やかに暮らしましょう」

ラモンの目が輝き、一瞬、その表情がやわらいだ。彼はイザベルの頰をなでた。

「おれへの攻撃なら、無視できる」その表情が険しくなる。「だがきみへの攻撃となれば、死ぬまで戦うのみだ。きみはおれの心の番人なんだ。これだけは、否定できない」

「命を落とすかもしれない」とイザベルは食い下がった。「そうなれば、わたしはあなたなしで生きつづけなければならない」

「きみを傷つけた男が息をしているとわかっていながら、生きていくことはできない。そんなおれを許してくれ」ラモンは彼女の頰に口づけしたあと、出ていった。

彼とともに、イザベルの心も離れていった。


「なにをなさってるんですか?」恐怖の声を上げるミルドレッドを、イザベルは手ぶりで部屋に招き入れた。

「急いで。競技場に行かなくては」しかし脚が協力してくれなかった。わなわなと激しく震えてしまうため、衣装簞笥わきの壁によりかかるしかなかった。「服を着るのを手伝ってちょうだい、ミルドレッド」

「だめです」ミルドレッドがきっぱりといった。「床にお戻りになるのなら、手をお貸しします」

「どうしても行かなければ」イザベルはミルドレッドに懇願した。「あの人が死ぬというのに、こんなところにはいられないわ」

「死ぬのは旦那さまのほうではないと思いますけれど」とミルドレッドがいった。

「あなた、ジャック・レイバーンに会ったことがないでしょう」イザベルはささやくようにいった。「名誉もなにもない人なの。主人と一緒にいられる時間を奪わないで。それに、まだあの人に贈りものをしていない……」

イザベルは長いリボンを掲げた。緑色のリボンが、ひらひらと翻った。「これをあの人につけてもらわなければ」

しかしいまのイザベルには、そうするだけの力がなかった。彼女は必死の形相でミルドレッドを見つめた。しかしミルドレッドは彼女をつくづくながめるばかりだった。時間だけが刻々と過ぎていき、イザベルの希望が徐々にしぼんでいった。

「そうですか」ミルドレッドがついに口を開いた。「競技場に行くなら、もっと人手が必要ですわね」

彼女は扉に戻り、見張りに立っていた男のひとりに声をかけた。男の足音が階段を下りていき、ミルドレッドが衣装簞笥の前に戻ってきた。

「では、バロン・ド・セグレイヴの奥方さまとして、ふさわしい衣装を選びましょう」

競技場にはあいかわらず収穫祭の飾りつけが残っていたが、花冠はしおれかけ、もはやお祭り気分は廃《すた》れていた。溶けた雪のせいで、地面がぬかるんでいる。

イザベルは荷馬車で到着した。わきにミルドレッドがつき、もうひとり、イザベルを抱き上げるために力持ちの女がついていた。人々は通り過ぎるイザベルを好奇の目で見つめ、歓声を上げる者もひとりではすまなかった。御者が彼女を競技場内に運び入れた。観覧席にはすでに人々が詰めかけていた。三角形の色鮮やかな旗が朝のそよ風に揺れている。シスル塔の住人とラモンの男たちが、試合のために設置したのだ。

旗は、どこか場ちがいな印象がした。集まった人々が、興奮ではなく死への不安を顔に浮かべているのと同じだ。ジャック・レイバーンは競技場の北側に陣取り、観覧席の上に自分の旗を掲げていた。そちらの応援団は、彼の手下だけだった。しかしその数は多く、ラモン側の男たちは南側の観覧席から彼らをじっと見据えていた。これからおたがいの主人の一騎打ちがはじまるのだ。それがなければ、いまにも突撃しそうな勢いだった。

イザベルは恐怖のあまり胃が締めつけられるのを感じた。きょう、血が流されるのだ。いったい、どれくらいの量が流されるのだろう？　ラモンが勝利するかもしれない。しかしそのあと、レイバーンの男たちに襲われるのはまちがいない。

イザベルは、運命の気まぐれに腹が立ってならなかった。

南側の観覧席は、崩れ落ちてしまうのではないかというほどの人で埋まっていた。さらに見物人が押しよせ、階段を押し合いへし合いしながら上がっていた。御者が競技場内に乗り入れると、大歓声が起きた。人々がこぶしを固め、叫びながらふりまわしている。

ラモンは門の向こうにいたが、アンブローズがやってきて、イザベルの前でするりと馬から降りた。

「なぜここに?」険しい声でそういうと、彼は荷馬車から降りる彼女に手を差しだした。

「ラモンさまの気を散らしてもらっては困ります」

「忠実な妻として、特等席でしっかり見守るためにきたのです。そしてジャックに、わたしは元気だと見せつけるために」彼女はアンブローズをきっとにらみつけた。「自分の思惑どおりにはいっていないことを知らしめて、ジャックをやきもきさせてやりましょう」

アンブローズが彼女の頭のてっぺんから足の先までを見つめた。「ずいぶんうそがお上手ですね。風が吹いただけでも倒れてしまいそうなのに」

「そんなことはないわ」イザベルはきっぱりといった。「それに、特等席には椅子があるはずでしょう?」

アンブローズが口角をわずかに持ち上げた。イザベルからすると、笑みとは呼べないほどわずかに。「度胸がおありのようで」

彼がイザベルの手ではなく手首を摑み、立ち上がるのを助けてくれた。もう片方の手を背中にまわしたあと、わずかに彼女の足を宙に浮かせたまま階段のほとんどを運んでくれた。

貴族のための特等席が、観覧席の一段目に設置されていた。アンブローズは彼女を背もたれのある椅子に下ろすと、頭を傾けた。

「本来なら、主人に贈りものを受け取りにきてもらってというところだけれど、騎士道精神のかけらもないジャックのことだから、主人の腕にこれを結びつける時間をくれないかもしれないわ」イザベルはそういってリボンを袖口から引っ張りだし、差しだした。「それでも、これをあの人に身につけてもらいたいの。それをジャックに見せつけてやりたい」

アンブローズはリボンを受け取ったが、あいかわらずその青い目を不安げに曇らせていた。

イザベルはまっすぐ背筋をのばしてみせた。

「わたし、弱味を見せたりはしないわ」と約束する。「でもとにかく、ここにいなければ。自分の目で見届けなければ」

「奥さまがそうおっしゃるのであれば」

褒め言葉にはほど遠かったものの、そこには賞賛の気持ちがこめられていた。アンブローズはリボンを受け取ると、閉ざされた門の向こうに消えていった。時間がじりじりと過ぎていき、やがてイザベルは拷問のような待ち時間にしびれを切らしはじめた。

それでも、その瞬間は望んでいなかった。それがラモン最期の瞬間になるかもしれないのだから。

隣ではミルドレッドが祈りを捧げていた。小声で、聖人の助けを必死に願っている。

イザベルとしては、これから起きようとしていることと天国とがなにか関係しているとは思えなかった。これは、血肉の通った人間同士の戦いだ。

太陽が頭上で輝きはじめても、門はなかなか開かなかった。観衆はなにがどうなっているのかと固唾を呑んで見守っていたが、なにも起きなかった。ついに馬に乗ったジャックが場内に乗り入れた。雄馬の蹄が、泥を蹴り上げている。

「セグレイヴ！」彼が吠えた。「臆病者はどっちだ？」

彼は剣で鎧の胸当てを叩き、雄叫びを上げた。

遠くのほうから蹄の音が聞こえてきた。その音がどんどん、どんどん大きくなってくる。イザベルの心臓が早鐘を打ちはじめた。競技場の奥に騎手の一団が現れ、風に翻るべつのバロンの三角旗が視界に入ってきた。その人物は背後に二ダースの騎士をしたがえており、全員が完全武装していた。

「またべつのバロンが？」とミルドレッドがたずねた。

「主人もばかではないもの」イザベルは小声でいった。まだすっかり安堵しているわけではないことを悟られずにいるには、声を落とすしかなかった。これで立ち向かうべき困難がすべて消え去ったわけではないのだ。

新参者が場内に乗り入れた。そのうちのひとりが、群衆を前に馬を止めた。彼が面頬を上げた。

「われこそはバロン・スミスなり」彼が乗る巨大な雄馬が跳ねるように円を描き、主人に手綱を引っ張られると鼻を鳴らした。「この一騎打ちの証人となるべく、参上した」

彼が率いる男たちが競技場の四隅に向かった。スミスは観客席の前に乗りつけ、そこで馬を降りた。彼はイザベルがすわる特等席にやってくると、目の前で立ち止まった。

「奥さま」

ここは立ち上がらなければ。

イザベルは唇を嚙みしめ、椅子から立ち上がった。スミスが手を差しだしたとき、ミルドレッドが不安げな顔をするのがわかった。イザベルは彼と手を重ねたものの、スミスのほうはその手を口に持っていこうとはしなかった。彼女のひざががくんと折れた瞬間、彼はすかさず手首を摑んで支えてくれた。

「ご主人は賢明にも、ヘヴンワースへ使いをよこしました。毒を盛られたという報告は、事実のようですな」彼はくるりと背中を向け、両手を手すりにかけた。「この挑戦は名誉を持って行うように！　さもなければ、わたしの審判が下ることになる！」

彼の家来が剣を抜いた。その刃が真昼の陽射しを受けてきらめいた。するとラモンを隠していた門がうなりとともに開き、本人が場内に登場した。

「臆病者はおまえだ、レイバーン！」ラモンは鋭く糾弾した。「毒を盛られた返報に、命はもらった」

観衆がどっと怒りに沸き立った。罵声が飛び交うなか、ラモンは剣で胸当てを叩いた。

「おれの剣を食らえ！」ジャックが面頬を下ろしながら叫び、馬に拍車をかけた。

両者がたがいに突進するのを見て、イザベルの心臓が止まった。雄馬は泥を蹴り、背後に黒い土煙を上げている。たくましい二頭の獣は、鼻孔をふくらませて駆けていった。

ふたりの騎士はどちらも前にかがみこみ、たがいに焦点を定めた。けたたましい音とともに両者が衝突する。金属のぶつかり合う恐ろしい音が響き、馬がいないてうしろ足で立ち上がった。

両者ともに方向転換し、ふたたび剣をふりまわしはじめた。鎧すれすれのところを、凶器の刃が跳ねまわる。ジャックがからだをねじってまわりこみ、剣をラモンの馬の首に突き立てた。

馬が悲鳴を上げて倒れ、ラモンを下敷きにしてのたうちまわりながら息絶えた。

イザベルの心臓が止まった。観衆が悪態をついたが、ジャックは手綱を引いて馬をまわし、倒れた馬の下から脚を抜こうとあがくラモンめがけて突進させた。

ジャックが低く剣をふり、刃を届かせようとぐっと前にかがみこむ。ラモンはごろりと回転して刃の通り道から逃れ、ぎりぎりのところで立ち上がった。

観衆が大歓声を送ったが、いまやジャックが有利に立っていた。彼は馬を操り、ラモンを轢き殺そうとしている。馬はほかにもいたが、鎧の重荷をまとったいま、ラモンが馬に乗るだけの時間的余裕はなかった。そのとき、アンブローズがなにかを宙に放った。

ラモンはそれを泥のなかから引き抜き、なめらかな動きでさっと回転させた。陽射しが槍の先端をきらめかせたと思ったそのとき、ジャックがそこに突っこんだ。穂先が彼の肩当てと胸当てのあいだに滑りこむ。ジャックは吠えるような声を発して鞍から転げ落ち、泥のなかに着地した。

「おみごと」スミスがイザベルの隣で声を上げた。「息の根を止めろ！」

ところがラモンは、その機会にジャックの背中に剣を突き立てようとはしなかった。

彼は、ジャックが泥のなかからひざを突いてあがきながら立ち上がるのを待った。

「殺すときは顔を見ていてやる、レイバーン」とラモンは宣言した。

「首をはねられるのはおまえのほうだ！」ジャックがうなり、ラモンの頭を切り落とさんばかりの勢いで剣を大きくふりまわした。

ラモンは攻撃をかわし、彼のあごに強烈なパンチを見舞った。みしっという音が場内に響き、観覧席から新たな歓声が上がった。

イザベルは声を出せなかった。

スミスも同じだ。それが彼女を恐怖に陥れた。まゆはすでに白くなり、顔に年輪が刻まれたスミスは、経験から、どちらの勝利に終わってもおかしくないと知っているのだ。

イザベルが恐れていたように。

これほどの恐怖は味わったことがない。その恐怖に締めつけられるあまり、息を吸うのもままならなかった。

ジャックがよろめきながらふたたび剣をふり下ろした。ラモンはそれを肩で受け止め、うめくような声を発しながら押し戻すと、ジャックの顔にふたたびこぶしをめりこませた。ぞっとするような音が響き、血の匂いがあたりに満ちた。

もう一度剣をふりまわそうとしたとき、ジャックの足もとがよろめいた。ラモンはその攻撃をさっとわきによけて難なくかわし、ジャックのひざのうしろに蹴りを入れた。

ジャックは悪態をつきながらくずおれた。観覧席の観客がやんやの歓声を送る。

「死ぬ前に罪を告白して赦しを乞うんだな」とラモンはいった。

ひざを突いたジャックが敗北を認めるかのようにうなったが、イザベルはいやな予感がした。

「とどめを刺せ！」スミスが叫んだ。

ラモンがふと顔を上げた。ジャックがその隙をついた。彼は腕に忍ばせていた短剣を引っ張りだし、ラモンの首めがけて突進した。

イザベルは手を嚙みしめて悲鳴を押し殺した。観客がどっと前に身を乗りだした。ラモンがすばやく身を引くと、ジャックがあとを追った。ふたりして地面に倒れこんだ。鎧がぶつかる音が響くと同時に泥が跳ね上がり、ふたりのからだが泥まみれになっていく。こうなると、もつれ合い、あがく、ふたつの肉体にしか見えなかった。時間がぴたりと停止する。イザベルは、最大の恐怖が現実になったその瞬間に閉じこめられた。

大きなうめき声とごぼごぼという音が上がり、片方の騎士の勝利を告げた。もう片方の騎士が、脚をひとしきり痙攣させたのち、やがて地面でぐったりとなった。だれもが固唾を呑んで、勝者が立ち上がるのを待った。

「ああ、神さま……」イザベルは祈った。「どうか、神さま……」

泥のなかからラモンが立ち上がった。イザベルは、それが現実の光景なのか、あるいは夫の魂が肉体を離れていく幻覚なのか、確信が持てなかった。彼は立ち上がると面頬を上げた。その手には、いまだ短剣が握られている。

真昼の太陽が、その刃についた血のりを輝かせた。

観衆がいっせいに歓喜の叫びを上げ、観覧席を揺るがした。

イザベルは、安堵のあまり倒れるように椅子の背にもたれかかることしかできなかった。

「神に感謝」

「そうですな」スミスがつぶやいた。「神に感謝しなくては。最悪の結果に終わっていた可能性もある、きわめて危険な戦いでしたから」

スミスが立ち上がり、手を掲げた。「決闘は終わった！　だれか騒ぎ立てる者がいたら、ただちに裁きを受けさせるからそのつもりで！」

蹄の音が響きわたった。レイバーンの家来たちが、スミスの家来たちに追い立てられて場内になだれこんだのだ。倒れた主人の死体が転がるところへと、容赦なく追い立てられていく。

観衆がわめきはじめた。みな、血を求めている。

ラモンが、式典主のための演壇に上がった。彼は木の手すりをこぶしで叩いた。

「この国に無法者の存在は許されない」

「わが国もしかり！」スミスが言葉を継いだ。

「剣を捨てるか、ひざまずいて新しい主人に忠誠を誓え」ラモンが告げた。「さもなくば、その場で斬り殺す」

レイバーンの男たちは逃げ道をさがしてあたりを見まわしたが、そんなものはどこにもなかった。彼らを包囲するスミスの家来に、ラモンの男たちも加わっていた。とても太刀打ちできる人数ではない。このままでは惨殺されておしまいだ。

彼らは副官のひとりを前に押しだした。彼が片手を掲げ、静粛を求めた。

「だれに忠誠を誓えと？」彼がラモンにたずねた。

「アンブローズ・サンマルタンに」ラモンは自分の副官を指さした。アンブローズは馬の背にまたがっていた。その目に浮かぶ表情は、鎧に負けないくらい頑なだった。「彼にバロンの位を授けるよう、ジコン王子に願いでるつもりだ」

男たちの多くがうなずいた。武装隊をしたがえることができるのは、バロンだけなのだ。

「ひざまずくか、剣を捨てておとなしく立ち去るかのどちらかだ。へたなまねはするなよ。混乱を招けば、即刻厳しい処分を受けさせる」

ふたたび雪が降りはじめた。小雪が舞いはじめただけだが、それでも場内の男たちは恐怖の面持ちで空を見上げた。冬の長い月日、飢えた口を歓迎してくれる場所などどこにもない。春になれば、自分で居場所を確保することもできるかもしれない。しかしいまは、ラモンの善意にすがるよりほか道はなかった。

「ならば忠誠を誓います」

まずは副官が口を開いた。彼はアンブローズをふり返ると、ひざを突いた。背後の男たちもそれにしたがい、やがて全員が片ひざを突いた。

これが、みんなが切望していた解決法なのだろうか?

イザベルにはよくわからなかったが、いま彼女にとって肝心なのは、手すりの前に夫が立っていることだった。アンブローズが場外へ向かうと、新しい家来たちが立ち上がり、彼のあとについていった。

残されたのは、ジャックの死体だけだった。

イザベルは、そちらにはちらりとも目をくれなかった。

彼女は愛する男の腕に飛びこんだ。ラモンがイザベルをぎゅっと抱きしめ、その髪に顔を埋めた。

はじめて、運命が味方してくれたのだ。

イザベルは、死ぬまでこの贈りものを大切にしようと心に決めた。

「おまえにしてみれば、決してありがたい話ではないだろう」ラモンは友人にそう警告した。ラモンの険しい声にもかかわらず、アンブローズはにやりとした。「おれに機会を与えてくださいました。こんな絶好の機会をものにできない男だと、だれかにいわせるようなまねはしませんよ」

ラモンはレイバーンの男たちを見わたした。みな、宿営地に戻るに当たり、アンブローズの指示を待っている。

「手に負えない連中だぞ」

「そうですね」アンブローズも同意した。「いやというほど作業をさせてやります。そうすれば夜には疲れはてて、反逆を企てる気力も残らないでしょう」

「おまえの個人的な護衛として、一ダースほどの騎士を譲るつもりだ。そうでもしなければ、おちおち寝てもいられないだろうからな。ものを食べるときは、必ずだれかに毒見をさせろ。それから、軽率にだれかをベッドに連れこむなよ」

アンブローズはうなずいた。「どうやらラモンさまのお望みどおりになったようですね。

これでおれも、ふらふらしてはいられなくなるでしょうから」

ラモンは彼の肩をばしんと叩いた。

「あす、ロンドンに向けて発つぞ」と彼はいった。「おまえのために、王子の承認を得なければ」

承認が得られるかどうか確証はないものの、アンブローズは血が沸き立つ気分だった。期待に胸がふくらんでくる。長年、胸に抱いてきた夢に、ようやく手が届きそうなのだから。

きっと、承認を手に入れてみせる。

それ以外の結果を受け入れるつもりはなかった。

アンブローズは、いまや自分の家来となった男たちをつくづくながめた。彼らの強さと、弱さを見きわめる。これからは、なにか違反行為があれば、それがすべて彼の名前に反映されることになるのだ。しかしこれまでそうした重責を切望してきたのだから、進んで背負うつもりだった。まずは彼らの忠誠心を手に入れなければならない。恐怖に根ざした誓いよりも、そちらのほうがはるかに絆を深められるというものだ。

しかし最初に直面した試練には、さすがの彼も少々当惑させられた。

「あの魔女がなかにおります」アンブローズは副官からそう報告され、うなずいた。「レイバーンが東洋で手に入れた女です。毒薬を調合した張本人であります」

男たちがざわめき、女を火炙りにしろという声が上がった。アンブローズが片手を掲げると、全員が押し黙った。みな、彼がどういう行動に出るのか、注目していた。

「この件はおれが対処する」

アンブローズは身をこわばらせつつも、天幕の垂れ幕を持ち上げてなかに入った。床にはペルシャ絨毯が敷き詰められ、テーブルには聖地から持ち帰った高価なグラスが置かれている。天幕の入口に面して、玉座のような巨大な椅子と、その背後に軍事遠征に持ち運ぶには大きすぎるベッドが鎮座していた。

ベッドの足もとに大きなクッションが置かれ、女はその上に寝そべっていた。黒い目で、アンブローズを見つめている。身につけているのは、溶けた金のようにからだの曲線を浮かび上がらせるローブ一枚だった。

女の手が動いた。なにかのみこんだのか、口もとから下ろしていく。女は目をしばたたき、深いため息をもらした。「わたくしは魔女などではありません」

「毒薬を調合したのはおまえか？」とアンブローズはたずねた。

女がふたたび瞬きした。「殿方からすれば毒薬でも、女にしてみれば月のものの苦痛をやわらげる薬なのです」

「レディ・ド・セグレイヴにとっては毒だった」

女がふたたび瞬きした。先ほどよりも、ゆっくりと。「わたくしはご主人さまの命令にしたがったまでです。わたくしのような女にとって、ほかに道はありません。わたくしはご主人さまに……市場で買われた身」

女の目がゆっくりと閉じられた。アンブローズが近づくにしたがい、彼女の息がどんどん浅くなっていった。手から力が抜け、先ほど彼女が口をつけた小さな陶製の器がクッションの端から床に転げ落ちた。

アンブローズはそれを拾い上げ、匂いを嗅いでみた。苦みが鼻をつき、内側には黒っぽい輪が残っている。

毒にちがいない。

天幕内を一陣の風が吹き抜けたかと思うと、副官が入ってきた。「女を連れだしましょうか？」

「まだいい」アンブローズは立ち上がり、器をテーブルに置いた。

「この女、火炙りにすべきです」

アンブローズはふり返って副官を見つめた。「憐れみを持て。彼女はじき息を引き取る。みずからの手でな。何人かで彼女を埋めてやれ」

副官の表情が曇った。

「いわれたとおりにするんだ」とアンブローズはいい張った。「この宿営地では秩序を保ち、キリスト教の価値観を尊重する」彼は副官をにらみつけた。「今後は、だれもがその行動によって判断される。おたがいにたいする慈悲の心も、そこにふくまれる。この女にも慈悲を持て。レイバーンに服従していたからといって、咎められる者がいてはならない。それはこの女にしても同じだ」

「かしこまりました。ごもっともなことで」

アンブローズはふり返り、女が息を引き取るようすを見守った。女は最期に、ゆっくりと、小さな息を吐いた。魂が肉体を離れるとき、その表情はうららかだった。

アンブローズは頭を垂れ、彼女のために祈った。その魂に、生きているうちはほとんど得られなかった慈悲が与えられんことを。

ラモンの男たちが庭になにかを建設していた。

塔へと運ばれていくとき、イザベルはその光景を目にした。あたりには陰鬱な空気が漂っていた。新塔の建設作業とは打って変わった雰囲気だ。みな厳めしい顔つきをしており、イザベルはうなじに寒気を感じた。

「あれはなに?」と彼女はたずねた。

ラモンは彼女を抱きかかえて階段を上がり、部屋に向かっているところだった。彼は口を閉ざしたまま、イザベルを抱える腕に力をこめた。

「ラモン?」イザベルは問い詰めた。「答えたくないのね。どうして?」

ラモンは彼女をベッドに下ろしたのち、ふっくらとした枕ふたつで頭を支え、上掛けを胸までしっかり上げるまでなにもいわなかった。

「あれは絞首門だ」彼がようやく険しい声で答えた。

ラモンの甲冑を外すため、トマスがやってきた。イザベルも手を貸したかったが、そうするだけの力が出なかった。上掛けのおかげでつま先の冷えがやわらいでくる。彼女は毛布をぎゅっと握りしめながらも、視線はラモンから外さなかった。従者が平鉢に水を注ぎ入れた。ラモンはそれを両手ですくい、気持ちよさそうに顔にかけた。泥と血を洗い流したあと、彼はいったんテーブルに両手を突いてから、ふたたび口を開いた。

「あの少年は報いを受けなければならない」ラモンは小声ながらも彼女の耳にきちんと届くようなしっかりとした声でいった。

主人に顔を拭く手ぬぐいをわたしながら、トマスは口もとを真一文字に結んでいた。ラモンが背筋をのばして彼女のもとへやってきた。「領地内で法を守らせるのは、領主の義務だ。あいつは朝、絞首刑になる。すぐに終わるだろう」

「追放するだけではだめなの？」

ラモンは首をふった。「そうするには重すぎる罪だ。人生最後の夜は、地下牢で過ごすことになる」

「なんですって？」イザベルは起き上がった。「わたしの土地に、地下牢なんてものはないわ」

「この塔には、法を執行すべきときのために地下牢をつくっておいた。人に危害を加えそうな者を閉じこめておくためでもある。きみの飲みものだけでなく、貯蔵室の食糧にも毒が盛られていたかもしれないんだぞ」

イザベルの胃がぎゅっと引き締まった。たしかに、もっとひどい事態になっていたかもしれない。それでも、自分が眠るベッドの下に苦悩しか生まない場所があるとは、実感がわかなかった。「そんな恐ろしい場所の上で寝ていると思うと、耐えられないわ」

「牢といっても、鎖がひと組あるだけの場所だよ。他人に危害を加えるおそれのある者を拘束するために」

「わたしに毒を盛ったのはあの子ではないわ」

ラモンは手と腕を洗っていた。「ここに毒を持ちこんだのはあいつだし、それをおれに報告しなかった。そのせいで、おれたちの子どもが死んでしまうかもしれないんだぞ」

イザベルは腹を抱きしめ、そのなかにある小さな命を守ろうとした。そうしながらも、ラモンのいうとおりだとわかっていた。いったん断ち切られたら最後、人生を再スタートさせるだけの強い意志を持つ人間はそうそういない。

命があっという間に消え去ることは、決して少なくないのだ。

「湯浴みをしてくる。なにかあったら、扉の外に護衛がいるから」

イザベルは急に疲労感に襲われた。からだじゅうから力が抜け、ベッドに支えられていることがありがたくなる。

いろいろなことがありがたかった。

たくさんのことが。

それでも、運命がもう少しだけ味方してくれないだろうか、と期待してしまう。奇跡を、あとひとつだけ。イザベルは両手で腹を包みこみ、そのなかにいる赤ん坊を守り、なだめようとした。


あとひとつだけ、贈りものを。


イザベルは眠りに落ち、ラモンが浴場から戻ってきたときに目をさました。ラモンが彼女を抱きよせ、こめかみに口づけした。

イザベルはため息をもらして彼の胸に手を置き、そこで鼓動する命を実感した。これが自分のからだを通じてお腹の子どもにも届きますように、と祈りつつ。


夜が更けてから間もなく、イザベルは目をさました。空には細い三日月が浮かび、冬の冷気にきんと身が引き締まる思いがする。ラモンは隣で眠っていた。小さく、安定した寝息を立てながら。鼻先の冷えは感じたが、抱きしめてくれる男には温もりがたっぷりあった。

体内でなにかが動いた。

ほんの小さな動きが、子宮のなかに感じられた。イザベルははっとして、小さくふくれたお腹に両手をあてがった。そのまま息を止めて待つ。とたんに眠気が吹き飛んでいった。

いまのは、錯覚？

また動いた。そしてもう一度。子宮の壁を、そっと叩いている。蝶の羽ばたきくらいの力で。そのあと、ふたたび感じた。先ほどよりも少し強めだ。手の甲を指でとんと叩くように。

イザベルはぱっと顔を輝かせ、笑みを浮かべた。

わたしたちの子どもは無事だ……

胸によろこびが花開き、幸せの涙が両頰を濡らした。

生きている。

なんてすばらしい贈りもの。なんという祝福。この子には愛情をたっぷり注いでやろう。あなたが生まれてどんなに幸せかを、忘れずに語ってやろう。

ドナルドというあの憐れな少年は、母親からそういうことをひと言もいわれなかったのだ。庭に建設されたばかりの絞首門のことを考えると、よろこびが醒めていった。みんながあの少年を憐れんでいるというのに、日が昇ればそんなこととは関係なく、彼は処刑されてしまう。

イザベルは起き上がった。自分がなにをしようとしているのか、よくわからないまま。とにかく、ドナルドの顔が頭から離れなかった。もはやベッドで休んでなどいられない。

塔内は静まり返っていた。扉の前に護衛の姿はない。彼女は裸足で階段を下りていった。

やがて大広間の下の階にたどり着いた。それまでそんなものがあるとは気づかなかったが、彼女はさらに下の階へとつづく扉を開き、狭い階段を下りていった。暖炉の熱気も届かず、煙の匂いもしない場所だった。モルタルの残り香が漂っているだけだ。狭い階段室が、地下牢へとつづく唯一の通路だった。いちばん下の階にたどり着くと、天井が低いために周囲の壁が迫ってくるような気がした。

かつてラモンが彼女を脅すために使った大きな首輪が、いまはドナルドの首に固定されていた。少年は目をさましていた。彼は部屋に入るイザベルを見つめた。最後に目にしてから、ぐっと年を取ったように見える。目は落ちくぼみ、顔のわきには乾いた血がこびりついたままだ。

「奥さま……」彼がしゃがれ声でいい、ひざから倒れこんだ。鎖が動き、その音が部屋じゅうに恐ろしくこだました。

「動かないで」イザベルはそう警告したあと、頭上の扉に目をやった。

視線を戻すと、ドナルドが両手を組み合わせ、彼女に向かって掲げていた。「お許しください。神父さまから、あなたさまのお赦しをいただかないと地獄で燃やされるといわれました。お願いです、この魂にご慈悲を」

あなた、いったいなにをしているの？

自分でもよくわからなかった。どうするかきちんと決めないまま、ここまできてしまったのだ。本能的な衝動のようなものだった。無視できないなにかに突き動かされたのだ。体内でふたたびかすかな動きを感じたとき、自分がしようとしていることがはっきりした。

命。そうよ。

「許すわ」

少年の顔が安堵に覆われた。彼は腰を折り曲げて倒れこみ、静かに泣きはじめた。これですっかり、自分の運命を受け入れるつもりのようだ。「感謝します。心から」

そんな彼を見ていると、イザベルは胃がねじれてきた。

彼女は壁のフックにかかった鍵を取り、彼に近づいていった。ドナルドは彼女を見つめながら、問いかけたい気持ちをぐっとこらえるかのように下唇を噛んでいた。彼女が錠に鍵を差しこむと、彼はわなわなと身を震わせつつも、目を輝かせはじめた。

「奥さま？」

イザベルは解錠したあと、あとずさりした。とたんに、自分はまちがいを犯したのかもしれないと不安になってくる。ドナルドが床に倒れこみ、ぺたりと平伏すると、片手を差しだしてきた。彼は震える指二本でイザベルのローブの裾を摑んで唇に持っていき、そこに口づけた。

「行きなさい」イザベルは目に涙をためていった。「これ以上のことはしてあげられないの。捕まったら、主人に絞首刑にされてしまう」

ドナルドが顔を上げて彼女を見つめた。涙で目を潤ませている。「こうしていただいただけで、もう充分です、奥さま。感謝してもしきれません」

「いえ、できるわ」ドナルドがからだを起こして立ち上がるのを見ながら、イザベルはいった。「名誉ある男になってちょうだい。もう二度と人に害をおよぼさないことで、わたしの行動が正しかったと証明して。ほんとうのことをいえば、どうしてこんなことをしているのか、自分でもよくわからないの。たぶん人の善意はつながっているのね。だって、ロクサナがわたしの縄を切ってくれなかったら、わたしはとんでもない目に遭っていたはずだもの。だから今度は、わたしがあなたを解き放つ。行動で感謝を示して。りっぱな人間になってちょうだい」

「はい」ドナルドはささやくようにそういうと、扉のほうを見つめた。その目が希望で輝き、生への渇望が浮かんでくる。彼は床を静かに這い、扉のところでいったん足を止めてその向こうをたしかめてから、やがてそこを抜けて消えていった。

ラモンに告白しなければ。

イザベルは鍵を戻し、深いため息をついた。

うそはつけない。そうよ、告白するよりほかないわ。

「やはり朝までじっとしていられなかったようだな」

イザベルははっと息をのんで跳び上がった。扉のところにラモンが現れた。夫の視線を受け止めつつ、彼女はくいっとあごを上げた。

「ちゃんと話すつもりだったわ」とイザベルはいった。

ラモンがうなずいた。「そうだな。きみならきっとそうしただろう。あの少年がきみにとってどれほど危険か、知らないわけではないだろうが」

「それはジャックが生きていたときの話でしょう」

ラモンが階段を下りて彼女を抱き上げた。「レイバーンにはほかにも息子がいるんだ、イザベル。そいつらは、これからもここは自分たちの領地だと考えるだろう。真の財産は、土地だけだからな。やつらはあきらめたりしないさ」

ラモンは彼女を抱いたまま階段を上がっていった。

「でも、あきらめてもらわないと」イザベルはきっぱりといった。「それに、わたしたちの子どもは無事よ」

ラモンが彼女を抱いたまま、凍りついた。その目がきらめき、しきりに話の先をうながしてくる。

「動いたの」イザベルはささやくようにいった。「お腹のなかで」

ラモンが彼女を下ろし、腹を手で包みこんでその証拠をさがそうとした。

「ミルドレッドが、いずれあなたにも感じられるようになるといっていたわ。このお腹が丸くなるころには」

彼は顔に落胆を浮かべたが、それでもうなずいた。

「赤ちゃんが無事だとわかった日、日の出とともに血が流されるなんて、耐えられなかったの。だから、許してちょうだい」

夫はしばらくなにもいわずに突っ立っていた。

「愛しているよ、イザベル」

「でも、わたしを許すとはいってくれないのね」彼女はやんわりと問い詰めた。

ラモンが小さく笑った。「そうだな。それにしても、どうしてここまでだれにも止められずにこられたと思う？」

イザベルは顔を上げた。「わたしのこと、なんでもお見とおしのようね」

ラモンが得意げにふふっと笑った。

「あなたの副官たちが、この件になにも疑問を差し挟まなかったとは驚きだわ」

ラモンが扉を開け、彼女を運んだまま抜けようとした。そこにはラモンの副官ふたりが立っており、そのあいだに挟まれるようにしてドナルドが捕らわれていた。

「疑問は差し挟まないさ、なにしろこいつらは、最初からここにいたんだから」ラモンが幅広のベルトに両手を引っかけた。「この少年を望んでいるというばあさんは？」

「ここにおります、ご主人さま」

ひとりの老女が、それまですわっていたテーブルの前から進みでた。ラモンは彼女をまじまじと見つめた。「この少年を望んでいると？」

「はい、そうでございます。養子に迎えたいのです。実の子は、十字軍遠征で亡くしてしまいましたから」

ラモンがうなずいた。「こいつに情けをかけているんだな？」

「はい、この子はあたしにいいにきたんです、毒のことを。もしこの子がそうしなかったら、赤ん坊は朝には死んでしまっていたでしょう。女なら、わかります。ですから、どうかご慈悲を。この子が口を閉じてたら、だれもが不幸な出来事にすぎないと思っていたはずです」

ラモンはドナルドを見つめた。彼がうなずいて合図すると、副官たちが少年から手を離した。ドナルドはよろめいたが、体制を整え直し、すっと背筋をのばした。

「おまえはどうだ、養子になりたいか？」とラモンがたずねた。

ドナルドは目をぱちくりさせた。そんな質問をされたことに驚いているのだ。彼は女料理人をふり返り、見るからにうれしそうな笑みを浮かべた。そのあとせき払いし、ラモンに目を戻した。「はい、ご主人さま」

「忠誠を誓うか？」

ドナルドは一瞬驚いた顔をしたが、すぐさま床にひざを突いた。「永遠に誓います、ご主人さま！」その声があまりに大きかったので、大広間の床で寝ていた男たち数人がなにごとかと起き上がった。

イザベルは息をのんだ。しかしドナルドは、その目に満ち足りた光を浮かべてラモンを見上げている。この少年がこれほど幸せそうな顔をするのは、はじめて見た気がする。ラモンもそれに気づいたのか、唇をぎゅっと引き締めていた。

「よろしい」ラモンは女料理人をふり返った。「それなら、母親を心配させてこんなに遅くまで起こしていてはだめだろう。彼女にはゆっくり休んでもらわなければ困るんだ。うちの男どもは、大食漢ばかりだから」

ドナルドが跳び上がるようにして立ち上がった。地に足が着いていないようすだ。「かしこまりました」彼はそう答えると、女料理人に腕を差しだした。彼女は、しわだらけの頬に涙をきらめかせながらその腕を取った。

ラモンは頭をふっていたが、唇をにんまりとゆがめ、ふり返ってイザベルをさっと床から抱き上げた。彼女を無事ベッドに届けたところで、ラモンはうめき声を発した。「うちの男どもが、おれがきみの意に簡単に沿うかどうかで賭けをしているようだ」

「まさか」イザベルは彼の肩をぱしんと叩いたところで、頭を枕に押し戻された。「あの子が幸せそうなところを見て、うれしかったと認めて」

「あいつが道を踏み外すようなことがあったら、殺してやる」その声には最後通牒のような厳しい響きがあった。イザベルは彼の胸をさすった。

「二度目の機会に恵まれさえすれば、幸せになれることもあるんじゃないかしら。わたしも、二度目の結婚に感謝しているもの」

「おれも同じだ」

こうなると、眠りに戻るのはじつに簡単だった。ラモンの腕に抱かれているとき、またお腹の子どもが動いた。

そう、わたしは人を愛する機会を与えられたことに、心から感謝している。

白の塔《ホワイトタワー》は威風堂々たる建築物だった。設計者の狙いどおりだ。ジョン王子が、兄リチャードが擁するバロンたちとともに卓を囲んでいた。上座につくジョンは、名前だけがともなわない王者だった。ここではバロン一人ひとりに投票権があるのだ。それがジョンをいら立たせていた。しかもバロンには、八つの先端を持つ小冠を戴く権利がある。王族以外は王冠を戴くことは許されないのだが、リチャードが彼らの身分を祝福するために承認してしまったのだ。

ジョンとしては、王族以外が冠をかぶるなど気に食わなかったが、たんなる王子にすぎない自分にできることはなにもなかった。王位を望むなら、バロンたちの支援が必要だ。イングランドの人々は、リチャード王の十字軍遠征にも、彼の栄光のために課せられる犠牲——金銭的な犠牲と生命の犠牲にも、うんざりしはじめていた。そうした不満の声を、うまく利用できるかもしれない。国をしょっちゅう留守にする国王を求める国民など、いるはずもないのだから。

「バロン・レイバーンを殺したのだな」

「正当な決闘においてです」ラモン・ド・セグレイヴははっきりと答えた。「あの男はわたしの妻に毒を盛りました。決闘の申しこみには正当性があります」

ふたりのバロンが同意するようにうなずいた。「レイバーンはバロンの位を金で買うような男だ」とバロン・スミスがいった。「そんなのは、真のバロンとはいえない」

「しかしそのあと、やつの軍隊を自分の指揮下に引き入れたそうじゃないか」とジョンが反論した。ほかのバロンたちの表情がこわばった。自分よりも戦士をたくさん抱えるバロンなど、ありがたくもない存在だ。

ラモンはジョンをひたと見据えた。「その軍隊につきましては、わが副官アンブローズ・サンマルタンの指揮下にあります。彼はバロンの位にふさわしい男です」

ジョンはあごひげをなでた。アンブローズ・サンマルタンは、金髪をした野獣のごとき巨人だ。直立不動の姿勢で主人の背後に立っている。

「その位をお与えくださいましたとしても、本人はかなり苦労することになるでしょう。レイバーンの家来たちには規律と名誉が欠けていますから。しかし彼らを解散させれば、国境地帯に悪党があふれ返ります。ウェールズの領主どもが、これ幸いとよろこぶことでしょう。自分たちの味方が増えるようなものですから。そう考えれば、彼らのうちの半数しか救えなかったとしても、こうするほうがましかと」

「おまえの行動にそれなりの価値があることはわかった」王子がつぶやいた。「アンブローズ・サンマルタン。おまえにバロンの地位を授けよう」

何人か目を細める者がいたが、ジョンは全員がよろこんでいないことを知って内心ほくそ笑んでいた。バロンたちには、つねに憶測をさせておくのが重要だ。さもなければ、こちらを支配しようなどと思い上がった考えを抱く者が出てきてしまう。しかしジョンの狙いはひとつだった。

それは、自分ひとりの手に支配権を握ること。

彼はいずれイングランド国王の座に就くつもりであり、それは間もなくのことだろう。

リチャードはどうするかといえば――ジョンは、兄が十字軍から戻ってくることがあるとは思っていなかった。兄に跡取り息子がいないのも、おまけのようなものだ。

それはつまり、イングランドの王位が自分に残されることを意味する。ジョンとしては、よろこんでそれを受け入れるつもりだった。ここにいるバロンのなかにも、そんななりゆきを見越した者が複数いるはずだ。セグレイヴとサンマルタンも、これでこちらに恩義を感じずにはいられまい。

これで、イングランドはわがものになったも同然だ。

教会の鐘が鳴り響き、イザベルは顔を上げた。厨房でよろこびの声が上がり、全員が、戻ってきた主人を出迎えようと表に駆けだしていった。

彼女はゆっくりと動いた。いまやお腹は丸々とふくれている。

季節は冬まっ盛り。木々は凍りつき、なにもかもが白く覆われていた。旅をするには最悪の時期だが、イザベルはラモンが先陣を切って庭に入ってくる光景をうれしそうにながめた。

ラモンは、道中寒すぎるからと義務を先送りするような男ではない。かつて自分が彼の到着をあれほど恐れていたことが、いまとなっては不思議だった。

ラモンが面頬を上げ、その黒い目を彼女にまっすぐ据えた。

「カモイズのレディ・イザベルにお目にかかりたい！」

「ここにいるのはレディ・ド・セグレイヴだけですわ」とイザベルは答えた。

ラモンの口もとに満足げな笑みが浮かぶ。彼は馬からするりと降りると、甲冑をかちゃかちゃ鳴らしながら前階段を勢いよく上がってきた。

ラモンの手がイザベルのあごを包みこんだ。指先が冷たかったので、イザベルは自分の頬にこすりつけて温めようとした。

「わたしはここよ、旦那さま」

「そしておれは、きみに夢中の夫だ」

ラモンがかがみこんで彼女に口づけし、その光景を見守っていた人々をよろこばせた。ミルドレッドが鼻を鳴らしたが、イザベルは口づけに夢中のあまり、それには気づきもしなかった。

つま先が凍える季節は去った。冬の氷は溶け、風が暖かな空気を運んでくる。あたりに漂うのは、耕されたばかりの大地の濃厚な匂い。

「いきんで……もっと」

ミルドレッドは容赦なかった。

イザベルはうなり声を上げた。からだがまっぷたつに引き裂かれるようだ。充分に息を吸いこめないような気がしたが、それでもミルドレッドは同情してくれなかった。

「いきんでください、さあ！　もっと強く！　痛くて当たり前ですよ」

「いきんでるわ……」イザベルはぜいぜい息を切らしながらいった。

「もっと！」ミルドレッドの声が鞭のようにぴしゃりと叩きつけられた。

出産用の硬いテーブルが背中に当たったが、イザベルはからだを丸めてひざを抱えこんだ。メイドがふたり、イザベルの背中に両手を押し当て、いきむ彼女の体勢を支えていた。ふたたび身を引き裂かれるような痛みが走った。圧力が強まるとともにからだが開き、やがていっきに張り裂けて赤ん坊がするりとこの世に生まれでた。イザベルにはその一部始終が感じられた。子宮から、産婆のもとへ流れていく動きが。

産婆が赤ん坊をしっかり受け止め、へその緒を切った。「ご子息です」産婆がそう宣言しながら赤ん坊のかかとを掴んで揺さぶり、背中を二回強く叩いた。彼女は逆さにしていた赤ん坊をもとに戻すと、てきぱきとした手つきでそのからだを布でこすった。赤ん坊は小さなからだを震わせ、両手をばたつかせたあと、空気を吸いこんで泣き声を上げた。

イザベルはすすり泣き、わが子に手を差しだした。メイドたちも全員泣いており、赤ん坊をあやそうとする女主人に手を貸した。というのも、出産の苦しみのせいでイザベルの腕がわなわな震えていたのだ。ミルドレッドは赤ん坊を布地にくるみながら、よろこびに顔をしわくちゃにしていた。

イザベルの息子が上げた叫び声が、厨房から大広間にこだました。閉ざされた扉の向こうでいまかいまかと待ち構えていた人々から、わっと歓声が上がる。ラモンの従者が扉を叩きはじめた。「奥さま……奥さま……ご主人さまがお待ちかねです」と呼びかける。「なんとお伝えしましょう?」

女だけが許される出産の場に入りこむことはできなかったので、彼はてのひらでひたすら扉の枠を叩いた。

「ご子息よ!」産婆が叫んだ。叩く音がやみ、若い従者が広間を駆け抜ける足音が厨房にこだました。一瞬ののち、聞きおぼえのある雄叫びが上がった。

イザベルが愛する男の声だ。

赤ん坊が震えるようにして息を吸いこみ、目を開けた。その目が、イザベルと合った。
愛とは、じつにすばらしいもの。
最高だ。

訳者あとがき

十二世紀末のイングランド。

獅子心王リチャードに仕える騎士、ラモン・ド・セグレイヴは、その勇猛さと忠誠心が認められ、名誉ある諸侯《バロン》の位を授けられます。

ところがそのあと国王から命じられた任務は、期待していた十字軍遠征ではなく、ウェールズとの国境近くに立つシスル塔の警備でした。さらにリチャードは、その塔と領地を管理する若き未亡人イザベルとの結婚話まで持ちかけてきました。

国王とともに戦うことこそ騎士の生きがいであり、唯一の名誉だと考えるラモンは、リチャードの言葉に面食らい、腹を立てます。それに、かつて妻に裏切られたために女性に強い不信感を抱いている彼にとって、再婚など論外でした。

とはいえ、国王の命に背くわけにはいきません。とにかくウェールズとの国境を守れ、未亡人と結婚するかどうかはおまえが決めればいい、というリチャードの言葉に、ラモンは渋々したがうのでした。

一方シスル塔では、守備隊をごっそり十字軍に召集され、イザベルをはじめとする住人たちは不安な日々を送っていました。そこへ、バロンの旗をはためかせた軍隊が近づいてきます。彼らの目的は？　倉庫内の食糧をごっそり奪うつもりだろうか？――イザベルは内心びくびくしながらも、毅然とした態度で彼らを出迎えます。

そんなぐあいに顔を合わせる前は疑心暗鬼のふたりでしたが、美しいながらも勇ましく、元妻とはちがって裏表のない率直なイザベルに、ラモンはたちどころに魅了されてしまいます。そしてイザベルのほうも、高飛車な態度はいただけないものの、漆黒の髪と目をした筋骨隆々のラモンに男の色気を感じ取り、即座に心奪われます。それに、シスル塔を守ってくれる男たちがいないいま、屈強な軍隊の存在はいかにも心強い……

のですが、結婚となれば話はべつです。暴君だった夫に虐げられてばかりいたイザベルは、夫の死でようやく手にした自由を失いたくはありませんでした。ここで再婚すれば、ふたたび彼女は夫の所有物となり、いままで必死に守ってきた領地も財産も、すべて夫に奪われてしまいます。

それでもラモンが放つ男の魅力は抗いがたく、いつしかイザベルは、彼に抱かれたい、禁断の行為を試してみたい、という気持ちを抑えきれなくなります。ところがラモンのほうは、彼女の名誉を重んじて、教会で夫婦の誓いを立てないかぎりそれはできない、とあくまで結婚を迫ります。

燃え上がる欲望と理性の狭間で悩み、揺れるふたり。しかしその隙に、べつの男がイザベルに魔の手をのばしてきます。亡夫の腹ちがいの弟ジャックが、イザベルが夫から相続した領地を奪い返そうと、彼女の略奪をもくろんでいたのです――

アメリカの人気ロマンス作家、メアリー・ワインの新シリーズ第一弾をお届けいたします。日本でもすでにハイランダーものが何冊か翻訳されていますので、そのホットな作風に心そそられたロマンス・ファンも多いのではないでしょうか。

中世イングランドの辺境の地を舞台にくり広げられる本作の主人公は、剛勇な騎士ラモンと、行動力あふれる女領主イザベル。理性と本能がせめぎ合うふたりのロマンスが、血と欲にまみれた時代を背景に、いっそう妖しく悩ましく、抗いがたく胸に迫ります。

イザベルはラモンをひと目見た瞬間から、下半身に奇妙なうずきをおぼえ、そんな自分を恥じ、葛藤しながらも、やがて情熱的な衝動に押し流されていきます。処女でこそないものの「女の悦び」を知らずに生きてきたイザベル。ほんものの恍惚を味わわせてやる、と豪語し、激しく迫るラモンを拒みとおせるはずがありません。

その流れからすれば、すんなりカップルが誕生しそうなものですが、そうは問屋が卸さないのがロマンス小説のすてきなところ。ぎりぎりまで追いつめ、もう少しというところまで高めておいて、さらりとかわす展開が、じつに心憎い。読者はこのうえなく魅惑的なもどかしさを味わえることでしょう。

ラモンの匂い立つような男の色気と大胆不敵な発言、そして押しの強さに、イザベルと一緒になって頬を赤らめ、どぎまぎすること請け合いです。


一般に、物語がおもしろくなるかどうかは、描かれるキャラクターにかかっているといっても過言ではありません。本作の主人公ふたりも充分に魅力的ですが、それに勝るとも劣らないのが脇役たちです。

うるさ型ながら愛情たっぷりでちょっぴり下品な乳母ミルドレッドと、女にモテモテなうえにラモンにたいする無礼講がときに行きすぎる副官アンブローズが「陽」の脇役なら、ひたすら残忍で身勝手で卑怯者のジャックと、彼の官能的な愛人ロクサナは「陰」の脇役。なかでも蜂蜜色の肌と切れ長の目をした東洋の美女、ロクサナの存在感が際立っています。

ハーレムの女を母に持ち、みずからも奴隷として市場で売りに出された幸薄いロクサナですが、自分に与えられた人生を精いっぱい生き抜こうとあがくさまが空しく、切なくなります。ヒロインの敵となる登場人物にはなかなか感情移入できないものですが、このロクサナの場合、「悪役」とか「敵」という言葉では表現しきれないところがあり……。なにしろ彼女がいたからこそ、イザベルの官能が開花したのです。主人ジャックとの熱くみだらなひとときを積極的に楽しみ、悦びを堂々と表現するロクサナの姿に、イザベルは女として羨望すらおぼえます。ロクサナの秘技がイザベルとラモンの愛の営みにどんな影響をおよぼすのか……そんなところもお楽しみいただければ幸いです。

著者メアリー・ワインは、ヒストリカルはもちろんのこと、ウエスタンにファンタジー、サスペンス、さらには別名義でコンテンポラリーも発表しているマルチなロマンス作家です。執筆に追われる多忙な日々を送りながらも、趣味で時代物の衣装を縫っているというのですから、すばらしいのひと言です。ひょっとしたら、執筆中の作品に合わせた衣装を身にまとい、ヒロインになりきって机に向かっているのかも。興味津々ですね。

今後も、美しい衣装に身を包んだヒロインに、官能的なロマンスの花をさまざま咲かせてもらえるのではないかと期待しています。

読者のみなさんも、ぜひご一緒に見守っていてください。

二〇一六年三月

23 ザ・ミステリ・コレクション

禁断《きんだん》の夜《よる》を重《かさ》ねて

著者　メアリー・ワイン

訳者　大野晶子《おおのあきこ》

発行所　株式会社 二見書房
東京都千代田区三崎町2-18-11
電話　03(3515)2311［営業］
03(3515)2313［編集］
振替　00170-4-2639

印刷　株式会社 堀内印刷所
製本　株式会社 関川製本所

ISBN978-4-576-16045-0
http://www.futami.co.jp/